中老年电脑通

数码照片处理轻松入门

三虎图书工作室　唐蓉　编著

電子工業出版社
Publishing House of Electronics Industry
北京 · BEIJING

内容简介

本书根据中老年朋友学习数码照片处理的特点，将“最实用、最常用”的数码照片处理技能，通过“图解+详细操作步骤+多媒体视频教学演示”的教学新模式展现给读者。通过对本书的学习，中老年读者朋友可以轻松而快速地掌握最实用、最流行的数码照片处理技能，从而实现自己动手处理数码照片以及制作专业效果的目的。

本书在内容安排上注重中老年朋友日常生活、学习和工作中使用电脑处理数码照片的需求，突出“常用、实用、易学”的特点。具体内容包括：处理数码照片的准备工作、数码照片处理基本技法、数码照片色彩处理技法、数码照片修补技法、数码照片人像美化技法、数码照片场景处理、数码照片后期加工、数码照片的保存与打印等内容。

本书采用全彩印刷，版式精美大方，阅读轻松方便，配套多媒体自学光盘不但可以在电脑上播放教学视频，还支持家用DVD机。看着电视学电脑，快速提高更加容易！

图书在版编目（CIP）数据

数码照片处理轻松入门/唐蓉编著.—北京：电子工业出版社，2012.1
（中老年电脑通）
ISBN 978-7-121-14742-5

Ⅰ.①数… Ⅱ.①唐… Ⅲ.①图像处理软件 Ⅳ.①TP391.41

中国版本图书馆CIP数据核字（2011）第201960号

策划编辑：牛　勇
责任编辑：刘　舫
印　　刷：
装　　订：中国电影出版社印刷厂
出版发行：电子工业出版社
北京市海淀区万寿路173信箱　　邮编：100036
开　　本：880×1230　1/16　　印张：15.5　　字数：347千字
印　　次：2012年1月第1次印刷
定　　价：49.80元（含DVD光盘1张）

凡所购买电子工业出版社图书有缺损问题，请向购买书店调换。若书店售缺，请与本社发行部联系，联系及邮购电话：（010）88254888。
质量投诉请发邮件至zlts@phei.com.cn，盗版侵权举报请发邮件至dbqq@phei.com.cn。
服务热线：（010）88258888。

前言

电脑和网络早已成为当前人们最熟悉的字眼，也已成为每个人生活和工作的必备工具之一。什么样的电脑图书才适合中老年读者朋友阅读呢？如何以最短的时间学到最有实用价值的技能呢？我们总结了众多电脑自学者的成功经验和一线计算机教学老师的教学经验，并结合了中老年人学习电脑的特点，精心策划并推出了这套适合中老年读者朋友的丛书——《中老年电脑通》，希望能帮助广大中老年朋友实现自己的学习目标。

一、图书特点

为了帮助读者在短时间内快速掌握需要的技能，并且能从书中学到“最常用”、“最实用”、“最流行”的电脑知识，本书在编写时力求完美结合“学得会”、“学得快”和“用得上”三大特点，无论是图书内容结构的安排、写作方式的选择，还是图书版式的设计，都是经过众多电脑初学读者试读成功而探讨和总结出来的。

- **学得会**：本书在写作时力求讲解语言通俗、内容浅显易懂，避免出现枯燥的专业词汇与术语，并且操作步骤讲解清晰、详尽。在内容结构的安排上，从零开始，完全从读者自学的角度出发。
- **学得快**：为了方便中老年读者学习，本书在写作手法上采用“图解+操作步骤”的方式进行讲解，避免了烦琐而冗长的文字叙述，真正做到简单明了，直观易学。另外，本书还配有精彩的DVD多媒体自学光盘，可以通过观看直观的视频演示来轻松学习书中所讲的重点内容。配套光盘还支持家用DVD机播放，可以看着电视学习电脑操作，学习更加方便！
- **用得上**：本书在内容安排方面，从中老年朋友掌握电脑相关技术的实际需要出发，结合生活与工作的实际需要，以只讲“够用”、“实用”的知识为原则，并以实例方式讲解相关的知识和操作技巧，保证图书内容的实用性和含金量。

二、丛书配套光盘使用说明

本书附带一张DVD多媒体自学光盘，以下是配套光盘的使用简介。

运行环境要求

- **操作系统**：Windows 9X/2000/XP/Vista/7简体中文版
- **显示模式**：分辨率不小于1024×768像素，24位色以上
- **内存**：512MB以上
- **光驱**：4倍速以上的CD-ROM或DVD-ROM

❖ **其他**：配备声卡与音箱（或耳机）

使用方法

将光盘印有文字的一面朝上放入电脑的DVD光驱，稍后光盘会自动运行，并进入光盘主界面。如果光盘没有自动运行，打开Windows XP操作系统的“我的电脑”窗口（Windows 7操作系统的“计算机”窗口），浏览光盘内容，双击Autorun.exe启动光盘。在光盘主界面中，打开“课程目录”列表，单击选择感兴趣的课程标题，即可进入相应教学视频播放界面。进入视频播放界面后，可通过播放控制按钮控制视频的播放，例如前进、后退、退出等。

光盘主界面

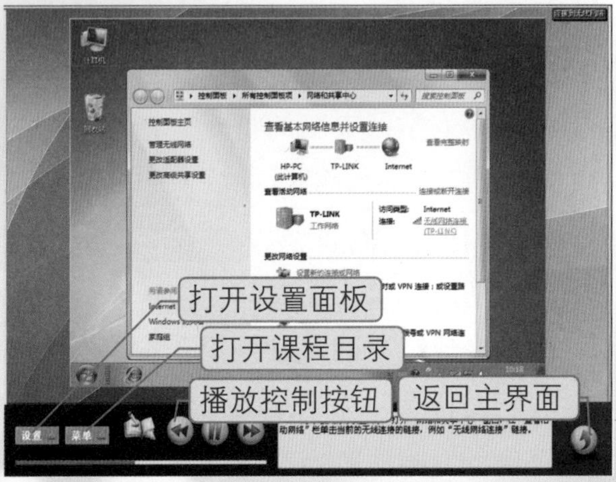

视频播放界面

小提示

若使用家用DVD机播放本书配套光盘，则与普通DVD影碟使用方法一致。将光盘放入DVD机后，等待读碟，进入光盘主界面后，选择感兴趣的章节进行观看，选择“下一页”按钮可浏览其他章节。

三、答疑服务

如果您在学习本书的过程中遇到了疑难问题，或者有其他建议与意见，可以通过以下方式与我们联系。我们会尽力为您排忧解难。

❖ **热线电话**：400-650-6806（无长途话费，工作日9:00~11:30，13:00~17:00）。

❖ **电子邮件**：jsj@phei.com.cn。

四、丛书作者

本套丛书的作者和编委会成员均是多年从事电脑应用教学和科研的专家或学者，有着丰富的教学经验和实践经验，这些作品都是他们多年科研成果和教学经验的结晶。本书由唐蓉主编，参与本书编写的还有朱世波、李勇、尹新梅、戴礼荣、李彪、李晓辉、成斌、蒋平、王金全、邓春华、邓建功、何紧莲、陈冬、曾守根等。由于作者水平有限，书中疏漏和不足之处在所难免，恳请广大读者及专家不吝赐教。

目录

Chapter
One

第1章

处理数码照片的准备

■ 本章导读

随着数码相机的日益普及，数码照片已逐渐代替了传统的相机，日渐为人们所接受。本章介绍了数码相机的基础知识，并对处理数码照片的两个常用软件——Photoshop和光影魔术手做了基本的介绍。

1.1 认识数码相机

拍摄数码照片之前必须先认识数码相机。本节将介绍数码相机的结构及数码相机的优点。

1.1.1 数码相机的结构

数码相机简称DC（Digital Still Camera），是一种非胶片相机。它采用CCD（电荷耦合器件）或CMOS（互补金属氧化物半导体）作为光电转换器件，将被摄物体以数字形式记录在存储器中。在讲究拍摄质量的时代，先进的光学技术无疑会为数码相机用户增色不少。

目前市场中，尽管数码相机的种类繁多，但从基本结构上讲，都可以概括为以下几个部分：

1 镜头

从成像原理上讲，数码相机的镜头与传统相机的镜头没有什么区别。

镜头对于数码相机来说非常重要，就像是它的眼睛。当你聚焦于某个景物并按动快门时，镜头就将景物成像在图像传感器上，我们将这个图像称之为光学图像，其色彩和亮度分布与景物是对应的。相机镜头如右图所示。

2 液晶显示屏（LCD）

液晶显示屏一般位于数码相机机身的背面。用户可以在液晶显示屏中查看所拍的照片，对于不满意的照片可以删除重拍。此外，在液晶显示屏中还可以通过对菜单命令的使用，控制数码相机，极大地方便了用户查看照片。数码相机如右图所示。

3 接口

数码相机中的接口可以将相机中所存储的照片传输到其他设备中，比如电脑、数码冲印机等。接口的作用是为数码相机与其他设备的连接提供一个通道，如右图所示。

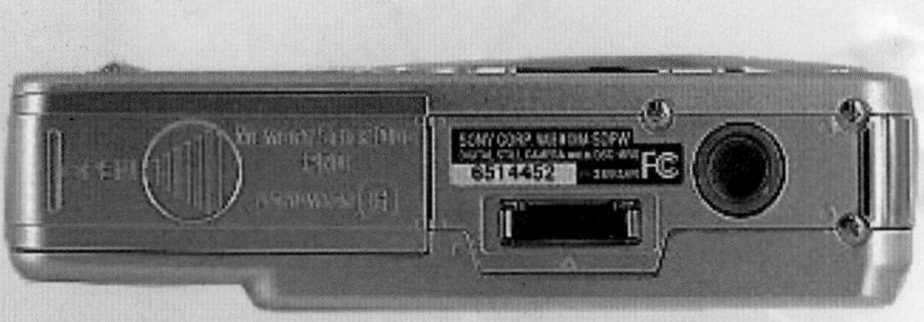

4 存储卡

数码相机所拍摄的照片最终都储存在“存储卡”中，存储卡相当于普通相机的胶卷。存储卡其实可以说是CCD所形成的光电信号，即影像数据的储存“仓库”。目前市场上所卖的存储卡的容量都较大，为用户提供了更大的存储空间，如右图所示。

1.1.2 数码相机的优点

使用数码相机不仅方便，而且还丰富了我们的生活。数码相机具有以下几个优点。

1 可以及时确认拍摄效果

可以直接在相机显示屏中查看照片，如果对拍摄效果不满意，可以立即重拍。而且，可以从拍摄的图片中选择自己喜欢的照片，并将其打印出来，非常方便。

2 保管方便

由于原照片的数字信号不会发生变化，所以数码相机拍摄出来的照片会一直保存原来的效果，并且可以多次打印。而普通胶卷或者冲洗的照片在过了较长的时间后，会出现变质或者破损的情况。

3 节省费用

不用购买胶卷，而且也不用到照相馆冲洗照片。

4 图片加工容易

将照片输入到电脑中，利用图像处理软件，如Photoshop即可修改或者润饰照片。

1.2 如何选购数码相机

不同的人对相机的要求也不一样，在选购数码相机时，需要注意以下几点。

1 相机的像素

对于旅游爱好者来说，300万像素的数码相机就能够拍摄足够清晰的照片了。如果你是摄影爱好者应该选择像素更高的相机。

2 光学变焦

光学变焦是依靠光学镜头结构来实现变焦的。与传统相机一样，是通过镜头的镜片移动来放大与缩小需要拍摄的景物。光学变焦倍数越大，能拍摄的景物就越远。一般来说，光学变焦在3倍以上，才能拍到较远的拍摄物。

3 拍摄速度

拍摄速度包括相机的预热速度、快门延迟速度和拍摄延迟速度。预热速度是指相机开机启动的速度；快门延迟速度是指从按下快门到相机真正开始拍摄的速度；拍摄延迟速度是指拍摄完第一张照片后，要隔一段时间才能拍摄第二张照片中间间隔的时间。如果你喜欢抓拍，就要选择拍摄速度高的相机，如果你只拍摄一些静态的人物和风景，就不必过于注重拍摄速度。

4 电池的持久性

如果你是一个旅游摄影爱好者，在购买相机时一定要注意所选相机的电池持久性。数码相机本身耗电很大，如果电池持续性使用时间不长，将会带来很大的麻烦。

1.3 数码相机的常用图像格式

数码相机常用的图像格式有JPEG、TIFF、GIF、FPX和RAW等，下面分别介绍各种格式的特点。

1 JPEG（.JPG，.JPE）格式

JPEG格式是所有压缩格式中最卓越的。虽然它是一种有损失的压缩格式，但是在图像文件压缩前，可以在文件压缩对话框中选择所需图像的最终质量，这样可以有效地控制JPEG在压缩时的损失数据量。JPEG格式压缩的数据主要是高频信息，较完整地保留了色彩的信息。它可以支持24位真彩色，另外还可以包含曝光资料，如是否有光圈快门、是否用闪光灯等数据（EXIF信息）。

JPEG格式压缩能将图像压缩在很小的存储空间中，在图像压缩过程中，图像会有失真的情况。但这种图像格式占用的空间较小，很适合在互联网上使用，可以减少图像的传输时间。

JPEG图像文件格式主要用于图像预览及超文本文档，如HTML文档等。它支持RGB、CMYK及灰度等色彩模式。使用JPEG格式保存的图像经过高倍率压缩，可以使图像文件变得较小，但会丢失部分不易察觉的数据，所以在印刷时不宜使用此格式。

在Photoshop中将图像文件保存为JPEG格式时，将弹出如左图所示的“JPEG选项”对话框，下面介绍该对话框的各项设置。

- **杂边**：此选项采用默认设置，即选择“无”。
- **图像选项**：该选项用于调整图像文件的压缩比例。可以直接从右侧的下拉列表框中选择“低”、“中”、“高”或“最佳”以调整压缩比例。也可以在文本框中输入0~10之间的数值或者用鼠标拖动其下面的滑块均可调整图像的压缩比例。数值越小，图像失真越大，但保存后的图像文件占用空间越少。
- **格式选项**：可以设置图像的品质。

❖**扫描**：预览图像文件的大小和估计图像下载的时间。从其右侧下拉列表框中可以选择所需的调制解调器速度值。

小提示

只有勾选“预览”复选框时，才能预览图像。如果图像文件不用做其他用途，为了方便携带，可以将其保存为JPEG格式。

2 GIF（.GIF）格式

GIF格式的文件是8位图像文件，支持BMP、Grayscale、Index等色彩模式。几乎所有的软件都支持该格式。可以进行LZW压缩，缩短图形加载的时间，使图像文件占用较少的磁盘空间。它能存储为背景透明化的图像形式，所以这种格式的文件大多用于网络传输，并且可以将多张图像存成一个文件，形成动画效果。它最大的缺点是只能处理256种色彩。

GIF格式在压缩过程中丢失的是图像的色彩，而图像的像素资料不会丢失。这是因为GIF格式最多只能存储256色，如果图像超过256色，存储成GIF格式之后颜色就会被降到256色。所以它普遍用来记录简单图形及字体。有一些数码相机有TEXT MODE拍摄模式，其存储格式就是GIF。

3 Tiff（.TIF）格式

TIFF格式是最常用的图像文件格式，它既适用于MAC也适用于PC。这种格式的文件是以RGB全彩色模式存储的，在Photoshop中可以支持24个通道的存储。它可以是不压缩的，文件占用磁盘的空间较大；也可以是压缩的，支持LZW、ZIP和JPGE 3种压缩方式。该格式支持256色、24位真彩色、32位真彩色和48位真彩色等多种色彩，支持多种操作平台。它虽然占用空间比较大，但可以保持原有图像的颜色及层次。

TIFF图像文件格式是为色彩通道图像创建的最有用的格式，其应用相当广泛。该格式支持RGB、CMYK、Lab、BMP、灰度等色彩模式，而且在RGB、CMYK以及灰度等模式中支持Alpha通道的使用。

当用户在Photoshop中将图像文件另存为TIFF格式时，系统将显示如右图所示的“TIFF 选项”对话框，要求用户选择字节顺序，此处我们选择“IBM PC”。在保存为TIFF格式时，选择“LZW”（LZW是一种无损压缩方法）对图像文件进行压缩，使其占用较少的磁盘空间。

4 BMP（.BMP，.RLE）格式

BMP图像文件格式是一种标准的点阵式图像文件格式，也是Photoshop最常用的点

阵图格式之一，支持RGB、Index、灰度和位图色彩模式，但不支持Alpha通道。用户在Photoshop中将图像文件另存为BMP模式时，系统将弹出“BMP 选项”对话框，用户可以在此选择文件格式，一般选择“Windows”格式，再选择“24位”深度。

5 FPX格式

FPX格式是一种拥有多重解像度的图像格式，即图像被存储成一系列高低不同的解像度。这种格式的好处是当图像被放大时仍可保持图像的质量。

6 RAW格式

RAW格式是一种无损压缩格式，这种格式的文件比TIFF格式小，是没有经过相机处理的源文件。Photoshop支持这种文件格式的处理。

1.4 将照片导入电脑中

拍摄好数码照片后，怎样将它导入电脑中呢？购买相机时都配备了数据线，可以使用数据线将照片直接导入电脑中。对于传统的纸质照片，也可以使用扫描仪扫描，将其导入电脑中。

1.4.1 将照片输入电脑

拍摄照片后，如何将数码照片传入电脑中，是很多人关心的问题。这里我们将向大家介绍如何将照片输入到电脑中。

将照片输入电脑需要使用数据线，利用数据线可以将电脑与数码相机连接到一起，如下图所示。

(a) 数码相机　(b) 数据线　(c) 电脑

一般来说，厂商都会为数码相机配备专用的连接线和软件，尤其是通过USB接口进行连接和传输照片的相机。如果安装了指定的驱动程序，那么只需将数据线插入USB接口，电脑就会自动地把数码相机识别为可移动磁盘，可以轻松地读取图像。

在购买数码相机之前，应当先了解自己的电脑接口是否合适，再挑选数码相机。否则，如果购买的数码相机的接口和自己的电脑不匹配，那么读取数据会非常麻烦。

1.4.2 使用扫描仪输入照片

扫描仪可以将传统的纸质照片扫描到电脑中，如右图所示。在使用扫描仪输入照片前应了解扫描仪的性能指标以及高质量照片的分辨率。

1 扫描仪的有关知识

扫描图像就像使用复印机复印图像，而扫描仪输出的只是一个电子文件，能够通过软件编辑和保存。

使用扫描仪的好处很多，可以把自己或家人的照片输入电脑保存，也可以在进行修复和艺术处理后刻录为光盘以便长期保存，或使用打印机输出到纸张或其他载体上，还可以把它拿到数码冲印店进行冲印。

使用扫描仪首先要了解它的性能指标。

（1）光学分辨率：光学分辨率直接决定了扫描仪扫描图像的清晰程度，是扫描仪最重要的性能指标之一。扫描仪的分辨率通常用每英寸长度上的点数，即“点/英寸”来表示。在选购扫描仪时，主要应该考虑其水平分辨率的大小。一般办公用户建议选购分辨率为1200×2400点/英寸（水平分辨率×垂直分辨率）的扫描仪。

（2）色彩位数、灰度值：在扫描时，设置较高的色彩位数可以丰富图像色彩，并且使扫描后的图像色彩与实物的真实色彩接近。扫描仪的色彩位数有24位、30位、36位、42位和48位等，一般光学分辨率为600×1200点/英寸的扫描仪其色彩深度为36位，最高的有48位。

灰度值是指进行灰度扫描时对图像由纯黑到纯白整个色彩区域进行划分的级数，编辑图像时一般都使用到8位，即256级，而主流扫描仪通常为10位，最高可达12位。建议采用42位色彩的扫描仪。而像24位、30位和36位的扫描仪目前已经成为淘汰产品，建议不要购买。

（3）感光元件：感光元件相当于人的眼球，是扫描仪的核心部件，也是扫描图像的拾取设备。目前扫描仪所使用的感光器件有3种：光电倍增管、电荷耦合器（CCD）和接触式感光器件（CIS或LIDE）。光电倍增管的性能最好，但造价很高，扫描速度很慢，扫描一张需要几十分钟，所以现在它一般只使用在昂贵的专业滚筒式扫描仪上。

（4）接口方式：目前市场上的扫描仪的接口主要有3种方式，USB、SCSI和EPP。这里向大家推荐使用USB接口的扫描仪。它的主要特点就是支持热插拔，使用方便，速度快。

2 高质量扫描照片

在扫描照片的时候，分辨率的设置非常重要，所以先要明确扫描的照片将用于什么用途。如果扫描的照片需要打印，那么分辨率需要300点/英寸以上；如果扫描的照片只是用于欣赏或者制作成VCD或DVD播放，使用100点/英寸左右的分辨率即可；如果扫描后还需要使用Photoshop等软件进行一些后期处理，可以使用TIF格式；如果要求不是很高，可以采用JPG格式存储。

3 设定正确的扫描分辨率

设置正确的扫描分辨率不仅可以使得到的图像更加清晰、色彩更加艳丽，还可以提高我们的工作效率。

可由下表获知，使用1200dpi扫描一张4英寸×6英寸的彩色照片，大约需要104MB的记忆容量，实际上，这并非一般电脑所能处理，何况对打印品质的提高也并无实质性的帮助。

图片尺寸	扫描模式	100dpi	300dpi	600dpi	1200dpi	2400dpi
4×6英寸	彩色	0.72MB	6.84MB	25.92MB	103.68MB	404.74MB
85×11英寸	黑白	0.117MM	1.05MB	4.20MB	16.83MB	67.32MB
85×11英寸	灰阶	0.935MB	8.42MB	33.66MB	134.64MB	538.56MB
85×11英寸	彩色	2.805MB	245.25MB	100.98MB	403.92MB	1616MB

1.5 操作说明

在学习Photoshop CS5的操作方法前，首先需要了解计算机的两种最主要的操作工具——鼠标和键盘的使用方法。

1.5.1 鼠标

鼠标（如下图所示）是操作电脑的重要工具之一，在Photoshop CS5中也不例外，几乎可以使用鼠标完成Photoshop CS5的所有操作。

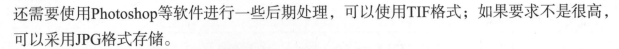

鼠标的基本使用方法有下列几种。

- **单击：** 在目标上按一下鼠标左键。
- **双击：** 在目标上快速地连续按两次鼠标左键。
- **拖动：** 在目标上按下鼠标左键不放，然后移动鼠标指针到需要放置的位置，松开鼠标左键。拖动操作通常用于改变目标的位置。
- **右键单击：** 在目标上按一下鼠标右键。

1.5.2 键盘

键盘的功能有两个：输入字符和输入快捷键。快捷键是程序中根据功能的差异而定义的一些特殊的按键或按键组合，使用这些按键或按键组合可以使功能操作更快捷，从而提高工作效率。例如按“Ctrl+C”组合键可以将选中内容复制到剪贴板上。

1.6 照片处理大师Photoshop简介

处理数码照片的软件有多种，Photoshop是常用的处理数码照片的软件。

1.6.1 Photoshop简介

Adobe公司于1990年推出了Photoshop这一图形图像处理软件。Photoshop软件发展至今，已拥有包括Photoshop 4.0、Photoshop 5.0、Photoshop 6.0、Photoshop 7.0、Photoshop CS、Photoshop CS2、Photoshop CS3、Photoshop CS4和最新的Photoshop CS5等多个版本。作为专业的图像处理软件，Photoshop在处理数码照片方面也有着强大的功能。

1.6.2 启动与退出Photoshop CS5

安装Photoshop CS5后，还需先启动该程序，然后才能使用程序提供的各项功能。使用完毕后，应及时退出该程序，以释放程序所占用的系统资源。

1 启动中文版Photoshop CS5

启动Photoshop CS5有以下两种方法：

- 单击Windows界面左下角的“开始”按钮，在弹出的菜单中选择“程序”命令，然后从子菜单中选择“Adobe Photoshop CS5”命令。
- 在桌面上双击Photoshop CS5的快捷方式图标。

启动后，屏幕上将打开Photoshop CS5程序的工作界面。如果桌面上没有Photoshop CS5的快捷图标，可以打开Photoshop CS5安装文件所在的文件夹窗口，然后用鼠标左键将Photoshop CS5程序文件“Photoshop.exe”拖动到桌面即可。也可以在【开始】→【程序】子菜单的Photoshop CS5图标上单击鼠标右键，从弹出的快捷菜单中选择【发送到】→【桌面快捷方式】选项，即可将Photoshop CS5的快捷方式图标发送到桌面上。

2 退出中文版Photoshop CS5

确认当前不再使用Photoshop CS5后，单击标题栏右侧的关闭按钮，即可退出Photoshop CS5。除了单击按钮外，以下几种方法也可退出Photoshop CS5。

- 执行【文件】→【退出】命令。
- 按“Ctrl+Q”组合键。
- 按“Alt+F4”组合键。

1.6.3 Photoshop CS5操作界面介绍

启动Photoshop CS5后，出现如下图所示的操作界面，熟练操作Photoshop，首先要熟悉其操作界面，下面我们将分别介绍界面中的内容。

❖ **菜单栏**：当要使用某个菜单命令时，将鼠标移动到菜单名上单击，弹出下拉菜单，选择任意子菜单即可执行相应的命令。菜单栏中的命令除了可以用鼠标来选择外，还可以使用快捷键来选择，如【文件】→【打开】命令的后面有“Ctrl+O”英文字母组合，则表示“打开”命令的快捷键为“Ctrl+O”组合键。如果该菜单项在当前状态下不能使用，则会呈现为暗灰色。

❖ **属性栏**：用于设置工具箱中各个工具的参数，它位于菜单栏的下方，当用户选中工具箱中的某个工具时，属性栏就会改变成相应工具的属性设置选项。用户可以很方便地利用它设定工具的各种属性。此栏具有很大的可变性，会随着用户所选工具的不同而发生变化。

❖ **图像窗口**：图像窗口是图像文件的显示区域，也是编辑或处理图像的区域。在图像窗口中可以实现所有的编辑功能，也可以对图像进行多种操作，如改变窗口大小和位置、对窗口进行缩放、最大化与最小化窗口等，图像的各种编辑操作都是在此区域进行的，如下图所示。

❖**状态栏**：状态栏在窗口的下方，用来显示图像文件信息和提供一些当前操作的帮助信息。

❖**浮动面板**：浮动面板是指打开Photoshop CS5后，在桌面上可以移动、可以随时关闭并且具有不同功能的各种控制调板，默认情况下位于软件的右方。

在Photoshop CS5中提供了多个使用方便的面板，要完成Photoshop的制作，面板的应用是必不可少的。用户可以通过面板完成各种图像处理操作和工具的参数设定，如颜色、恢复前面的历史操作、图像层叠顺序、显示信息等操作。常用的有如下图所示的几种面板。

图层面板

通道面板

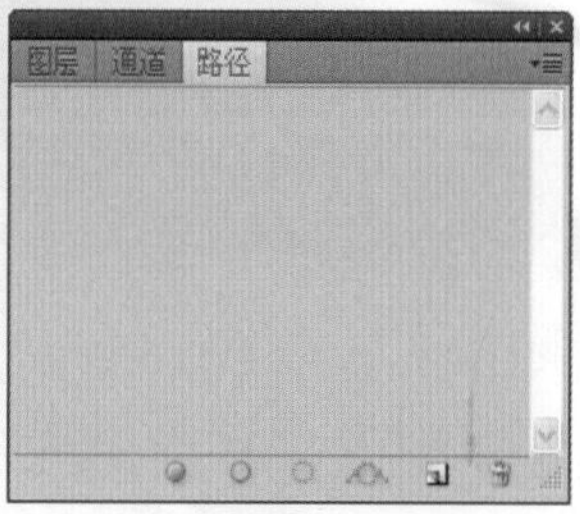

路径面板

历史记录面板

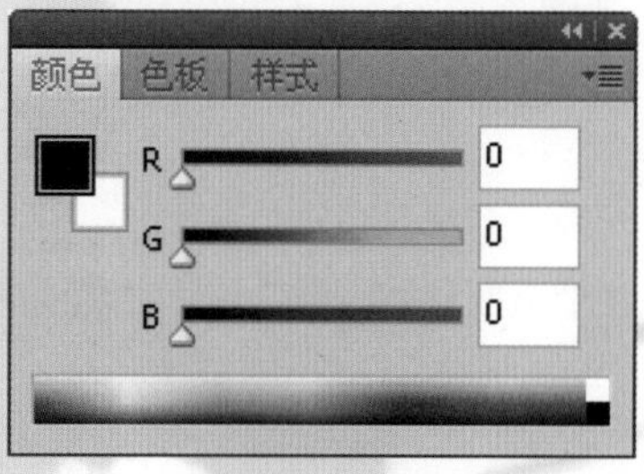

颜色面板

使用Photoshop处理照片常用的是图层面板，下面介绍如何在图层面板中新建图层、复制图层和删除图层。

新建图层常用的方法有以下几种。

STEP 01 单击图层面板中的新建按钮，在当前图层的上方创建新图层，如下图所示。

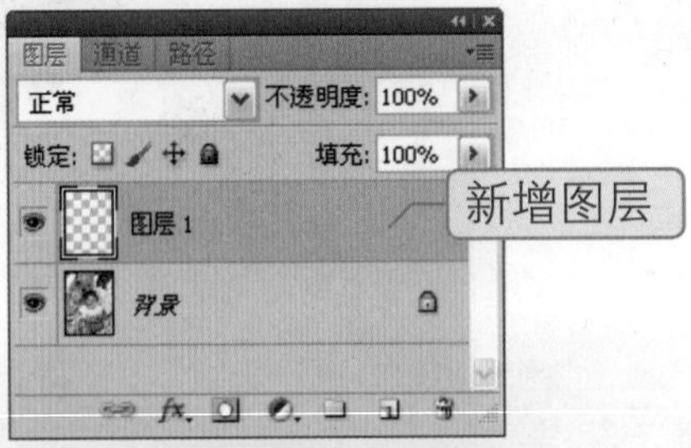

STEP 02 通过图层面板的快捷菜单命令创建新图层。

STEP 03 通过执行【图层】→【新建】→【图层】命令创建新图层。可在弹出的“新建图层”对话框中进行图层名称、模式、不透明度等设置。

将图层面板中当前选中的图层拖曳到新建按钮上，即可复制图层，当前图层上面会增加一个和选中图层相同的重叠图层，图层的名称会加上“副本”字样加以区别，如下图所示。

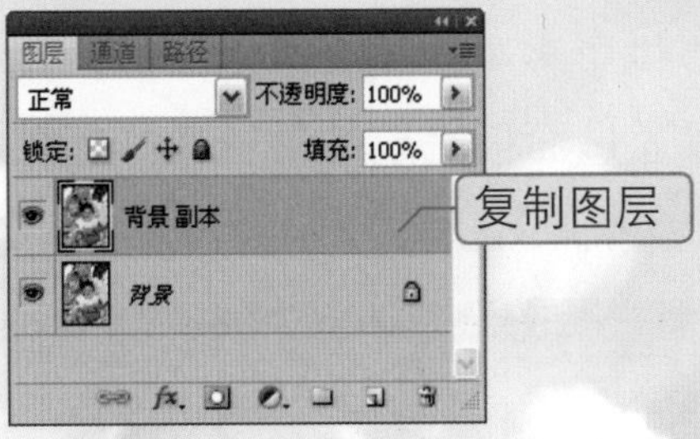

为了减小图像存储所占空间大小，可以将多余的图层删除。删除图层的方法是：选择需要删除的图层，直接拖曳到调板的按钮上，即可删除图层。或选择调板快捷菜单中的“删除图层”命令，在弹出的对话框中单击“确定”按钮，即可删除图层。

此外，当不小心关闭了图层面板、历史记录面板等面板时，可以在窗口菜单中将其打开。单击“窗口”菜单，在弹出的菜单中选择相应的命令即可，如下图所示。

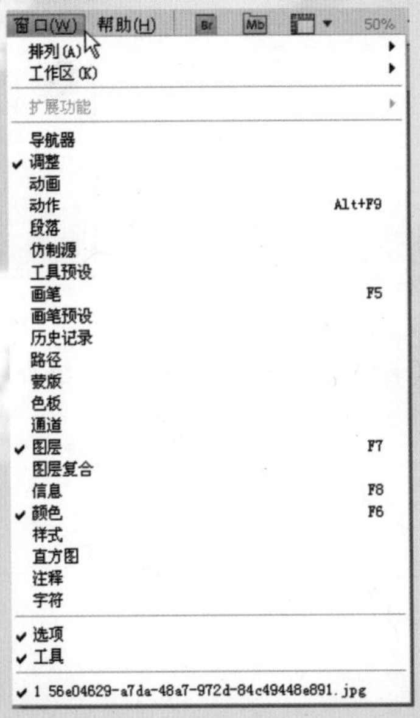

可以看到，部分菜单在菜单名的右边有其相对应的快捷键，按快捷键也可打开相应的面板，如按“F6”键，可以打开颜色面板。

❖ **工具箱**：工具箱中包括了绘图和编辑图像时要使用的各种工具。

工具箱中存放着各种用于创建和编辑图像的工具。工具箱中的每一个图标都表示一个工具，当鼠标移动到图标上方停留片刻时，将会显示出该工具名称，注释括号中的字母即是对应此工具的快捷键；单击该工具呈凹下状态时即已选中此工具，即可使用它进行工作。Photoshop CS5工具箱中的所有工具总计有50多种。工具箱内容如下图所示。

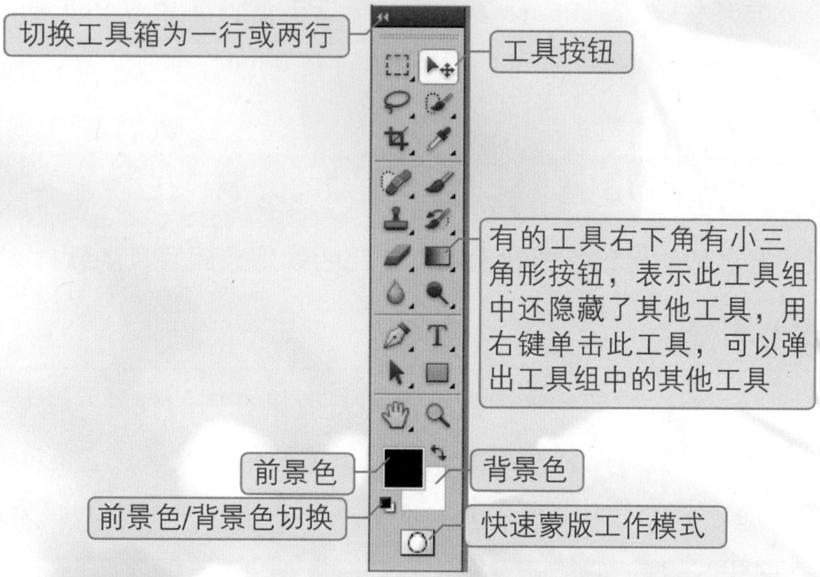

工具箱的底部还有一些按钮，“前景色”与“背景色”按钮，用于控制填充色。“以标准编辑模式”或“快速蒙版编辑模式”按钮，用来控制编辑模式。

小提示

有的工具右下角有小三角形按钮，可以按住“Alt”键，单击工具按钮以切换工具组中不同的工具。

1.6.4 Photoshop CS5常用功能菜单介绍

主菜单是Photoshop CS5的重要组成部分，位于窗口的上方。Photoshop CS5将功能命令分类放在9个菜单中，如下图所示。

❖ **文件**：在其中可进行文件的操作，如文件的打开、保存等。

❖ **编辑**：其中包含一些编辑命令，如剪切、复制、粘贴、撤销操作等。

❖ **图像**：主要用于对图像的操作，如处理文件和画布的尺寸、分析和修正图像的色彩、图像模式的转换等。

- **图层**：在其中可执行图层的创建、删除等操作。
- **选择**：主要用于选取图像区域，且对其进行编辑。
- **滤镜**：包含了众多的滤镜命令，可对图像或图像的某个部分进行模糊、渲染、扭曲等特殊效果的制作。
- **视图**：主要用于对Photoshop CS5的编辑屏幕进行设置，如改变文档视图的大小、缩小或放大图像的显示比例、显示或隐藏标尺和网格等。
- **窗口**：用于设定编辑窗口，如切换文档、隐藏和显示Photoshop CS5的各种面板等。
- **帮助**：通过它可快速访问Photoshop CS5帮助手册，其中包括几乎所有Photoshop CS5的功能、工具及命令等信息，还可以访问Adobe公司的站点、注册软件、插件信息等。

1.7 画面品质处理软件——光影魔术手

处理数码照片有多种软件，光影魔术手是常用的处理数码照片的软件。

1.7.1 光影魔术手简介

光影魔术手是一个对数码照片画质进行改善及效果处理的软件。简单、易用，不需要任何专业的图像技术，就可以制作出专业胶片摄影的色彩效果。它能实现Photoshop处理照片的大多数功能，且操作比Photoshop简单。下载光影魔术手的官方网站的网址为"http://www.neoimaging.cn/"。

1.7.2 启动与退出光影魔术手

安装光影魔术手软件后，还需先启动该程序，然后才能使用程序提供的各项功能。使用完毕后，应及时退出该程序，以释放程序所占用的系统资源。

1 启动光影魔术手

启动光影魔术手有以下两种方法：

- 单击Windows界面左下角的开始按钮，在弹出的菜单中选择"程序"命令，然后从子菜单中选择"光影魔术手"命令。
- 在桌面上双击光影魔术手的快捷方式图标。

2 退出光影魔术手

确认当前不再使用光影魔术手后，单击标题栏右侧的关闭按钮，即可退出光影魔术手。除了单击按钮外，以下几种方法也可退出光影魔术手。

- 执行【文件】→【退出】命令。
- 按"Alt+F4"组合键。

1.7.3 光影魔术手操作界面

启动光影魔术手后，出现如下图所示的操作界面，熟练操作光影魔术手，首先要熟悉其操作界面，下面我们将分别介绍界面中的内容。

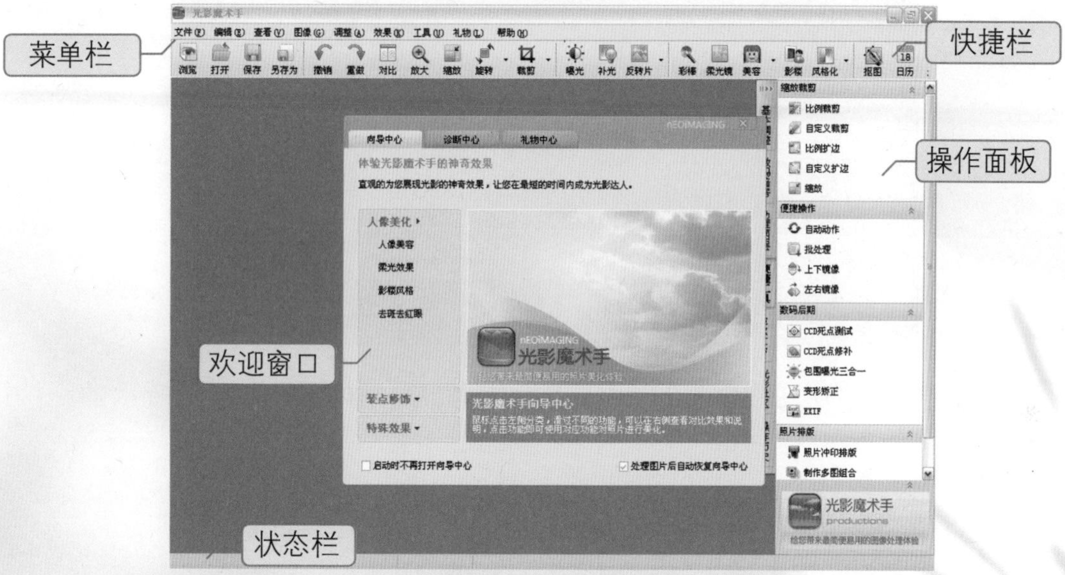

- **菜单栏**：当要使用某个菜单命令时，将鼠标移动到菜单名上单击，弹出下拉菜单，选择需要的子菜单即可执行相应的命令。
- **快捷栏**：快捷栏中有部分菜单的快捷方式，直接单击快捷栏中的按钮即可。
- **欢迎窗口**：可以在欢迎窗口的向导中心和诊断中心中进行快速的照片处理，可以在礼物中心中将制作好的照片制作成礼物送给他人。
- **操作面板**：单击面板左边的按钮，可以打开其对应的子命令，其对应的命令在菜单栏中都能找到，在操作面板中执行命令更为直观、更方便。
- **状态栏**：状态栏在窗口的下方，用来显示图像文件信息，如像素大小、饱和度、亮度等。

1.7.4 使用向导中心快速处理照片

STEP 01 在桌面上双击光影魔术手的快捷方式图标，打开光影魔术手，如下图所示。

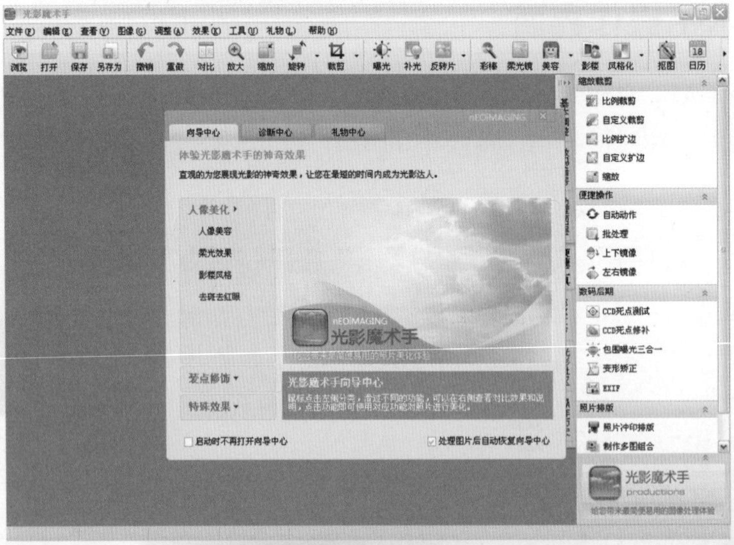

STEP 02 单击向导中心的命令可以快速地处理照片，如单击如下图所示的影楼风格命令。

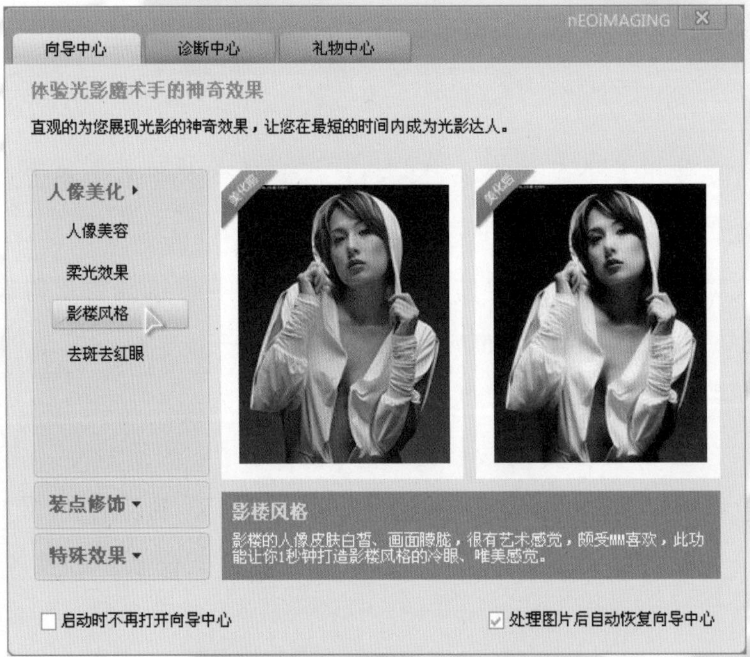

STEP 03 弹出如下图所示的面板，单击“打开一张图片”命令。

STEP 04 弹出“打开”对话框，在对话框中单击所要打开的照片，如下图所示。

STEP 05 单击“打开”按钮，即可在光影魔术手中打开照片，同时弹出相应的参数对话框，在参数对话框中可设置参数，如下图所示。设置好参数后，单击“确定”按钮。

STEP 06 勾选向导中心下方的“启动时不再打开向导中心”复选框，在下次启动光影魔术手时将不再启动向导中心，如下图所示。

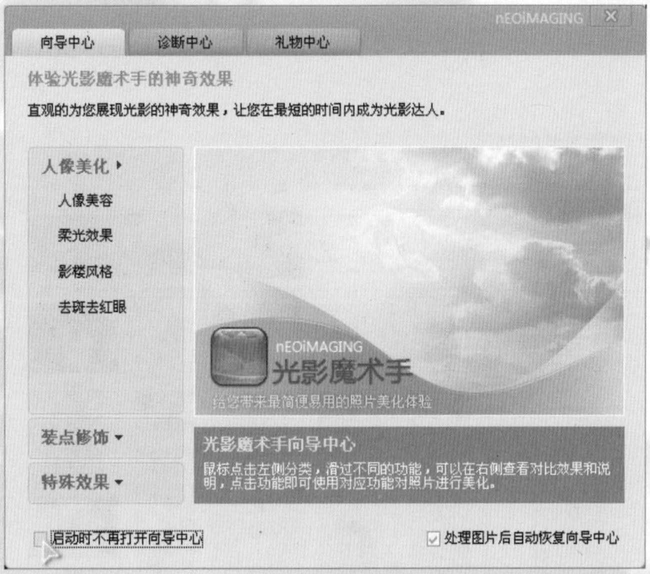

1.7.5 使用光影魔术手软件查看数码照片

STEP 01 在桌面上双击光影魔术手的快捷图标，打开光影魔术手，如下图所示。

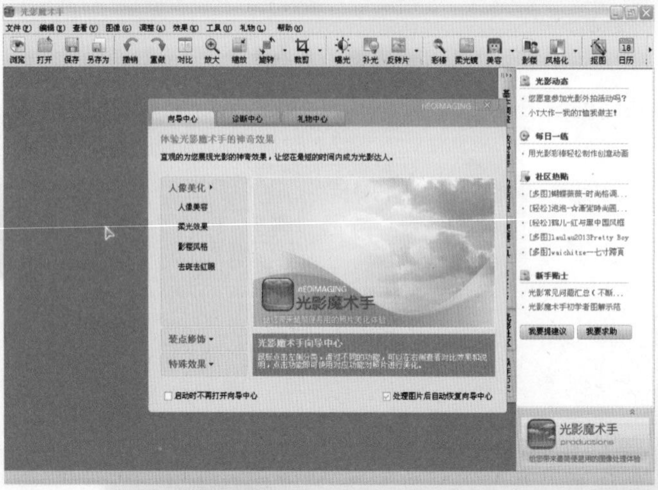

STEP 02 在空白处单击，打开光影管理器，如下图所示。

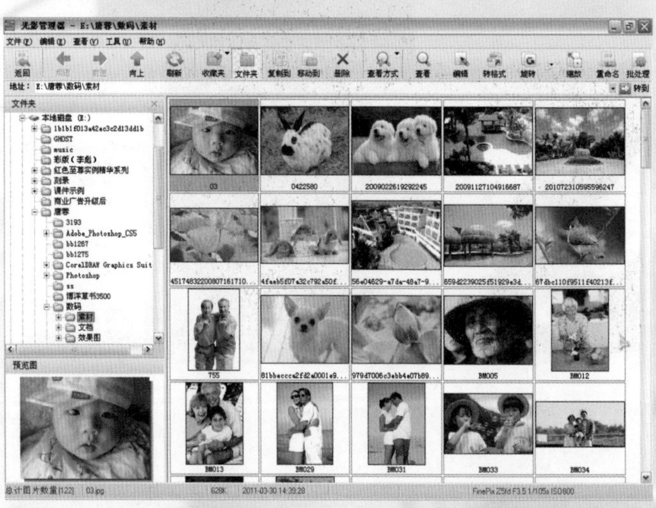

STEP 03 单击管理器右边的照片，可在管理器左下角的预览图中查看到所选择的照片，如下图所示。

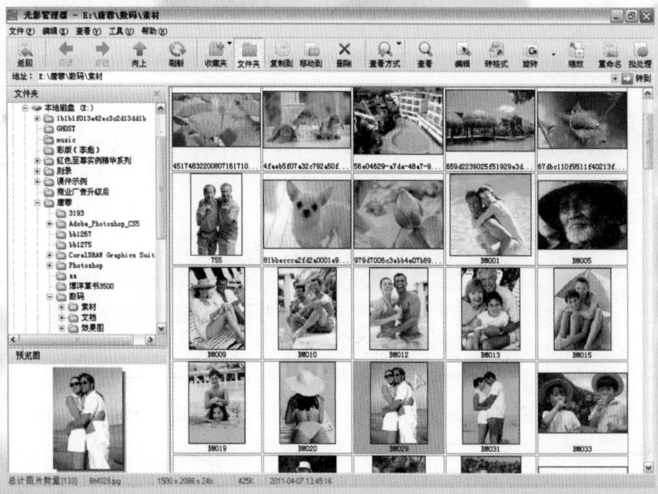

STEP 04 双击管理器右边的照片，可以在光影魔术手中打开照片，如下图所示。

STEP 05 按“PageDown”键可以查看下一张照片，如下图所示。按“PageUp”键可以查看上一张照片。

1.8　互动练习：使用光影魔术手的向导中心

实例源文件与素材

源文件 » 源文件\第1章\01.jpg
素　材 » 素材\第1章\01.jpg

步骤提示：

STEP 01 打开光影魔术手，单击向导中心“人像美化”中的“人像美容”命令。

STEP 02 光影魔术手将自动进行处理，完成后单击“确定”按钮。

Chapter Two

第2章

数码照片处理基本技法

■ 本章导读

本章同时用Photoshop和光影魔术手介绍了处理数码照片的基本技法。使用Photoshop和光影魔术手都能对数码照片进行缩放、裁剪等基本的处理。但对于抠取照片来说，Photoshop的功能更为强大。

2.1 数码照片的打开和存储

在旅游或外出时，拍摄了大量的照片后，怎样才能将其在软件中打开和存储呢？在下面的内容中，将对相关知识和操作进行介绍。

2.1.1 在Photoshop中打开照片

照片无论是在照相机里，还是在电脑里，都可以在Photoshop中打开，这样才能够对其进行图像处理操作。

实例源文件与素材

源文件 » 无
素材 » 无

STEP 01 运行Photoshop CS5，如下图所示。

STEP 02 执行【文件】→【打开】命令，弹出“打开”对话框，如下图所示。

STEP 03 选中相关的素材文件，例如下图所示。

STEP 04 完成选择后，单击“打开”按钮，即可在软件中打开选中的图像，如下图所示。

小提示

在Photoshop中打开文件有多种方法，除了本例介绍的执行【文件】→【打开】命令外，还可以按“Ctrl+O”组合键或是直接在软件空白处双击打开文件。

2.1.2 在Photoshop中存储照片

如果对图像进行了操作后，不将照片存储是没有用的，因此，这就涉及了存储照片的操作，在下面的内容中，将介绍存储照片的操作方法。

实例源文件与素材

源文件	»	无
素材	»	无

STEP 01 运行Photoshop CS5，打开相关素材文件，例如下图所示。

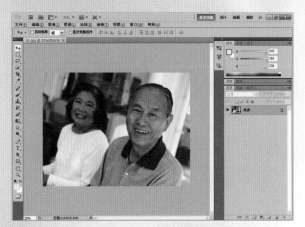

STEP 02 执行【文件】→【存储为】命令，弹出“存储为”对话框，如右图所示。

STEP 03 在“存储为”对话框中，选择图像需要存储的位置，完成设置后，单击“保存”按钮，即可将图像存储在当前所选择的位置中，如下图所示。

小提示

在Photoshop中，有两个相似的保存图像的命令，它们分别是“存储”命令和“存储为”命令。其中，“存储”命令是将当前图像效果存储到现有位置，在没有进行图像操作时，其命令为灰色，不能进行操作。“存储为”命令是将当前打开的图像存储到其他位置的操作，无论是否进行了操作，都可以执行该操作，使用该操作可以将图像存储到设定的位置。

小提示

若打开的照片为jpg格式，存储时文件的格式也默认为jpg格式，选择好存储路径后单击“保存”按钮。

2.1.3 在光影魔术手中打开照片

在前面的实例中介绍了在Photoshop中打开照片的方法，本例将介绍如何在光影魔术手中打开照片。

实例源文件与素材

源文件 » 无
素材 » 无

STEP 01 运行光影魔术手，如下图所示。

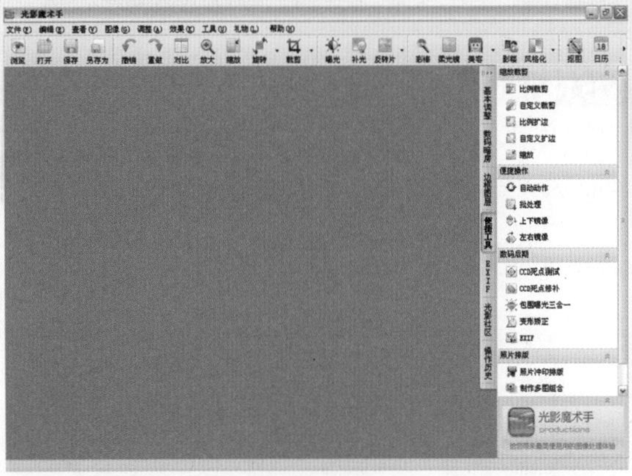

STEP 02 执行【文件】→【打开】命令，弹出“打开”对话框，如下图所示。

STEP 03 打开相关素材文件，例如下图所示。

STEP 04 完成选择后，单击“打开”按钮，即可在软件中打开选中的图像，如下图所示。

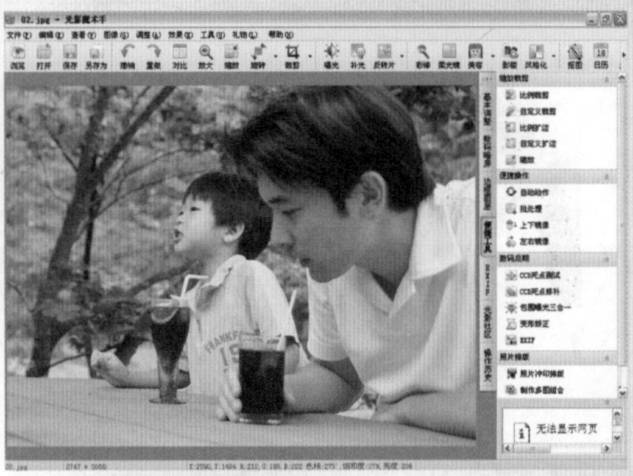

小提示

在光影魔术手中打开文件有多种方法，除了本例介绍的执行【文件】→【打开】命令外，还可以按“Ctrl+O”组合键或是直接在软件空白处双击打开光影管理器，再在管理器中双击要打开的照片。

2.1.4 在光影魔术手中存储照片

在前面的实例中介绍了在Photoshop中存储照片的方法，本例将介绍如何在光影魔术手中存储照片。

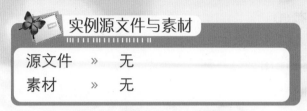

实例源文件与素材

源文件 » 无

素材 » 无

STEP 01 运行Photoshop CS5，打开相关素材文件，例如下图所示。

STEP 02 执行【文件】→【另存】命令，弹出“另存为”对话框，如下图所示。

STEP 03 在“另存为”对话框中，选择图像需要存储的位置，如下图所示。

STEP 04 单击“保存”按钮，弹出如下图所示的对话框，在对话框中可以设置保存的图片的质量，设置完成后，单击“确定”按钮。

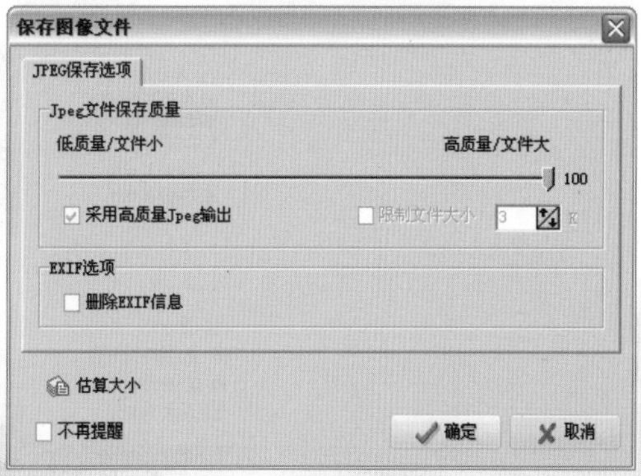

2.2 在Photoshop中调整照片的角度

执行Photoshop中的【图像】→【图像旋转】命令，打开如图所示的菜单，此菜单中的命令可以调整照片的角度。

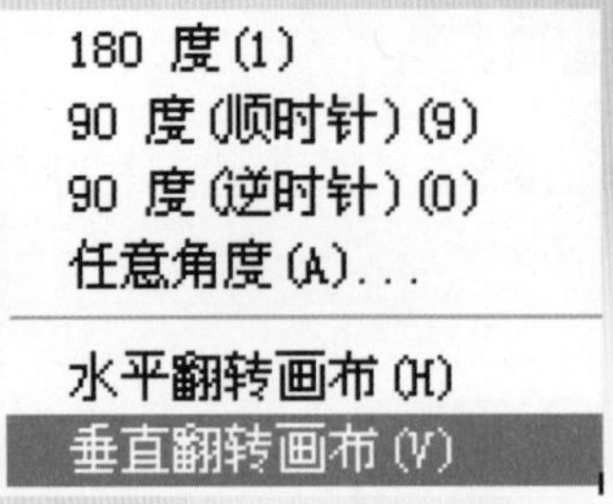

下面分别介绍“图像旋转”菜单中各命令的作用：

命令	作用
180度	执行此命令后可以使图像旋转180°
旋转90度（顺时针）	执行此命令后可以使图像顺时针旋转90°
旋转90度（逆时针）	执行此命令后可以使图像逆时针旋转90°
任意角度	执行此命令后可以使图像旋转任意角度
水平翻转画布	执行此命令后可以使图像水平翻转
垂直翻转画布	执行此命令后可以使图像垂直翻转

下图为使用“图像旋转”命令中调整照片的效果展示图。

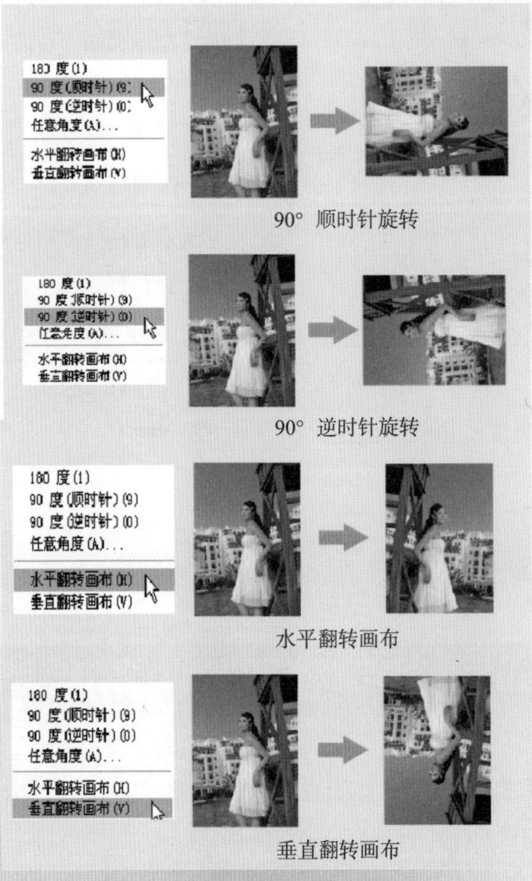

90° 顺时针旋转

90° 逆时针旋转

水平翻转画布

垂直翻转画布

2.2.1 在Photoshop中旋转倒置的照片

在拍摄照片时，照片倾斜的情况有几种，其中一种是图像倒置，在Photoshop中可以轻松调整倒置的照片。本例将介绍旋转倒置照片的方法，照片处理前后的对比效果如下图所示。

实例源文件与素材

源文件 » 源文件\第2章\05.psd

素材 » 素材\第2章\05.jpg

STEP 01 运行Photoshop CS5，打开本书配套光盘中的“素材\第2章\05.jpg”文件，如下图所示。

STEP 02 执行【图像】→【图像旋转】→【垂直翻转画布】命令，即可将照片垂直翻转，如下图所示。

2.2.2 调整倾斜的照片

照片倾斜，在Photoshop中使用标尺工具等可以将倾斜的照片扶正。在下面的内容中，将介绍扶正倾斜照片的具体操作方法。本例将介绍调整倾斜的照片的方法，照片处理前后的对比效果如下图所示。

实例源文件与素材

源文件 » 无
素材 » 无

STEP 01 运行Photoshop CS5，打开相关素材文件，例如下图所示。

STEP 02 选择标尺工具，在图像上拖曳出一条直线，使这条直线处于需要调整的水平线角度位置，如下图所示。

STEP 03 执行【图像】→【图像旋转】→【任意角度】命令，打开“旋转画布”对话框，如下图所示。

STEP 04 完成旋转画布操作后，单击“确定”按钮，将设置的旋转角度应用到图像中，使图像旋转，如下图所示。

STEP 05 选择裁剪工具，在图像中通过拖曳，选择需要保留的区域部分，如下图所示。

STEP 06 完成选择后，按“Enter”键，将裁剪效果应用到图像中，图像被裁剪出来，画面呈现水平效果，本例最终效果如下图所示。

2.2.3 将照片旋转任意角度

本例将介绍使用Photoshop将图片旋转任意角度的方法，照片处理前后的对比效果如图所示。

实例源文件与素材

源文件 » 无

素材 » 无

STEP 01 按“Ctrl+O”组合键，打开相关素材文件，例如下图所示。

STEP 02 执行【图像】→【图像旋转】→【任意角度】命令，在弹出的“旋转画布”对话框中设置参数以便确定旋转的角度，如下图所示。

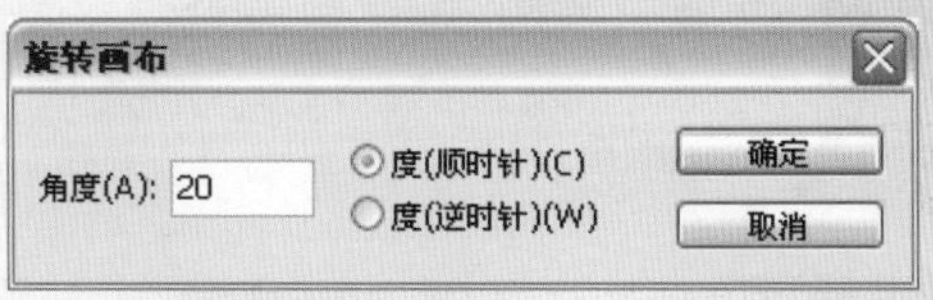

STEP 03 单击“确定”按钮，图像效果如下图所示。

2.3 在光影魔术手中调整照片的角度

执行光影魔术手中的【图像】命令，打开如右图所示的菜单，与Photoshop 一样，此菜单中的命令也可以调整照片的角度。

2.3.1 在光影魔术手中旋转倒置的照片

前面介绍了在Photoshop中旋转倒置的照片的方法，本例将介绍在光影魔术手中旋转倒置的照片的方法，照片处理前后的对比效果如下图所示。

实例源文件与素材

源文件 » 无
素材 » 无

STEP 01 运行光影魔术手，打开相关素材文件，例如右图所示。

STEP 02 执行【便捷工具】→【便捷操作】→【上下镜像】命令，如下图所示。

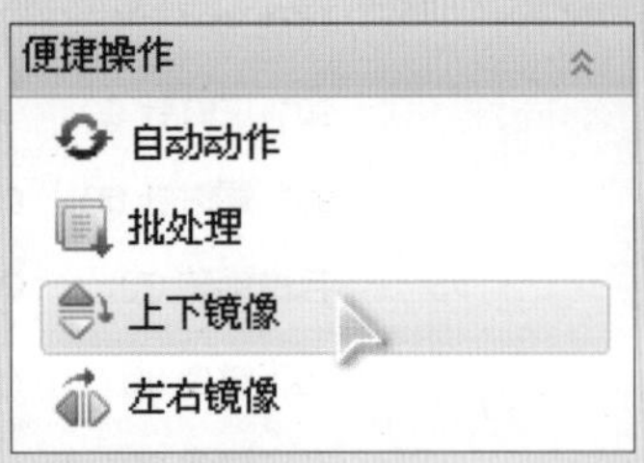

STEP 03 照片向上翻转，本例最终效果如下图所示。

2.3.2 在光影魔术手中水平翻转照片

前面介绍了在光影魔术手中旋转倒置的照片的方法，本例将介绍在光影魔术手中旋转倒置的照片的方法，照片处理前后的对比效果如下图所示。

实例源文件与素材

源文件 » 源文件\第2章\09.jpg
素材 » 素材\第2章\09.jpg

STEP 01 运行光影魔术手，打开本书配套光盘中的“素材\第2章\09.jpg”文件，如下图所示。

STEP 02 执行【便捷工具】→【便捷操作】→【左右镜像】命令，如下图所示。

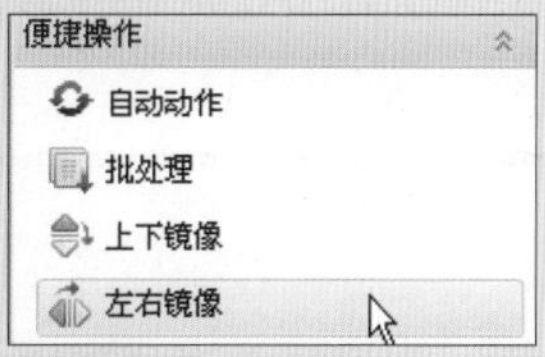

STEP 03 照片水平翻转，本例最终效果如下图所示。

2.3.3 在光影魔术手中旋转竖向照片

前面介绍了在Photoshop中旋转倒置的照片的方法，本例将介绍在光影魔术手中旋转竖向照片的方法，照片处理前后的对比效果如下图所示。

实例源文件与素材

源文件 » 无
素材 » 无

STEP 01 运行光影魔术手，打开相关素材文件，例如下图所示。

STEP 02 执行【图像】→【90° 顺时针】命令，如下图所示。

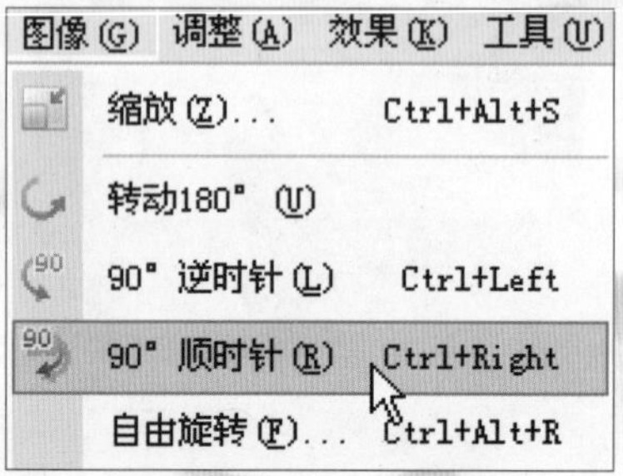

STEP 03 图像变为如下图所示的效果。

2.4 裁剪照片

使用Photoshop和光影魔术手都可以裁剪照片，裁剪时既可以任意裁剪，又可以按比例裁剪。本节将介绍在Photoshp中裁剪照片的方法。

2.4.1 直接裁剪

很多数码相机拍摄出来的数码照片，尺寸大小会和冲印的照片尺寸不符合，需要使用软件将这些照片尺寸裁剪到符合尺寸的大小。本例将介绍使用Photoshop直接裁剪照片的方法，照片处理前后的对比效果如下图所示。

实例源文件与素材

源文件 » 源文件\第2章\11.psd

素材 » 素材\第2章\11.jpg

STEP 01 按“Ctrl+O”组合键，打开配套光盘中的“素材\第2章\11.jpg”文件，如下图所示。

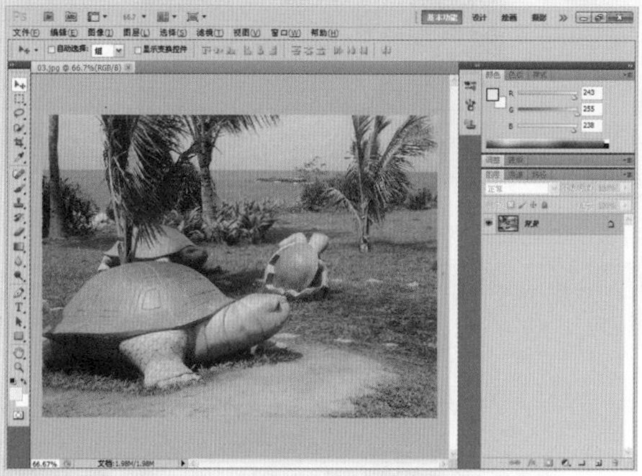

STEP 02 选择裁剪工具，在属性栏中，设置其宽度和高度，如下图所示。

STEP 03 在图像上拖曳，拖曳出裁剪区域选区，如下图所示。

STEP 04 在完成尺寸调整后，按“Enter”键，将灰色部分的图像区域裁去，保留中间的部分，本例最终效果如下图所示。

2.4.2 限定比例裁剪

本例将介绍使用Photoshop限定比例裁剪照片的方法，照片处理前后的对比效果如图所示。

实例源文件与素材

源文件	»	源文件\第2章\12.jpg
素材	»	素材\第2章\12.jpg

STEP 01 按“Ctrl+O”组合键，打开配套光盘中的“素材\第2章\12.jpg”文件，如下图所示。

STEP 02 选择裁剪工具，设置属性栏中的参数，如下图所示。

小提示

单击 清除 按钮，可以将属性栏上的设置清除掉。

STEP 03 在图像中拖曳出裁剪定界框的范围，如下图所示。

STEP 04 按“Enter”键确定，本例最终效果如下图所示。

小提示

当在属性栏中设置了要裁剪的宽度和高度以后，就不能通过拖曳裁剪选区四周的控制点来变换其长宽了，只能等比例缩放，而如果没有设置宽度和高度，则可以随意更改其裁剪区域大小。

2.4.3 裁剪旋转

本例将介绍使用Photoshop裁剪旋转照片的方法，照片处理前后的对比效果如下图所示。

实例源文件与素材

源文件 » 源文件\第2章\13.jpg

素材 » 素材\第2章\13.jpg

STEP 01 按“Ctrl+O”组合键，打开配套光盘中的“素材\第2章\13.jpg”文件，如下图所示。

STEP 02 选择裁剪工具，在图像中拖曳出裁剪定界框的范围，如下图所示。

STEP 03 按“Ctrl+T”组合键，旋转裁剪控制框的角度使其与脸部倾斜的角度一致，如下图所示。

STEP 04 按“Enter”键确定，本例最终效果如下图所示。

2.5 抠取图片

处理数码照片时，时常要为一些图形更换背景，这样就需要将主要图像抠取出来。Photoshop中的魔棒工具、磁性套索工具、钢笔工具都可以抠取图像。其中魔棒工具用于抠取单一背景的图像，使用方法最简单。磁性套索工具用于抠取主体与背景颜色差别较大的图像。主体与背景颜色差别较大或相似的照片都可以用钢笔工具抠取。它们在工具箱中的位置如下图所示，下面以实例的形式介绍这几种工具的使用方法。

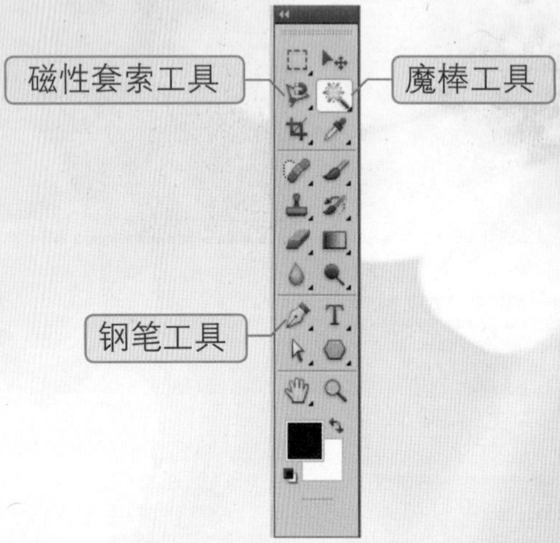

2.5.1 用魔棒工具抠图

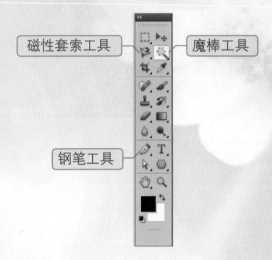

本例将介绍使用Photoshop从单色背景中抠取图片且使用透明背景替换的方法，照片处理前后的对比效果如下图所示。

实例源文件与素材

源文件 » 无

素材 » 无

STEP 01 按“Ctrl+O”组合键，打开相关素材文件，例如下图所示。

STEP 02 双击图层面板中的背景图层，如下图所示。

STEP 03 弹出如下图所示的“新建图层”对话框，单击“确定”按钮。

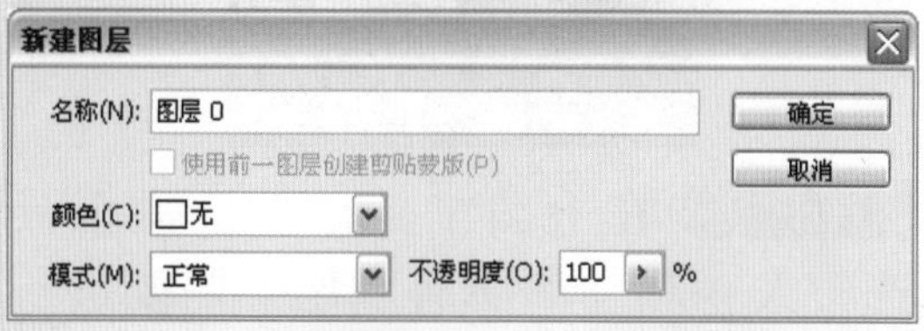

小提示

这样做是为了将锁定的背景图层转换为普通图层。

STEP 04 图中背景色为单色。选择魔棒工具，设置容差为20，其余参数设置如下图所示。

STEP 05 在背景处单击鼠标左键，选中背景，如下图所示。

STEP 06 按“Delete”键，删除选区内的图形，如下图所示。

STEP 07 按“Ctrl+D”组合键，取消选区，本例最终效果如下图所示。

小提示

在魔棒工具的属性栏中可以设置容差，容差越大，选择范围越大。

2.5.2 使用磁性套索工具抠取图像

本例将介绍使用Photoshop中的磁性套索工具抠取图像的方法，照片处理前后的对比效果如下图所示。

实例源文件与素材

源文件 » 源文件\第2章\15.psd
素材 » 素材\第2章\15.jpg

STEP 01 按“Ctrl+O”组合键，打开配套光盘中的”素材\第2章\15.jpg”文件，如下图所示。

STEP 02 选择磁性套索工具，在属性栏中设置参数，如下图所示。

STEP 03 沿人物和马创建选区，如下图所示。

STEP 04 在上图中，磁性套索工具并未选中人物和马的所有图像，需要进行补选。选择多边形套索工具，单击属性栏中的“添加到选区”按钮，如下图所示。

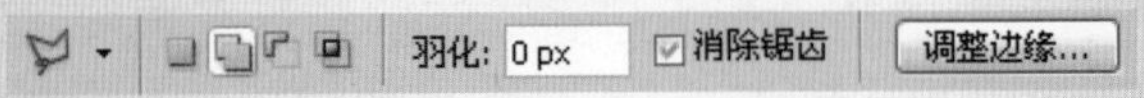

STEP 05 在图像最右边刚才未选中的部分绘制选区，如下图所示。

STEP 06 回到起点后单击鼠标左键，多边形套索工具所绘制的选区添加到了第一个选区中，如下图所示。

STEP 07 再使用相同的方法使用多边形套索工具添加选区到第一个选区中，或单击属性栏中的“从选区减去”按钮，从第一个选区中减去多余图像，得到如下图所示的效果。

STEP 08 按“Shift+Ctrl+I”组合键，反选选区，如下图所示。

STEP 09 按“Delete”键，删除选区内的图形，如下图所示。

STEP 10 按“Ctrl+D”组合键，取消选区，本例最终效果如下图所示。

小提示

在磁性套索工具的属性栏中可以设置套索频率，频率越大，节点越密，更易贴齐图像边缘。

2.5.3 使用钢笔工具抠取图像

本例将介绍使用Photoshop中的钢笔工具抠取复杂边缘图像的方法，照片处理前后的对比效果如下图所示。

实例源文件与素材

源文件 » 无
素材 » 无

STEP 01 按“Ctrl+O”组合键，打开相关素材文件，例如下图所示。

STEP 02 选择钢笔工具，并在属性栏中单击“路径”按钮，在头发处单击作为起点锚点，再移动鼠标到右方作为第二点，并按住鼠标左键向所需要的方向拖动，出现如下图所示的调整杆。

STEP 03 按住“Alt”键，单击调整杆中间的点，删除右边的调整杆，如下图所示。

STEP 04 再移动鼠标到右方作为第三点，并按住鼠标左键向所需要的方向拖动，出现如下图所示的调整杆。

STEP 05 按住“Alt”键，单击调整杆中间的点，删除右边的调整杆，如下图所示。

小提示

绘制过程中，按“Ctrl+Z”组合键，可以撤销前一步的绘制。

STEP 06 使用相同的方法，沿人像边缘绘制路径，并通过调整杆精确勾画图像。完成绘制后回到起点，单击起点，结束绘制，如下图所示。

STEP 07 在下路径面板中，可以看到所绘制的路径，如下图所示。

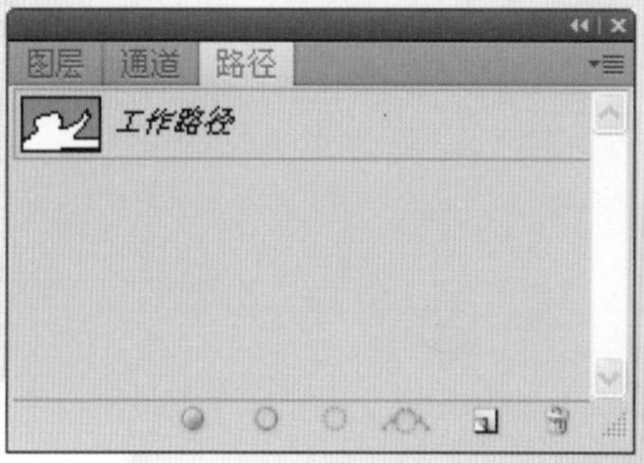

STEP 08 按“Ctrl+Enter”组合键，将路径转换为选区，如下图所示。

STEP 09 按“Ctrl+Shift+I”组合键，反选选区，如下图所示。

STEP 10 按“Delete”键，删除选区内的图形，如下图所示。

STEP 11 按“Ctrl+D”组合键，取消选区，本例最终效果如下图所示。

小提示

绘制完成后如要调整路径的形状，可以使用工具箱中的直接选择工具，位于钢笔工具的下方。

2.6 互动练习：在光影魔术手中裁剪照片

实例源文件与素材

源文件 » 源文件\第2章\17.jpg
素材 » 素材\第2章\17.jpg

步骤提示：

STEP 01 在光影魔术手中打开照片。

STEP 02 执行【便捷工具】→【缩放裁剪】→【自定义裁剪】命令。

STEP 03 在“裁剪”对话框中框选要裁剪的范围。

Chapter Three

第3章

数码照片色彩处理技法

■ 本章导读

本章主要介绍使用光影魔术手调整数码照片色彩的方法。Photoshop也可达到相同的效果，但操作较为复杂。光影魔术手不仅能修补因天气、人为等原因造成的曝光不足、曝光过度等色彩问题，还能制作照片的特殊色彩，如阿宝色调、晚霞渲染等。

3.1 调整照片色彩的常用命令

Photoshop和光影魔术手都能调整照片的色彩，光影魔术手调整照片色彩的优点是操作比Photoshop简单很多。Photoshop调整照片的色彩的优点是功能较为强大，能调出一些光影魔术手中没有的色彩效果。

3.1.1 Photoshop中调整照片色彩的常用命令

在处理照片时我们经常会用到“图像”菜单中的“调整”菜单，“调整”菜单主要用于调整照片的色彩。执行【图像】→【调整】命令，可打开“调整”子菜单，如下图所示。

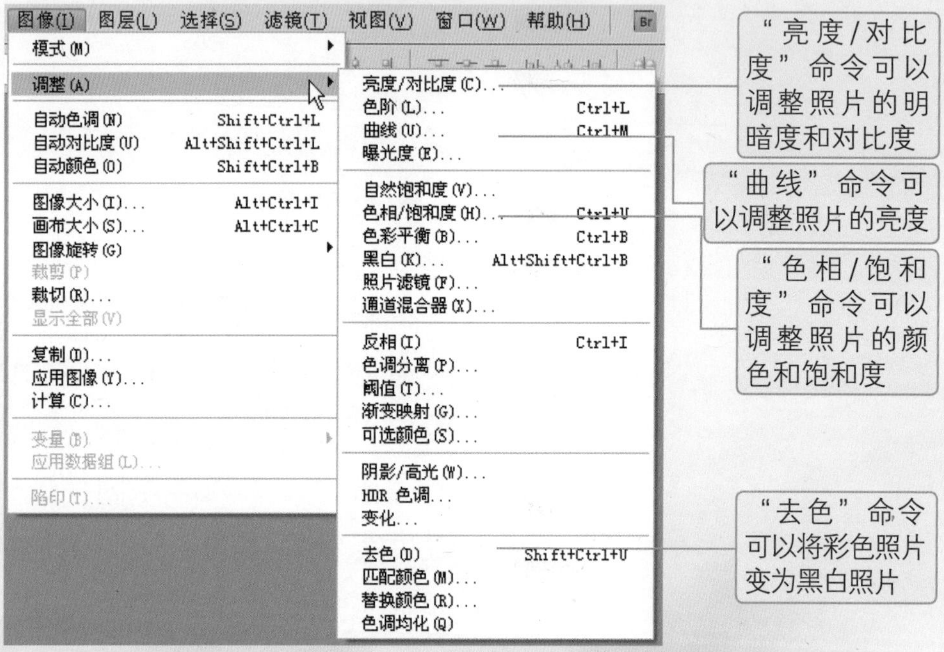

3.1.2 光影魔术手中调整照片色彩的常用命令

光影魔术手中“基本调整”命令中的“高级调整”命令可以调整照片的亮度、对比度、饱和度和色彩平衡等，如右图所示。

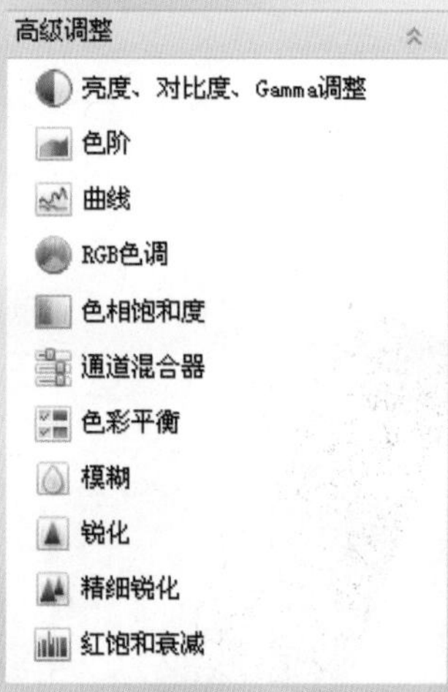

光影魔术手中“数码暗房”命令中的“胶片效果”命令可以制作照片的黑白效果、反转片效果、反转片负冲效果和负片效果，如下图所示。

光影魔术手中“数码暗房”命令中的“颜色变化”命令可以制作照片的单色效果、反色效果、黄色滤镜等效果，如下图所示。

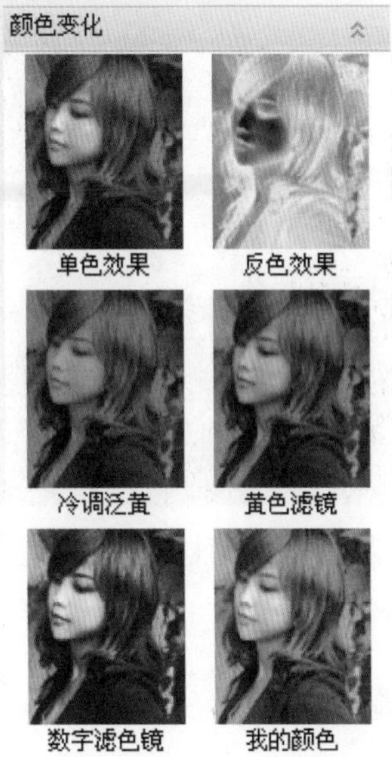

3.2 用曲线调亮照片

本例将介绍在光影魔术手中调整照片亮度的方法，照片处理前后的对比效果如下图所示。

实例源文件与素材

源文件 » 无

素材 » 无

STEP 01 在光影魔术手中按“Ctrl+O”组合键，打开相关素材文件，如下图所示。

STEP 02 执行【基本调整】→【高级调整】→【曲线】命令，如下图所示。

STEP 03 弹出“曲线调整”对话框，如下图所示。

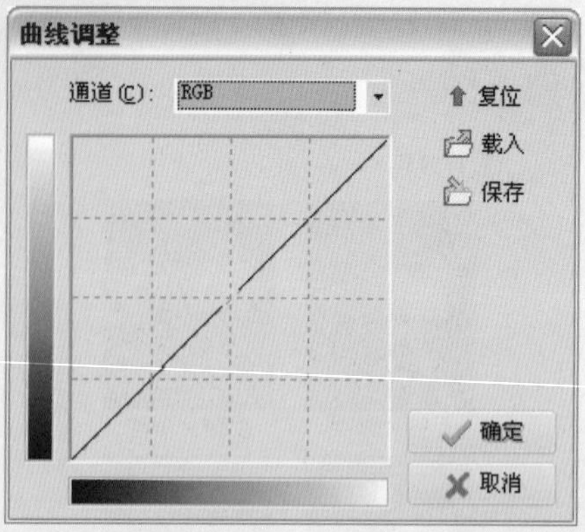

向上调整曲线形状，如下图所示。

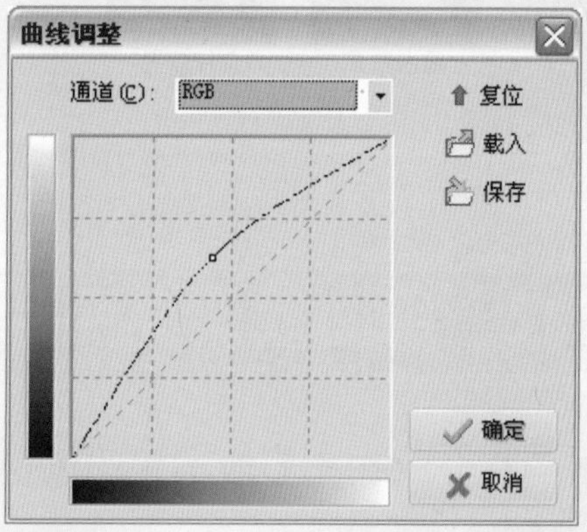

STEP 04 单击“确定”按钮，本例最终效果如下图所示。

小提示

向上拖动曲线可以调亮照片，向下拖动曲线可以调暗照片。

3.3 调整照片中局部的亮度

有时当人的脸侧面面向太阳的时候，另一侧的脸会出现阴影。本例将介绍在Photoshop中调整照片中局部亮度的方法，照片处理前后的对比效果如下图所示。

实例源文件与素材

源文件	»	源文件\第3章\02.psd
素材	»	素材\第3章\02.jpg

STEP 01 在Photoshop中按“Ctrl+O”组合键，打开配套光盘中的“素材\第3章\02.jpg”文件，如下图所示。

STEP 02 选择多边形套索工具，将需要提亮的部分选择出来，如下图所示。

STEP 03 执行【选择】→【修改】→【羽化】命令，打开“羽化选区”对话框，设置参数如下图所示。

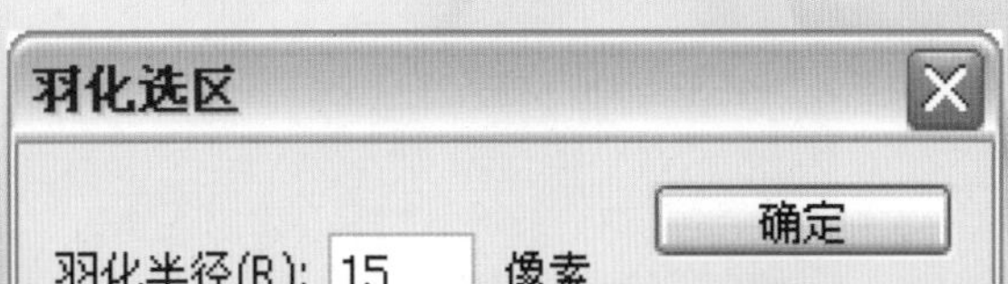

小提示

按“Shift+F6”组合键，也可以打开“羽化选区”对话框。

STEP 04 单击”确定”按钮，选区被羽化，如下图所示。

小提示

之所以对选区设置羽化，是因为需要改变选区范围亮度的时候，与周围的像素过渡得更自然。若不羽化，调整选区内的图像的亮度后，左右脸会出现明显的界限，读者可以自己操作一次。

STEP 05 按“Ctrl+M”组合键，打开“曲线”对话框，向上拖动曲线，如下图所示。

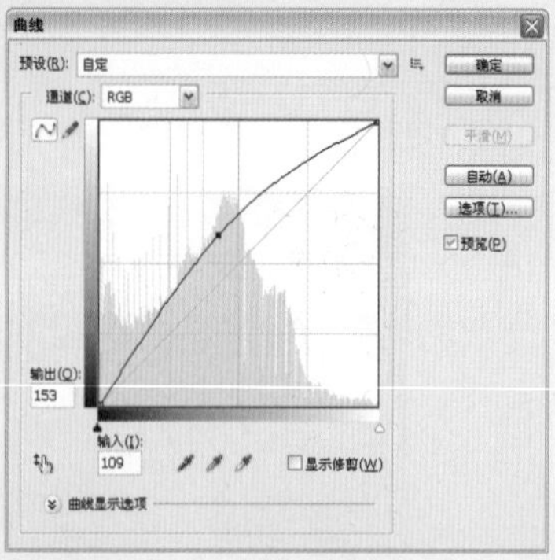

STEP 06 单击“确定”按钮，按“Ctrl+D”组合键取消选区，图像效果如下图所示。

3.4 调整照片亮度、对比度

本例将介绍在光影魔术手中调整照片亮度与对比度的方法，照片处理前后的对比效果如下图所示。

实例源文件与素材

源文件 » 无
素材 » 无

STEP 01 按"Ctrl+O"组合键，打开相关素材文件，例如下图所示。

STEP 02 执行【基本调整】→【高级调整】→【亮度、对比度、Gamma调整】命令，如下图所示。

STEP 03 弹出"亮度 · 对比度 · Gamma"对话框，参数设置如下图所示。

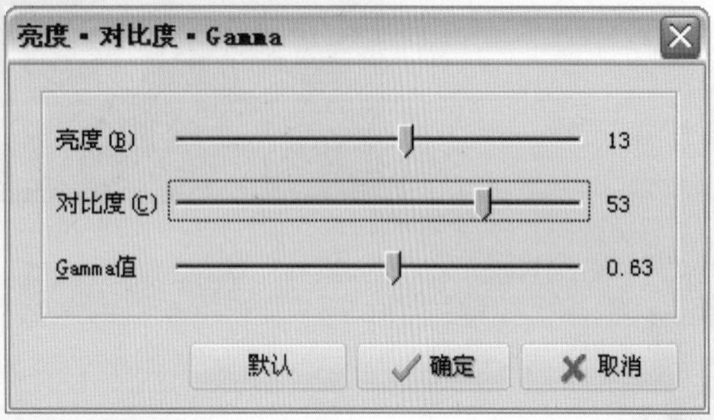

STEP 04 单击"确定"按钮，本例最终效果如下图所示。

3.5 调整照片色相饱和度

本例将介绍在光影魔术手中调整照片色相与饱和度的方法，照片处理前后的对比效果如下图所示。

实例源文件与素材

源文件 » 无
素材 » 无

STEP 01 按“Ctrl+O”组合键，打开相关素材文件，例如下图所示。

STEP 02 执行【基本调整】→【高级调整】→【色相饱和度】命令，如下图所示。

STEP 03 弹出“调整饱和度”对话框，参数设置如下图所示。

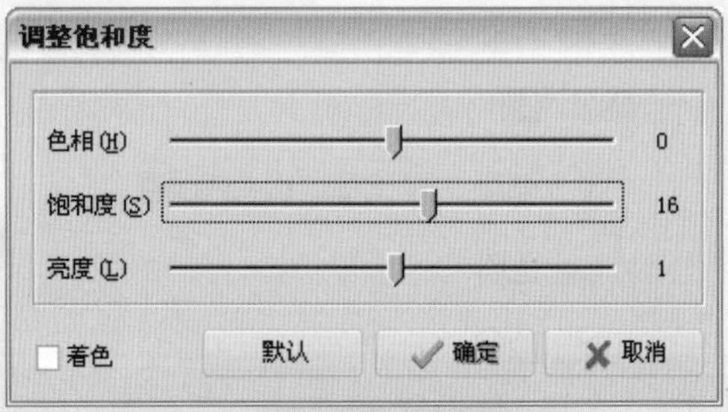

STEP 04 单击“确定”按钮，本例最终效果如下图所示。

3.6 调节照片的色彩平衡

本例将介绍在光影魔术手中调节照片的色彩平衡的方法，照片处理前后的对比效果如下图所示。

实例源文件与素材

源文件	»	源文件\第3章\05.jpg
素材	»	素材\第3章\05.jpg

STEP 01 按“Ctrl+O”组合键，打开配套光盘中的“素材\第3章\05.jpg”文件，如下图所示。

STEP 02 执行【基本调整】→【高级调整】→【色彩平衡】命令，如下图所示。

STEP 03 弹出“色彩平衡”对话框，在对话框中将第一行的滑块向红色方向移动，将该颜色增强，如下图所示。

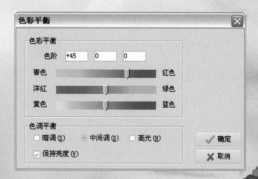

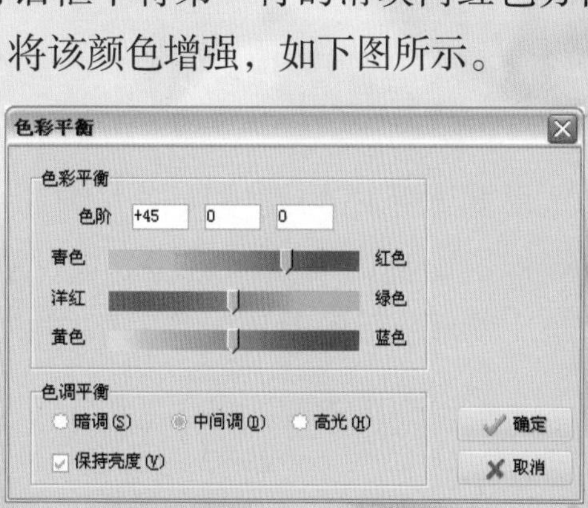

小提示

对于普通的色彩校正，“色彩平衡”命令能更改图像的总体颜色混合。它是针对图像的暗调、中间值、高光来进行色阶的调整，属于一种粗略的调整。

在“色彩平衡”对话框中，“色彩平衡”选项区中有三对颜色，它们是三对互补色，增强其中一种颜色，就等于减少另一种颜色。滑块向哪一个方向移动，即是增强该颜色。而色阶文本框中的数值也发生相应的变化，也可以直接输入数值调整色彩。“色调平衡”选项区中可以选择调整图像中的“阴影”、“中间调”、“高光”部分色彩。若勾选“保持亮度”复选项，则可以维持图像的整体亮度。

STEP 04 单击“确定”按钮，得到如下图所示的图像效果。

小提示

在移动滑块的时候，如果拖动幅度过大，会导致过分强调相反颜色，所以该操作应适度。

3.7 影楼风格人像

光影魔术手中的影楼风格人像命令可以制作出朦胧的艺术照片效果，只需一秒钟就能制作出冷艳、唯美的照片效果。本例将介绍在光影魔术手中制作影楼风格人像的方法，照片处理前后的对比效果如下图所示。

实例源文件与素材

源文件 » 源文件\第3章\06.jpg
素材 » 素材\第3章\06.jpg

STEP 01 按“Ctrl+O”组合键，打开配套光盘中的“素材\第3章\06.jpg”文件，如下图所示。

STEP 02 单击工具栏中“影楼”按钮，如下图所示。

STEP 03 弹出“影楼人像”对话框，参数设置如下图所示。

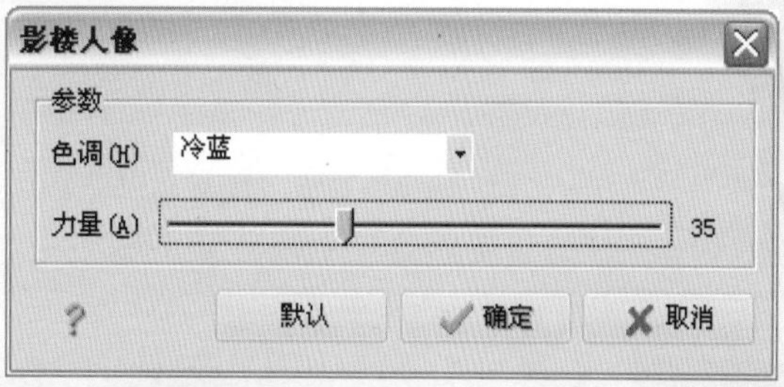

STEP 04 单击“确定”按钮，本例最终效果如下图所示。

3.8 反转片效果

光影魔术手中的反转片效果命令可以模拟反转片的效果，使照片反差更鲜明，色彩更亮丽。本例将介绍在光影魔术手中制作反转片效果的方法，照片处理前后的对比效果如下图所示。

实例源文件与素材

源文件	»	源文件\第3章\07.jpg
素材	»	素材\第3章\07.jpg

STEP 01 按“Ctrl+O”组合键，打开配套光盘中的“素材\第3章\07.jpg”文件，如下图所示。

STEP 02 执行【数码暗房】→【胶片效果】→【反转片效果】命令，如下图所示。

STEP 03 弹出“反转片”对话框，参数设置如下图所示。

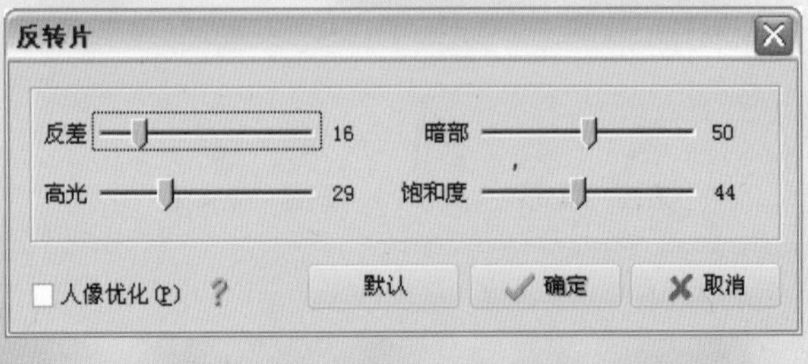

STEP 04 单击“确定”按钮，得到如下图所示的效果。

STEP 05 再次选择胶片效果中的反转片效果，加深效果，本例最终效果如下图所示。

3.9 反转片负冲

光影魔术手中的反转片负冲命令即正片负冲，可以制作出特殊的照片色彩。其特点是画面中同时存在冷暖色调对比。亮部的饱和度有所增强，暗部发生明显的色调偏移。本例将介绍在光影魔术手中制作反转片负冲的方法，照片处理前后的对比效果如下图所示。

实例源文件与素材

源文件 » 源文件\第3章\08.jpg

素材 » 素材\第3章\08.jpg

STEP 01 按“Ctrl+O”组合键，打开配套光盘中的“素材\第3章\08.jpg”文件，如下图所示。

STEP 02 执行【数码暗房】→【胶片效果】→【反转片负冲】命令，如下图所示。

STEP 03 弹出“反转片负冲”对话框，参数设置如下图所示。

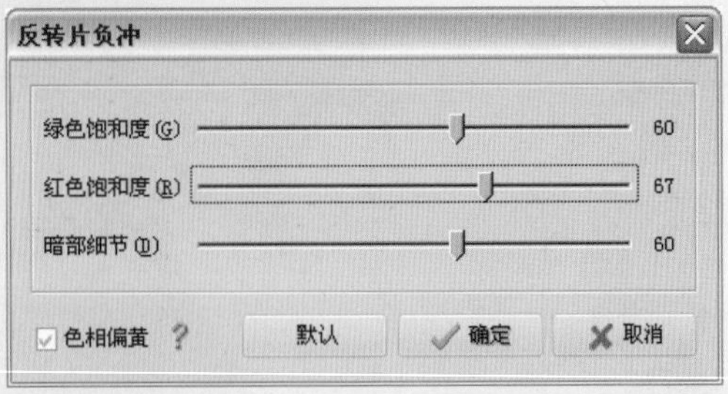

STEP 04 单击“确定”按钮，本例最终效果如下图所示。

3.10 黑白效果

光影魔术手中的黑白效果命令可以将彩色照片变为黑白照片，本例将介绍在光影魔术手中制作照片黑白效果的方法，照片处理前后的对比效果如下图所示。

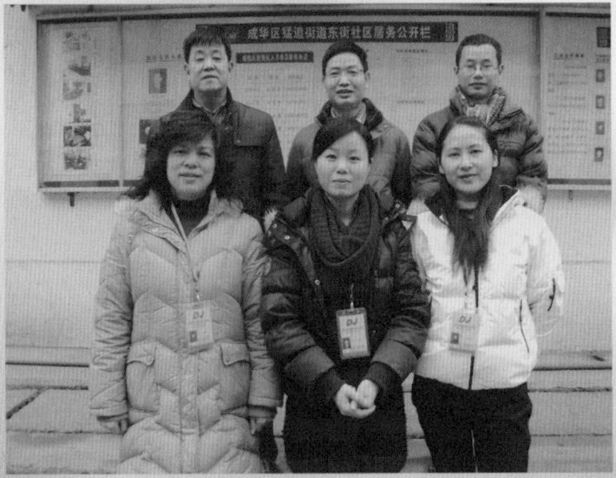

实例源文件与素材

源文件 » 源文件\第3章\09.jpg
素材 » 素材\第3章\09.jpg

STEP 01 按“Ctrl+O”组合键，打开配套光盘中的“素材\第3章\09.jpg”文件，如下图所示。

STEP 02 执行【数码暗房】→【胶片效果】→【黑白效果】命令，如下图所示。

STEP 03 弹出“黑白效果”对话框，参数设置如下图所示。

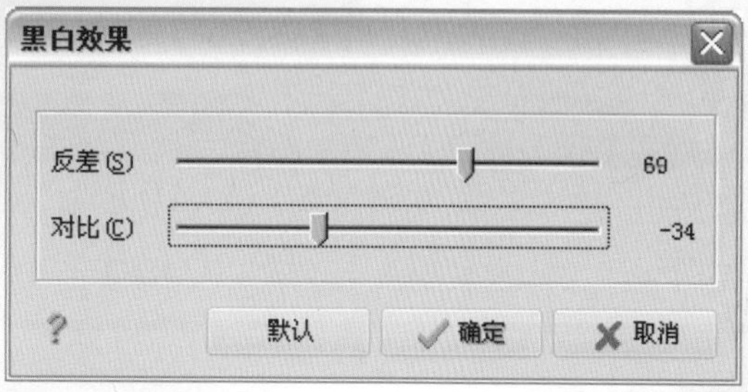

STEP 04 单击“确定”按钮，本例最终效果如下图所示。

3.11 晚霞渲染

使用光影魔术手中的晚霞渲染命令后，照片亮部呈现暖红色调，暗部则显蓝紫色，画面的色调对比很鲜明。本例将介绍在光影魔术手中制作晚霞渲染效果的方法，照片处理前后的对比效果如下图所示。

实例源文件与素材

源文件 » 源文件\第3章\10.jpg
素材 » 素材\第3章\10.jpg

STEP 01 按“Ctrl+O”组合键，打开配套光盘中的“素材\第3章\10.jpg”文件，如右图所示。

STEP 02 执行【数码暗房】→【个性效果】→【晚霞渲染】命令，如下图所示。

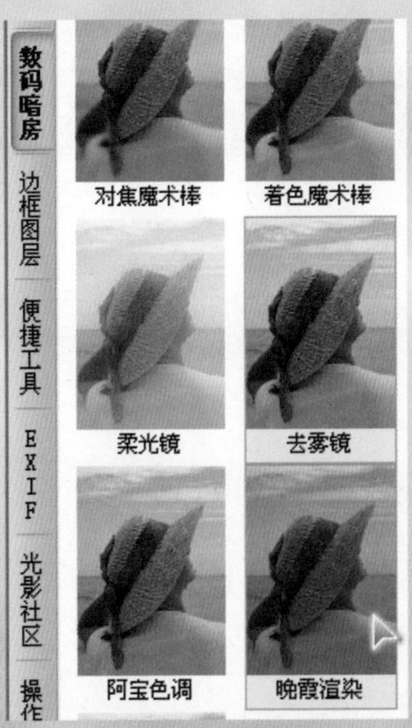

STEP 03 弹出"晚霞渲染"对话框，参数设置如下图所示。

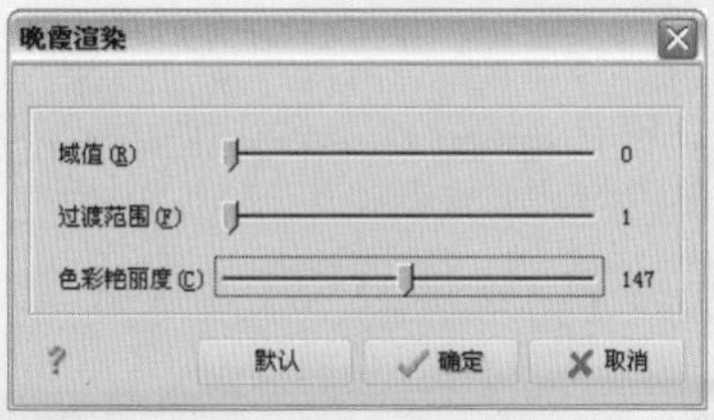

STEP 04 单击"确定"按钮，本例最终效果如下图所示。

小提示

这个功能不仅局限于天空，也可以运用在人像、风景等情况中。使用以后，亮部呈现暖红色调，暗部则显蓝紫色，画面的色调对比很鲜明，色彩十分艳丽。暗部细节也保留得很丰富。同时提供用户对色调平衡、细节过渡、艳丽度的具体控制，用户可以根据自己对色彩的喜好调制出不同的感觉。

3.12 褪色旧相

本例将介绍在光影魔术手中制作褪色的旧照片的方法，照片处理前后的对比效果如下图所示。

实例源文件与素材

源文件	»	无
素材	»	无

STEP 01 按“Ctrl+O”组合键，打开相关素材文件，例如下图所示。

STEP 02 执行【数码暗房】→【个性效果】→【褪色旧相】命令，如下图所示。

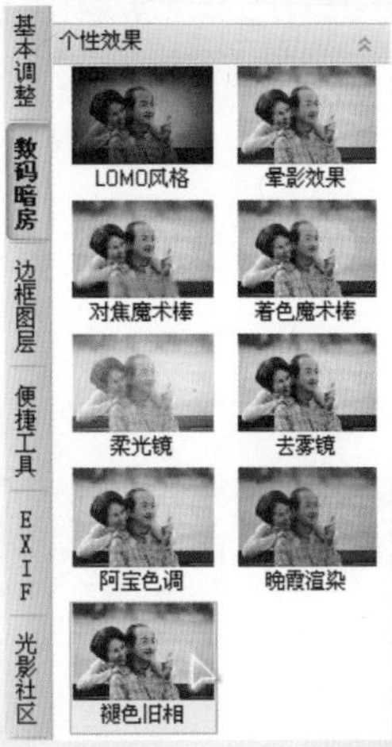

STEP 03 弹出“褪色”对话框，参数设置如下图所示。

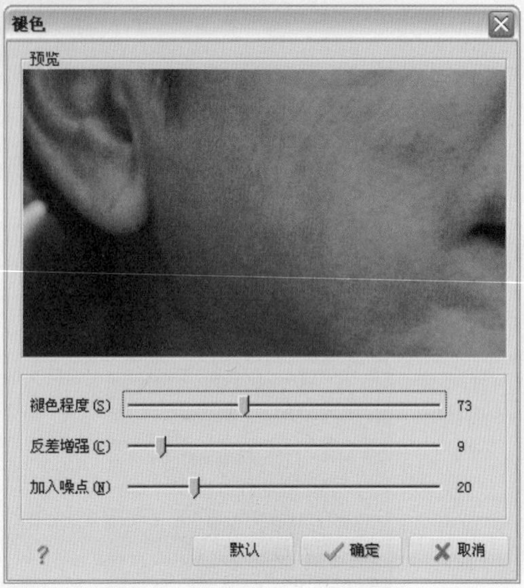

STEP 04 单击“确定”按钮，本例最终效果如下图所示。

3.13 阿宝色调

通过阿宝色调命令可以制作出照片梦幻的色彩，本例将介绍在光影魔术手中制作阿宝色调的照片的方法，照片处理前后的对比效果如下图所示。

实例源文件与素材

源文件 » 无

素材 » 无

STEP 01 按“Ctrl+O”组合键，打开相关素材文件，例如下图所示。

STEP 02 执行【数码暗房】→【个性效果】→【阿宝色调】命令，如右图所示。

STEP 03 弹出“阿宝色调人像”对话框，参数设置如下图所示。

STEP 04 单击“确定”按钮，本例最终效果如下图所示。

3.14 单色效果

本例将介绍在光影魔术手中制作单色照片的方法，照片处理前后的对比效果如下图所示。

实例源文件与素材

源文件 » 源文件\第3章\13.jpg

素材 » 素材\第3章\13.jpg

STEP 01 按“Ctrl+O”组合键，打开配套光盘中的“素材\第3章\13.jpg”文件，如下图所示。

STEP 02 执行【数码暗房】→【颜色变化】→【单色效果】命令，如下图所示。

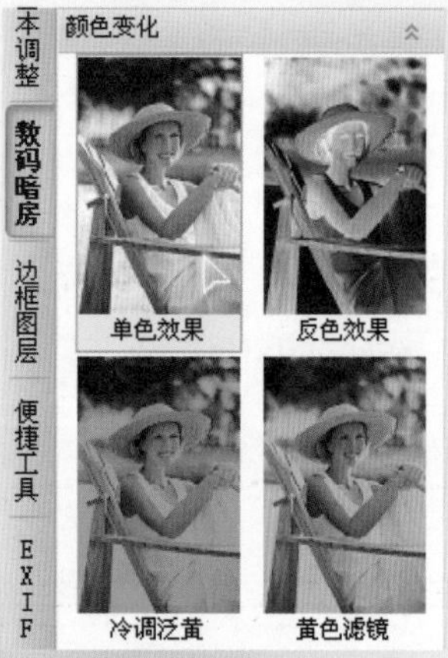

STEP 03 弹出“单色调着色”对话框，参数设置如下图所示。

STEP 04 单击"确定"按钮，本例最终效果如右图所示。

3.15　冷调泛黄

本例将介绍在光影魔术手中制作泛黄的照片的方法，照片处理前后的对比效果如下图所示。

实例源文件与素材

源文件 » 源文件\第3章\14.jpg
素材 » 素材\第3章\14.jpg

STEP 01 按"Ctrl+O"组合键，打开配套光盘中的"素材\第3章\14.jpg"文件，如右图所示。

STEP 02 执行【数码暗房】→【颜色变化】→【冷调泛黄】命令，如下图所示。

STEP 03 图像效果如下图所示。

3.16 黄色滤镜

本例将介绍在光影魔术手中制作照片黄色滤镜效果的方法，照片处理前后的对比效果如下图所示。

实例源文件与素材

源文件	»	源文件\第3章\15.jpg
素材	»	素材\第3章\15.jpg

STEP 01 按“Ctrl+O”组合键，打开配套光盘中的“素材\第3章\15.jpg”文件，如右图所示。

STEP 02 执行【数码暗房】→【颜色变化】→【黄色滤镜】命令，如下图所示。

STEP 03 图像效果如下图所示。

3.17 调出暖色调

在Photoshop中可以将一张普通的照片调出温暖的色调，为照片添加特殊效果。照片处理前后的对比效果如下图所示。

实例源文件与素材

源文件	»	源文件\第3章\16.psd
素材	»	素材\第3章\16.jpg

STEP 01 在Photoshop中按“Ctrl+O”组合键，打开配套光盘中的“素材\第3章\16.jpg”文件，如下图所示。

STEP 02 按“Ctrl+J”组合键，复制背景图层，生成图层1，如下图所示。

STEP 03 执行【滤镜】→【模糊】→【高斯模糊】命令，参数设置如下图所示。

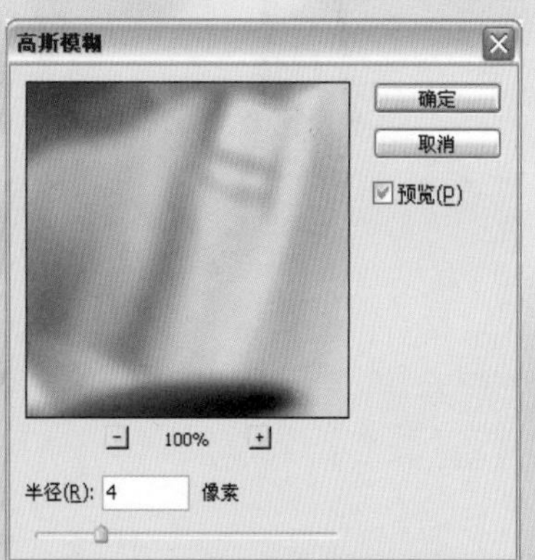

STEP 04 单击“确定”按钮，得到如下图所示的效果。

STEP 05 将图层1的混合模式设置为“强光”，如下图所示。

STEP 06 图像效果如下图所示。

STEP 07 新建图层2，如下图所示。

STEP 08 单击工具箱中的“前景色”按钮，在弹出的“拾色器（前景色）”对话框中设置RGB值，如下图所示。

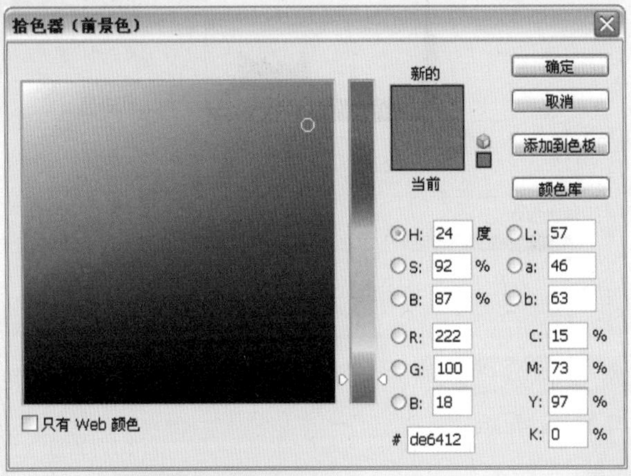

STEP 09 单击“确定”按钮，按“Alt+Delete”组合键，填充前景色。设置图层2的图层混合模式为“柔光”，如下图所示。

STEP 10 图像效果如下图所示。

3.18 高反差效果

本例将介绍在Photoshop中制作照片高反差效果的方法，照片处理前后的对比效果如下图所示。

实例源文件与素材

源文件 » 源文件\第3章\17.psd
素材 » 素材\第3章\17.jpg

STEP 01 按"Ctrl+O"组合键，打开配套光盘中的"素材\第3章\17.jpg"文件，如下图所示。

STEP 02 执行【图像】→【调整】→【去色】命令，得到如下图所示的效果。

STEP 03 执行【图像】→【调整】→【色阶】命令，打开"色阶"对话框，拖动对话框中的三个滑块，如下图所示。

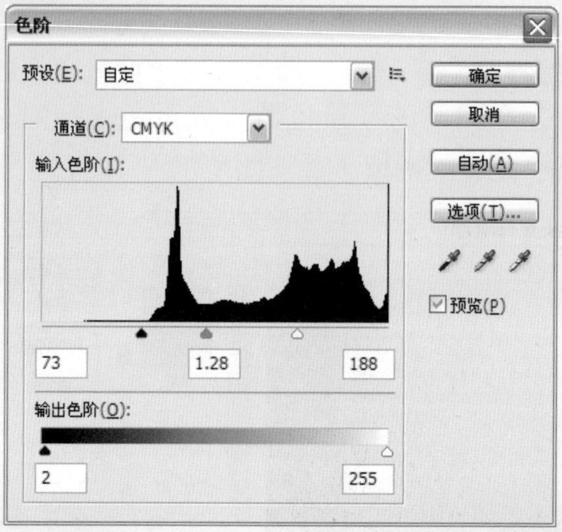

STEP 04 单击"确定"按钮，图像效果如下图所示。

3.19 黑白照片上色

本例将介绍在Photoshop中给黑白照片上色的方法，照片处理前后的对比效果如下图所示。

实例源文件与素材

源文件	»	源文件\第3章\18.psd
素材	»	素材\第3章\18.jpg

STEP 01 按“Ctrl+O”组合键，打开配套光盘中的“素材\第3章\18.jpg”文件，如下图所示。

STEP 02 新建“路径1”，单击钢笔工具，在其属性栏中单击“路径”按钮，勾勒出头和手的轮廓，如下图所示。

STEP 03 按“Ctrl+Enter”组合键，将路径转换为选区，如下图所示。

STEP 04 执行【图像】→【调整】→【色相/饱和度】命令，打开“色相/饱和度”对话框，勾选“着色”复选框，参数设置如下图所示。

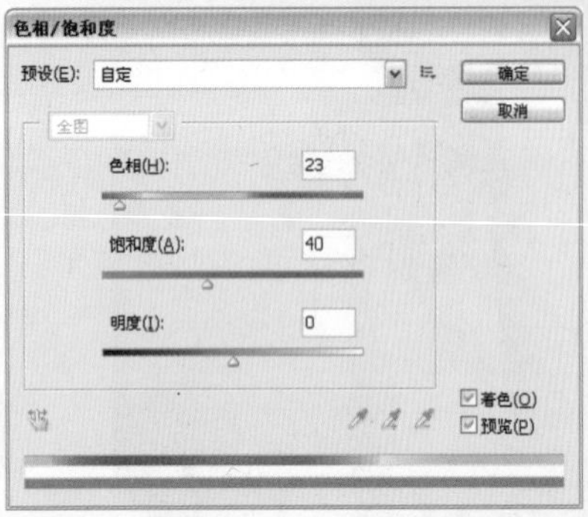

STEP 05 单击“确定”按钮，得到如下图所示的效果。再按“Ctrl+D”组合键，取消选区。

STEP 06 新建“路径2”，单击钢笔工具，勾勒出嘴的轮廓，如下图所示。

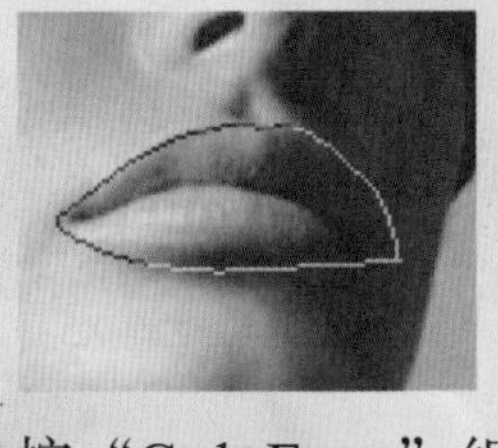

STEP 07 按“Ctrl+Enter”组合键，将路径转换为选区，如下图所示。

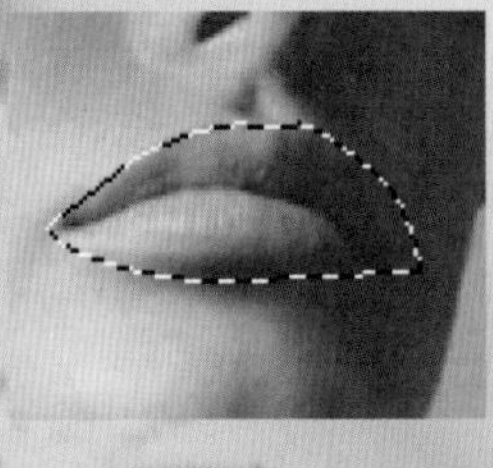

STEP 08 执行【图像】→【调整】→【色相/饱和度】命令，打开“色相/饱和度”对话框，勾选“着色”复选框，参数设置如下图所示。

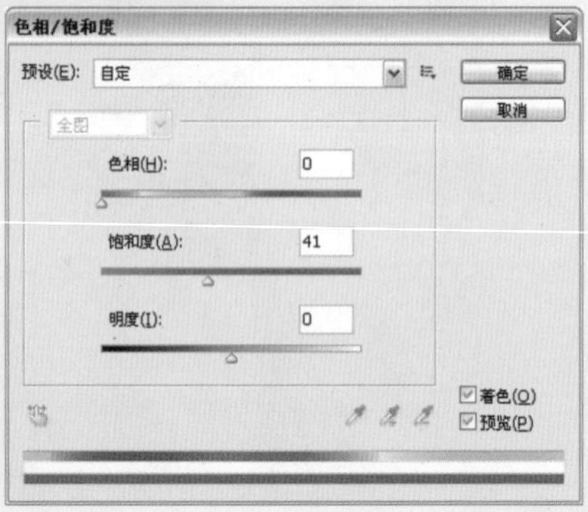

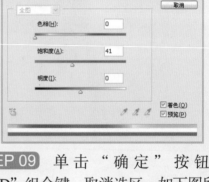

STEP 09 单击“确定”按钮。按“Ctrl+D”组合键，取消选区，如下图所示。

STEP 10 新建“路径3”，选择钢笔工具，勾勒出衣服的轮廓，如下图所示。

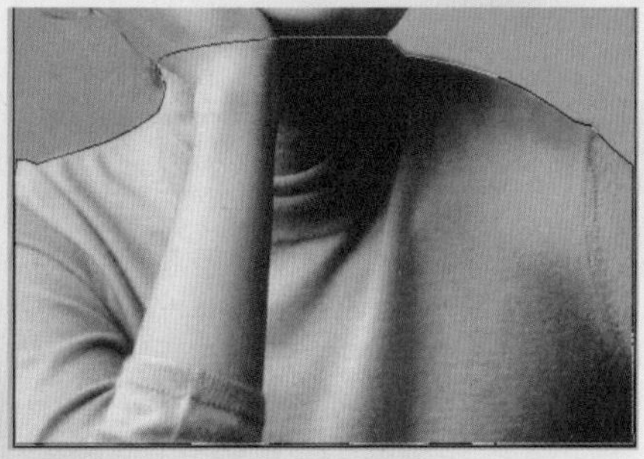

STEP 11 按“Ctrl+Enter”组合键，将路径转换为选区，如下图所示。

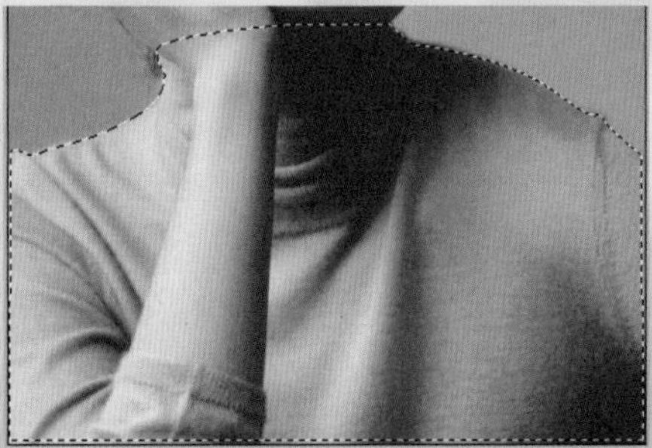

STEP 12 保持选区，在路径面板中选中“路径1”。按住“Alt”键的同时单击“将路径作为选区载入”按钮，在弹出的“建立选区”对话框中选中“从选区中减去”单选按钮，如下图所示。

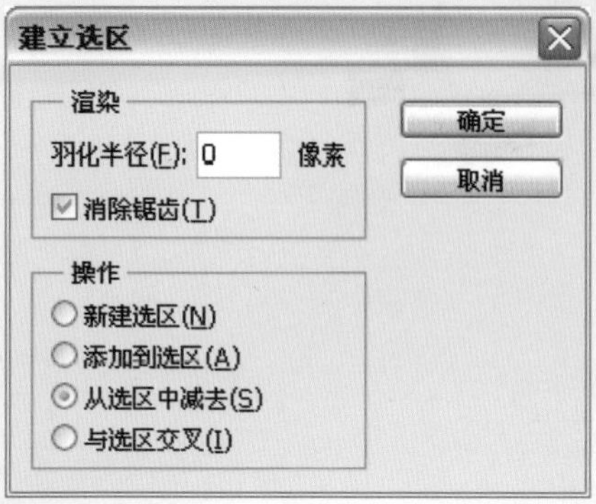

STEP 13 单击“确定”按钮，得到如下图所示的新选区。

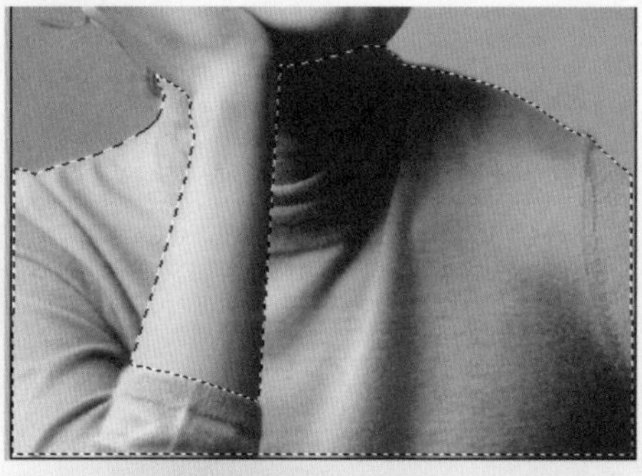

STEP 14 执行【图像】→【调整】→【色相/饱和度】命令，打开“色相/饱和度”对话框，参数设置如下图所示。

STEP 15 单击“确定”按钮。按“Ctrl+D”组合键，取消选区，效果如下图所示。

小提示

利用图层混合模式中的叠加也可以给黑白照片上色。其操作方法是先将各部分选择出来，在新图层中分别为选区填充合适的颜色，在图层面板中设置新图层的混合模式为“叠加”即可。

3.20 调整偏白的黑白照片

本例将介绍在Photoshop中调整偏白的黑白照片的方法，照片处理前后的对比效果如下图所示。

实例源文件与素材

源文件 » 源文件\第3章\19.psd
素材 » 素材\第3章\19.jpg

STEP 01 按“Ctrl+O”组合键，打开配套光盘中的“素材\第3章\19.jpg”文件，如下图所示。

STEP 02 在图层面板中将背景图层拖到新建图层按钮上，复制图层，如下图所示。

STEP 03 设置复制的图层的混合模式为“正片叠底”，不透明度为70%，如下图所示。

STEP 04 图像效果如下图所示。

3.21 互动练习：使用Photoshop制作柔和的人像效果

实例源文件与素材

源文件	»	源文件\第3章\20.jpg
素材	»	素材\第3章\20.jpg

步骤提示：

STEP 01 使用“高斯模糊”滤镜进行磨皮操作。

STEP 02 使用“曲线”调整图像亮度。

STEP 03 使用“光照效果”滤镜添加光照效果。

STEP 04 添加“镜头光晕”滤镜效果。

Chapter Four

第4章

数码照片修补技法

■ 本章导读

数码照片在拍摄时，因为天气、人为等原因可能造成照片的一些问题，如红眼、粗糙等，使用光影魔术手能快速地修复这些问题。下面就让我们来领略光影魔术手的强大功能吧。

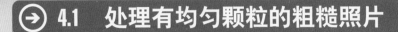

4.1 处理有均匀颗粒的粗糙照片

本例将介绍如何在光影魔术手中处理有均匀颗粒的粗糙照片。照片处理前后的对比效果如下图所示。

实例源文件与素材

源文件 » 源文件\第4章\01.jpg
素材 » 素材\第4章\01.jpg

STEP 01 按“Ctrl+O”组合键，打开配套光盘中的“素材\第4章\01.jpg”文件，如下图所示。

STEP 02 执行【基本调整】→【噪点】→【颗粒降噪】命令，如下图所示。

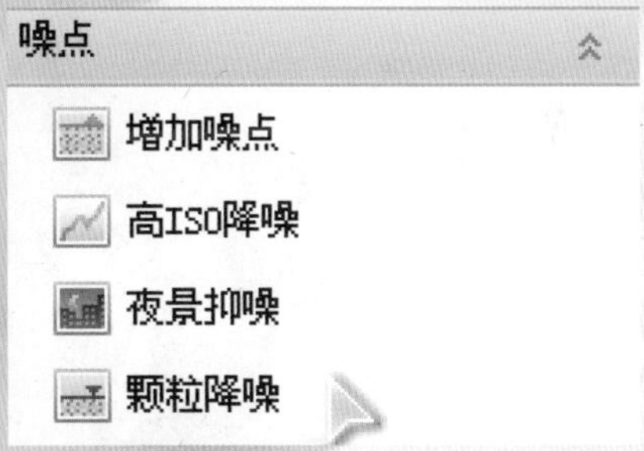

STEP 03 弹出“颗粒降噪”对话框，参数设置如下图所示。

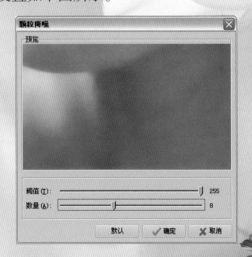

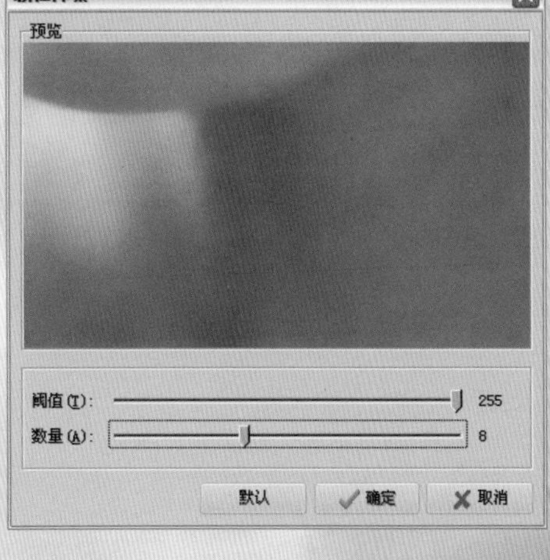

STEP 04 单击“确定”按钮，本例最终效果如右图所示。

4.2 锐化

本例将介绍在光影魔术手中锐化模糊的照片的方法，照片处理前后的对比效果如下图所示。

实例源文件与素材

源文件 » 无
素材 » 无

STEP 01 按“Ctrl+O”组合键，打开相关素材文件，例如右图所示。

STEP 02 执行【基本调整】→【高级调整】→【锐化】命令，如下图所示。

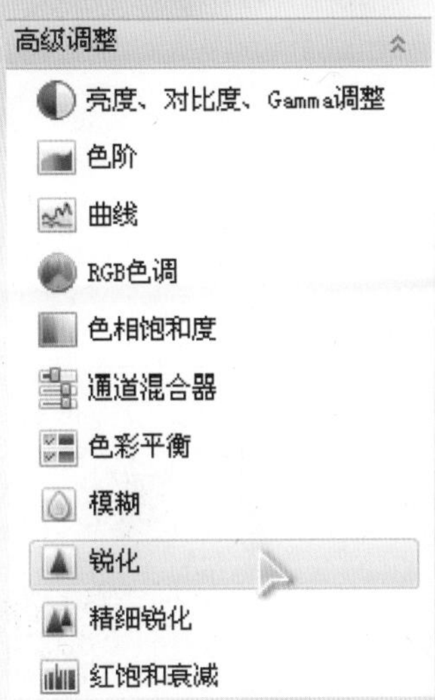

STEP 03 图像效果如下图所示。

小提示

锐化处理在照片修饰中起到了重要的作用，主要是通过增加相邻像素的对比度来聚焦模糊的图像。通常，进行锐化的图像都会显得较为锐利，图像边缘轮廓会比较清晰。

4.3　精细锐化

本例将介绍在光影魔术手中精细锐化照片的方法，照片处理前后的对比效果如下图所示。

实例源文件与素材

源文件 » 源文件\第4章\03.jpg
素材 » 素材\第4章\03.jpg

STEP 01 按“Ctrl+O”组合键，打开配套光盘中的“素材\第4章\03.jpg”文件，如下图所示。

STEP 02 执行【基本调整】→【高级调整】→【精细锐化】命令，如下图所示。

STEP 03 弹出“精细锐化”对话框，参数设置如下图所示。

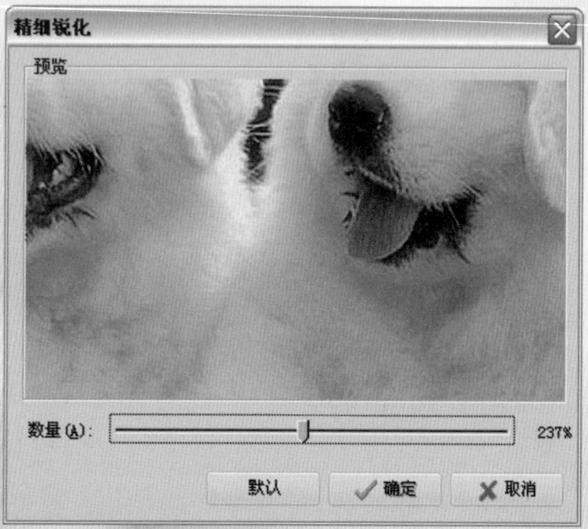

STEP 04 单击“确定”按钮，本例最终效果如下图所示。

4.4　去除夜景噪点

光影魔术手中的夜景效果命令可以把黑暗的天空中存在的各类红绿噪点彻底删除。本例将介绍在光影魔术手中制作影楼风格人像的方法，照片处理前后的对比效果如下图所示。

实例源文件与素材

源文件 » 源文件\第4章\04.jpg
素材 » 素材\第4章\04.jpg

STEP 01 按“Ctrl+O”组合键，打开配套光盘中的“素材\第4章\04.jpg”文件，如下图所示。

STEP 02 执行【基本调整】→【噪点】→【夜景抑噪】命令，如下图所示。

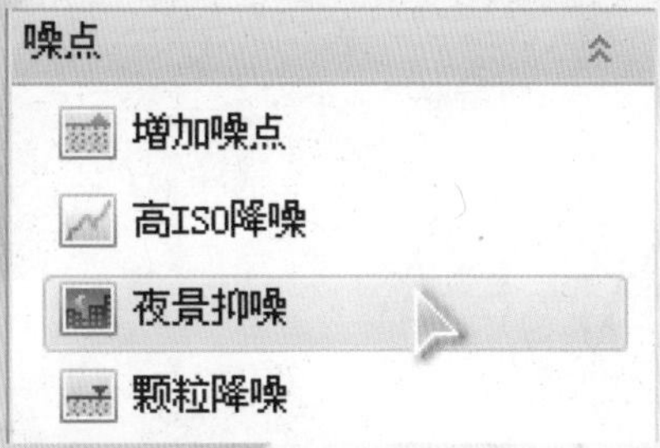

STEP 03 弹出“夜景抑噪”对话框，参数设置如下图所示。

STEP 04 单击“确定”按钮，本例最终效果如右图所示。

4.5 红饱和衰减

光影魔术手中的红饱和衰减命令可以有效修补溢出的红色，对红色以外的物体几乎没有任何影响。本例将介绍在光影魔术手中制作更有层次的红色花朵的方法，照片处理前后的对比效果如下图所示。

实例源文件与素材

源文件 » 源文件\第4章\05.jpg
素材 » 素材\第4章\05.jpg

STEP 01 按“Ctrl+O”组合键，打开配套光盘中的“素材\第4章\05.jpg”文件，如右图所示。

STEP 02 执行【基本调整】→【高级调整】→【红饱和衰减】命令，如下图所示。

STEP 03 弹出“红饱和衰减”对话框，参数设置如下图所示。

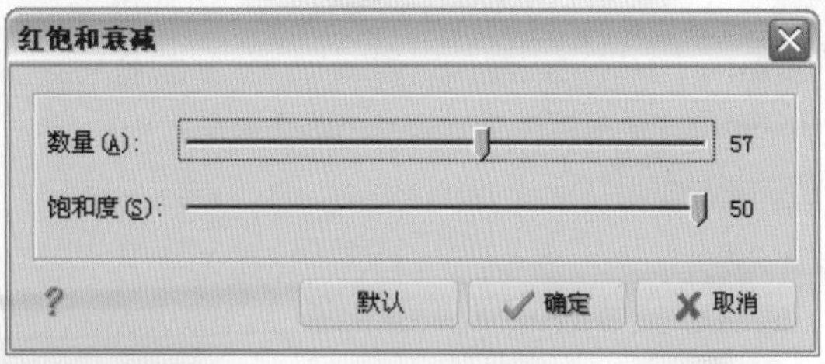

STEP 04 单击“确定”按钮，本例最终效果如下图所示。

4.6 白平衡一指键

在使用“白平衡一指键”命令时，只要能从照片中找到黑、白、灰等无色物体，就能还原真实色彩。如东方人的眼睛、牙齿、头发、白纸等，都可以用做选色目标。本例将介绍使用光影魔术手还原照片真实色彩的方法，照片处理前后的对比效果如下图所示。

实例源文件与素材

源文件 » 源文件\第4章\06.jpg
素材 » 素材\第4章\06.jpg

STEP 01 按“Ctrl+O”组合键，打开配套光盘中的“素材\第3章\06.jpg”文件，如下图所示。

STEP 02 执行【基本调整】→【白平衡】→【白平衡一指键】命令，如下图所示。

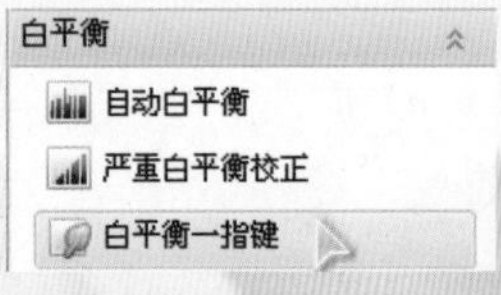

STEP 03 弹出“白平衡一指键”对话框，参数设置如下图所示。

STEP 04 单击“确定”按钮，本例最终效果如下图所示。

4.7 严重白平衡校正

有的照片由于拍摄时白平衡设置错误，发生了严重的偏色情况。针对这种严重偏色的照片，光影魔术手中的严重白平衡校正命令可以自动校正颜色，追补一些已经丢失的细节。本例将介绍在光影魔术手中还原照片色彩的方法，照片处理前后的对比效果如下图所示。

实例源文件与素材

源文件 » 源文件\第4章\07.jpg
素材 » 素材\第4章\07.jpg

STEP 01 按“Ctrl+O”组合键，打开配套光盘中的“素材\第4章\07.jpg”文件，如下图所示。

STEP 02 执行【基本调整】→【白平衡】→【严重白平衡校正】命令，如右图所示。

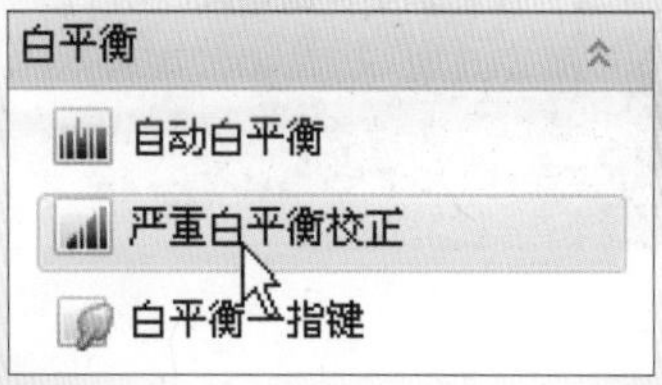

STEP 03 执行了命令后的图像效果如下图所示。

小提示

对于严重偏色的照片，可以先用这个功能校正一下，如果效果不满意，可以再用“白平衡一指键”命令进行进一步处理。

4.8 数码补光

本例将介绍用光影魔术手给照片补光的方法，照片处理前后的对比效果如下图所示。

实例源文件与素材

源文件 » 无
素材 » 无

STEP 01 按“Ctrl+O”组合键，打开相关素材文件，例如下图所示。

STEP 02 执行【基本调整】→【曝光】→【数码补光】命令，如下图所示。

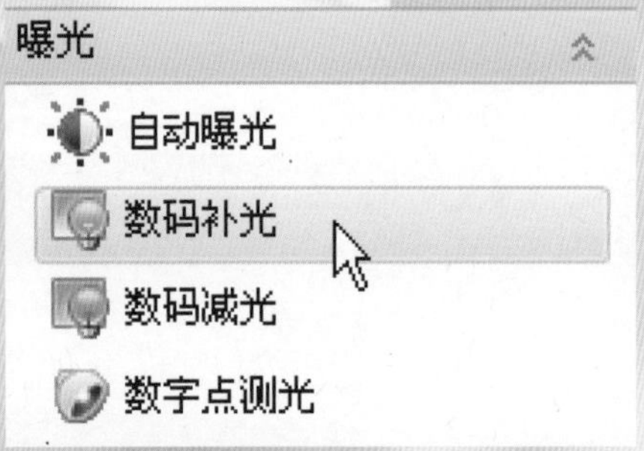

STEP 03 弹出“数码补光”对话框，参数设置如下图所示。

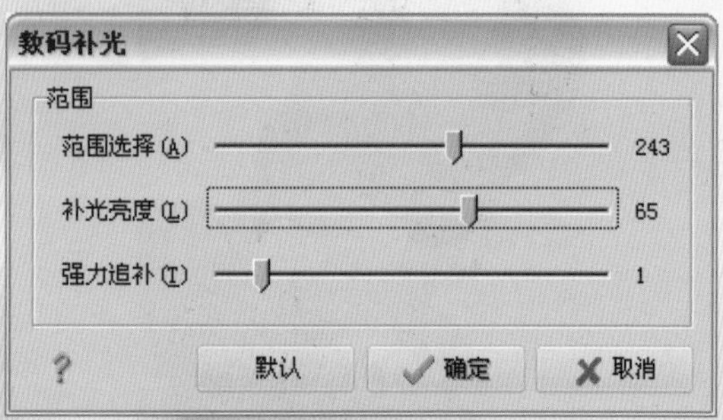

STEP 04 单击“确定”按钮，本例最终效果如下图所示。

小提示

光影魔术手中的数码补光命令可以弥补照片的曝光不足，在提高照片亮度的同时，亮部的画质不受影响，明暗之间的过渡十分自然，暗部的反差也不受影响。

4.9 数码减光

光影魔术手中的数码减光命令可以在不影响正常曝光内容的情况下，把照片中太亮的部分给“还原”回来。本例将介绍在光影魔术手中给照片减光的方法，照片处理前后的对比效果如下图所示。

实例源文件与素材

源文件 » 源文件\第4章\09.jpg
素材 » 素材\第4章\09.jpg

STEP 01 按“Ctrl+O”组合键，打开配套光盘中的“素材\第4章\09.jpg”文件，如下图所示。

STEP 02 执行【基本调整】→【曝光】→【数码减光】命令，如下图所示。

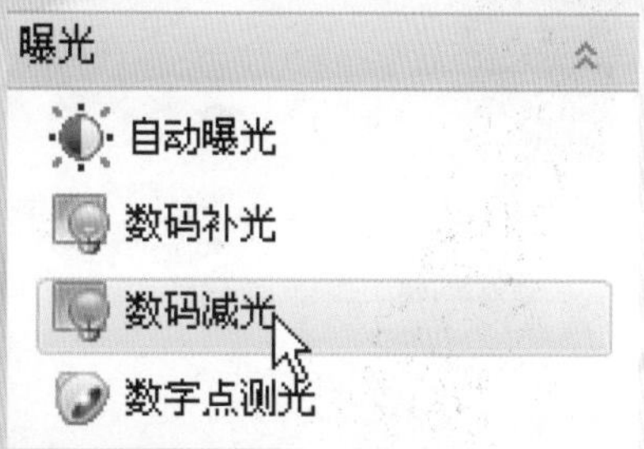

STEP 03 弹出“数码减光”对话框，参数设置如下图所示。

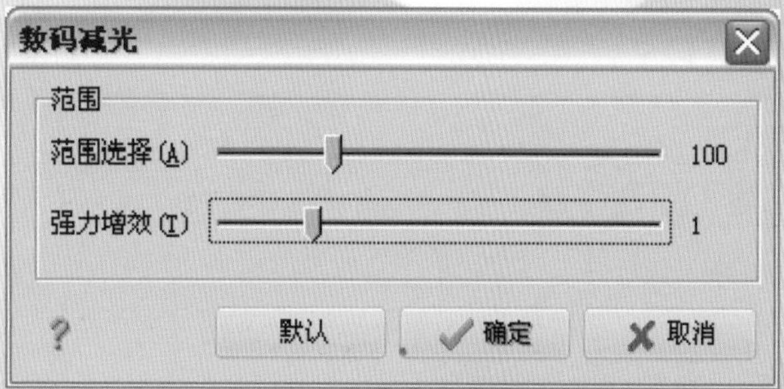

STEP 04 单击“确定”按钮，本例最终效果如右图所示。

4.10 去红眼

使用光影魔术手能轻松地去除照片中的红眼，照片处理前后的对比效果如下图所示。

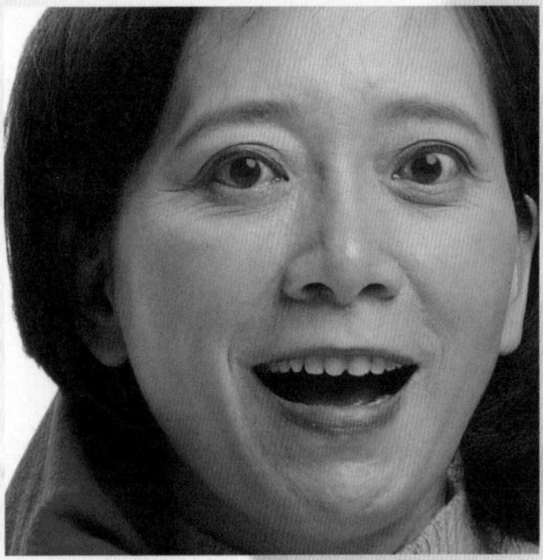

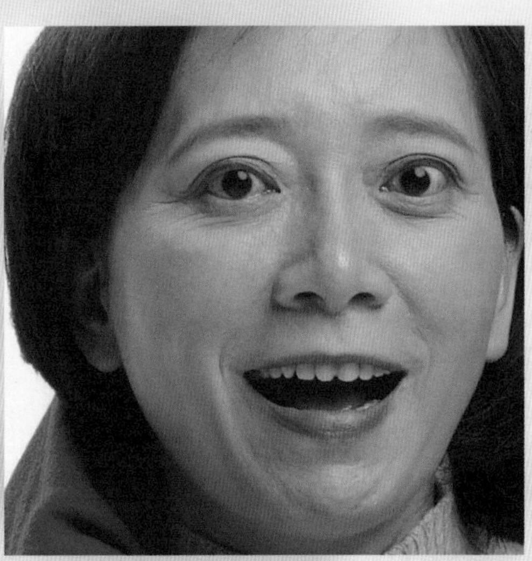

实例源文件与素材

源文件 » 无
素材 » 无

STEP 01 按“Ctrl+O”组合键，打开相关素材文件，例如右图所示。

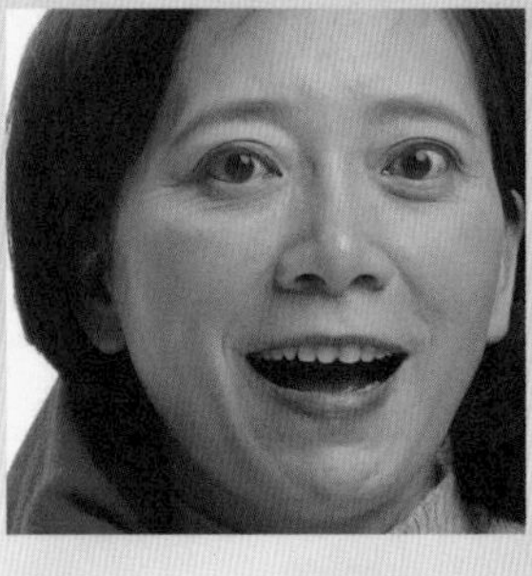

STEP 02 执行【数码暗房】→【人像处理】→【祛斑去红眼】命令，如下图所示。

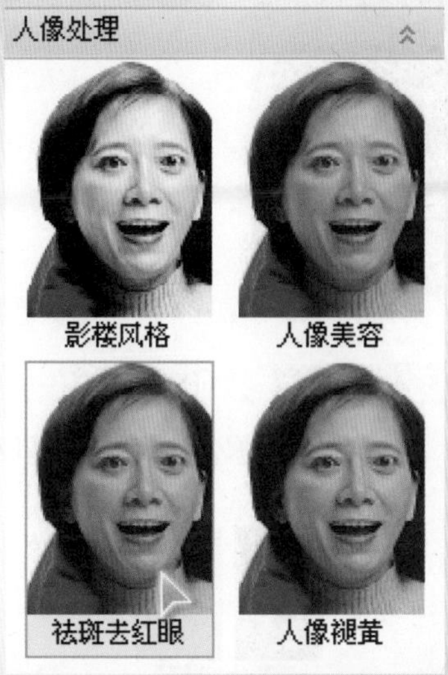

STEP 03 弹出“去红眼”对话框，在对话框的右边设置光标半径，如下图所示。

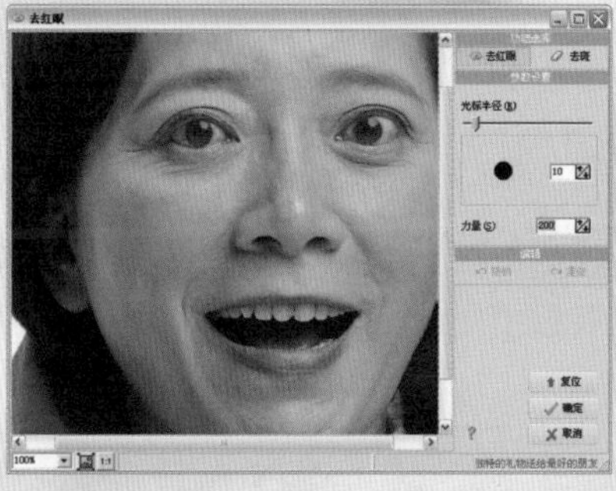

STEP 04 将光标放在如下图所示的位置，单击鼠标左键，即可去除红眼。

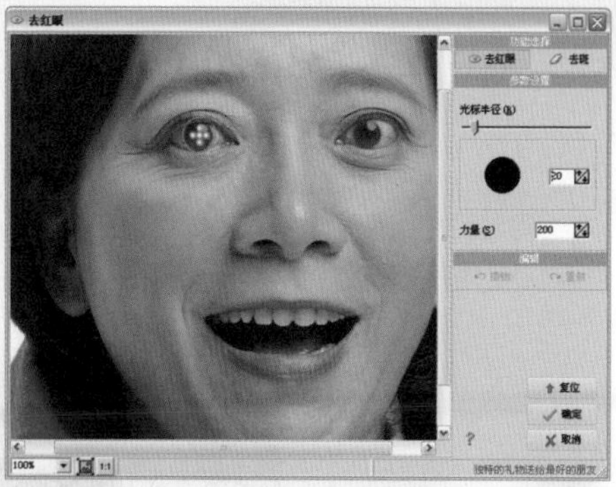

STEP 05 再将光标放在另一只眼睛上，如下图所示，单击鼠标左键，即可去除红眼。

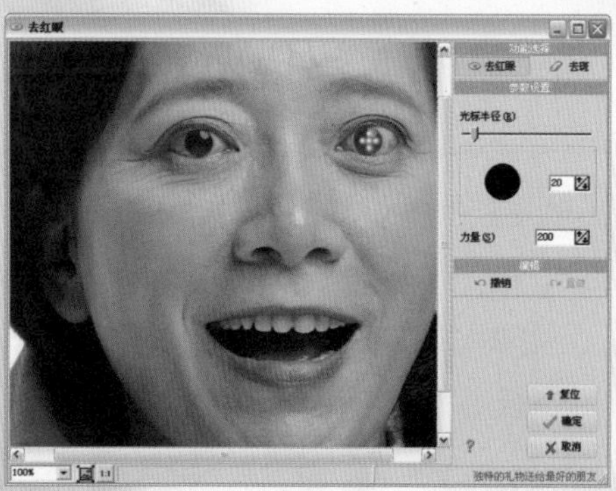

STEP 06 单击“确定”按钮，本例最终效果如下图所示。

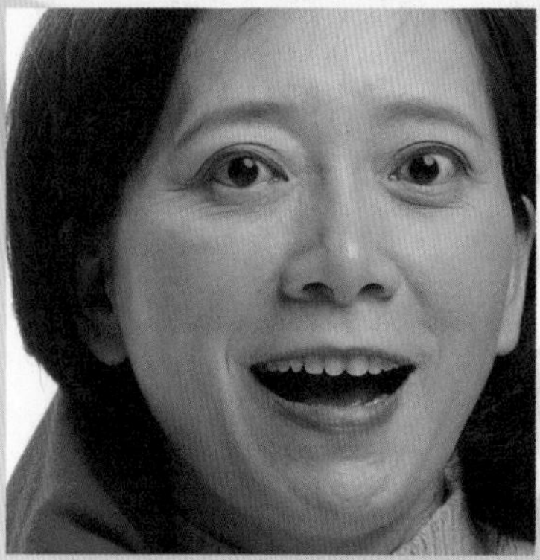

4.11 去雾镜

本例将介绍用光影魔术手中的去雾镜修补阴天时拍摄的照片，照片处理前后的对比效果如下图所示。

实例源文件与素材

源文件 » 无
素材 » 无

STEP 01 按“Ctrl+O”组合键，打开相关素材文件，例如下图所示。

STEP 02 执行【数码暗房】→【个性效果】→【去雾镜】命令，如下图所示。

STEP 03 执行此命令后，雾气蒙蒙的照片变得清晰了，本例最终效果如下图所示。

4.12 修复网纹照片

本例将介绍在Photoshop中修复网纹照片的方法，照片处理前后的对比效果如下图所示。

实例源文件与素材

源文件 » 源文件\第4章\12.psd
素　材 » 素材\第4章\12.jpg

STEP 01 按“Ctrl+O”组合键，打开配套光盘中的“素材\第4章\12.jpg”文件，如下图所示。

STEP 02 执行【滤镜】→【模糊】→【特殊模糊】命令，弹出“特殊模糊”对话框，参数设置如下图所示。

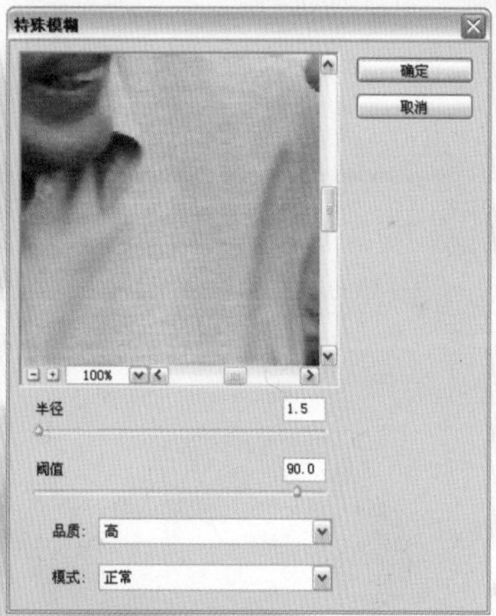

STEP 03 单击“确定”按钮，完成照片的修复，如下图所示。

4.13 让闭着的眼睛睁开

本例将介绍在Photoshop中的操作方法，照片处理前后的对比效果如下图所示。

实例源文件与素材

源文件	»	源文件\第4章\13.psd
素材	»	素材\第4章\13.jpg

STEP 01 按“Ctrl+O”组合键，打开配套光盘中的“素材\第4章\13.jpg”文件，如下图所示。

STEP 02 再按“Ctrl+O”组合键，打开配套光盘中的“素材\第4章\01.jpg”文件，如下图所示。

STEP 03 选择磁性套索工具，框选图像左边的眼睛，如下图所示。

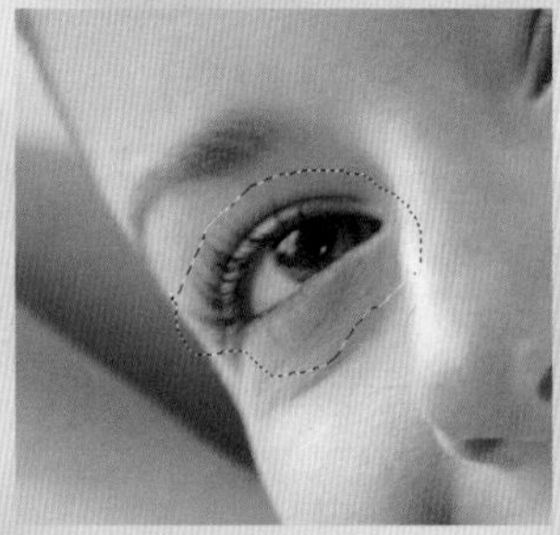

STEP 04 选择移动工具，将选区内的图形拖到13.jpg文件中，按“Ctrl+T”组合键，调整眼睛的大小，并旋转其角度。选择橡皮擦工具，在属性栏中设置柔角画笔，在眼睛的周围擦拭，去除多余图像，如下图所示。

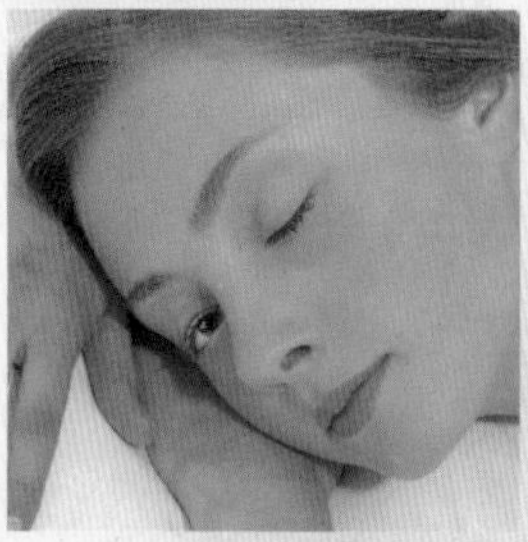

STEP 05 选择磁性套索工具，框选图像右边的眼睛，如下图所示。

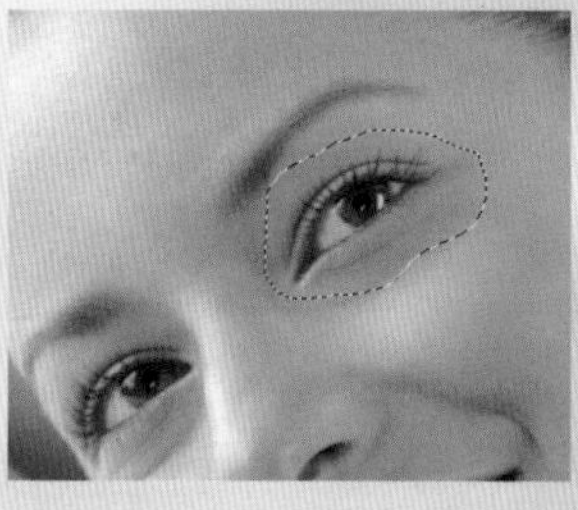

STEP 06 选择移动工具，将选区内的图形拖到13.jpg文件中，按“Ctrl+T”组合键，调整眼睛的大小，并旋转其角度。选择橡皮擦工具，在属性栏中设置柔角画笔，在眼睛的周围擦拭，去除多余图像，如下图所示。

STEP 07 本例最终效果如下图所示。

4.14 旧照片翻新

照片总能勾起人们对某个时期的回忆，因为种种原因，照片产生了折痕及斑点，使珍贵的回忆有了一点点遗憾。现在我们可以把旧照片扫描到电脑中，再用Photoshop来处理。本例将介绍在Photoshop中给旧照片翻新的方法，照片处理前后的对比效果如下图所示。

实例源文件与素材

源文件 » 无
素材 » 无

STEP 01 按“Ctrl+O”组合键，打开相关素材文件，例如下图所示。

STEP 02 拖动背景图层到图层面板上的新建图层按钮上复制图层，如下图所示。

STEP 03 使用缩放工具将图像中有折痕的部分放大，如下图所示。

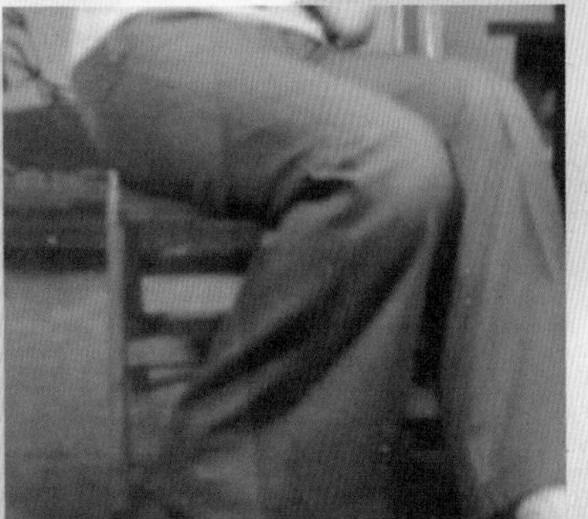

STEP 04 选择修复画笔工具，按住“Alt”键单击图像中无折痕、无污点的位置进行取样，然后放开“Alt”键，在折痕、污点上涂抹，将折痕、污点完全清除，效果如下图所示。

STEP 05 切换到通道面板，在通道面板中选择污点最多的通道，本例为“蓝”通道和“红”通道，选择“蓝”通道，如下图所示。

STEP 06 执行【滤镜】→【模糊】→【高斯模糊】命令，弹出“高斯模糊”对话框，设置“半径”为2.5，如下图所示。

STEP 07 单击“确定”按钮，得到如下图所示的效果。

STEP 08 选择“红”通道，如下图所示。

STEP 09 执行【滤镜】→【模糊】→【高斯模糊】命令，弹出“高斯模糊”对话框，设置“半径”为3，如下图所示。

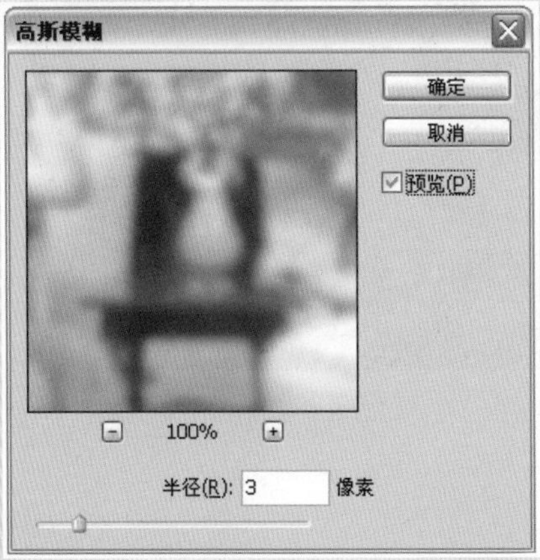

STEP 10 单击“确定”按钮，得到如下图所示的效果。

STEP 11 切换到图层面板，选中背景副本图层，在图层面板中设置背景副本图层的混合模式为“正片叠底”，如下图所示。

STEP 12 图像效果如下图所示。

STEP 13 执行【图像】→【模式】→【灰度】命令，弹出提示对话框，单击“拼合”按钮。

STEP 14 执行【图像】→【调整】→【曲线】命令，打开“曲线”对话框，向下拖动曲线，如下图所示。

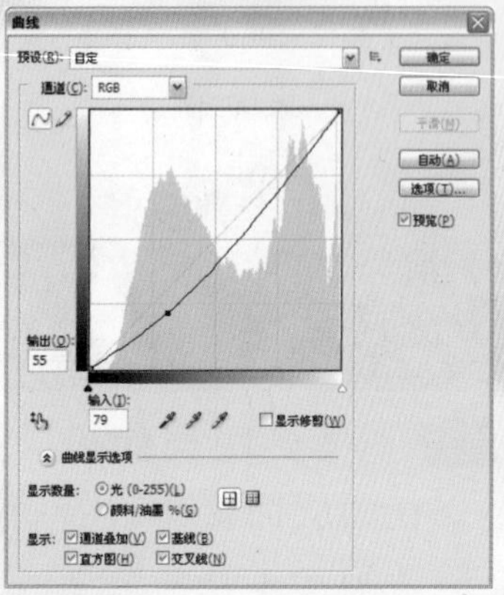

STEP 15 单击“确定”按钮，最终效果如下图所示。

4.15 互动练习：高ISO降噪

实例源文件与素材

源文件	»	无
素材	»	无

步骤提示：

STEP 01 在光影魔术手中打开照片。

STEP 02 执行【基本调整】→【噪点】→【高ISO降噪】命令。

Chapter Five

第5章

数码照片人像美化技法

■ 本章导读

对数码照片中的人物进行修饰可以说是Photoshop的一大特长。Photoshop可以去除人物眼部的皱纹和黑眼圈，将人物皮肤变得红润通透，还可以描眉、烫发等。

5.1 去除脸部皱纹

本例将介绍使用Photoshop去除脸部皱纹的方法，照片处理前后的对比效果如下图所示。

实例源文件与素材

源文件 » 无
素材 » 无

STEP 01 按“Ctrl+O”组合键，打开相关素材文件，例如下图所示。

STEP 02 首先去除额头处的皱纹。选择仿制图章工具，在其属性栏中设置画笔的“大小”为100，不透明度为40%，如下图所示。

小提示

不透明度的设置非常重要，不能设置为100%，这样会不真实。画笔大小可在实际的操作中不断调整。

STEP 03 将鼠标光标放置在皱纹附近的位置，如下图所示。

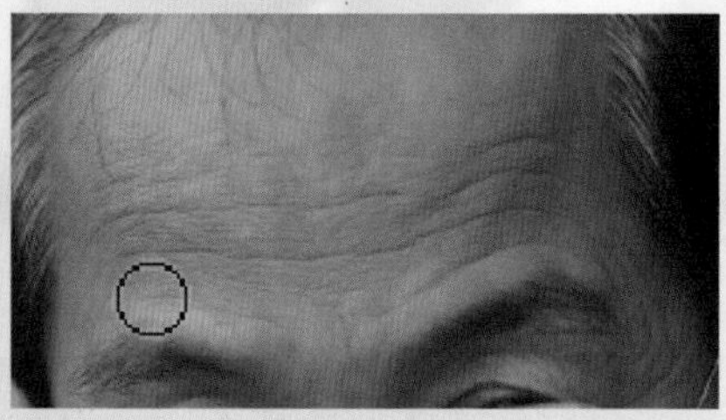

STEP 04 按住“Alt”键，单击鼠标左键取样，然后释放“Alt”键，将光标放到如下图所示的皱纹处。

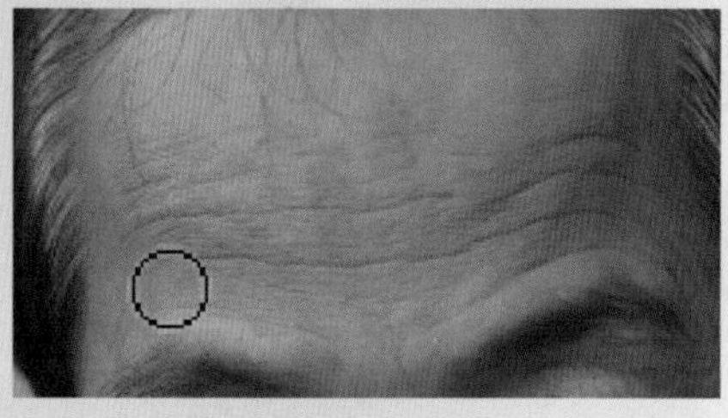

STEP 05 从左至右在皱纹处拖动鼠标，可看到皱纹减少了，如下图所示。

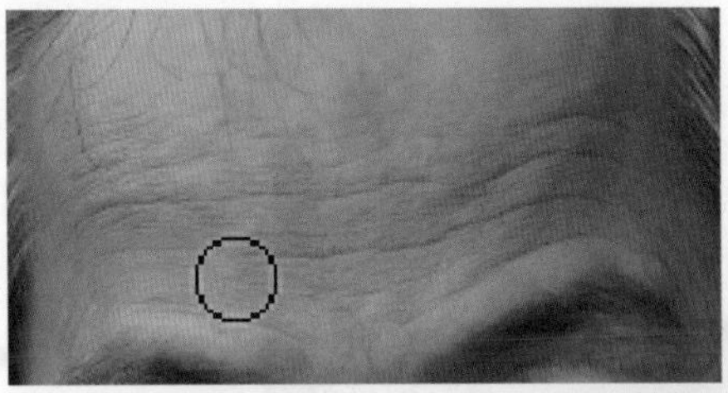

小提示

仿制图章工具的原理是用附近的图形遮盖皱纹，画笔一定要选柔笔，否则会生硬、不自然。

STEP 06 再将鼠标光标放置在如下图所示的位置。

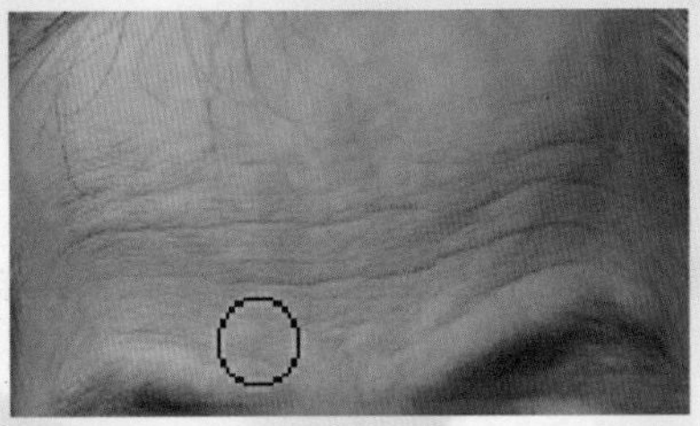

STEP 07 按住“Alt”键，单击鼠标左键取样，然后释放“Alt”键，将光标放到如下图所示的位置单击鼠标左键。

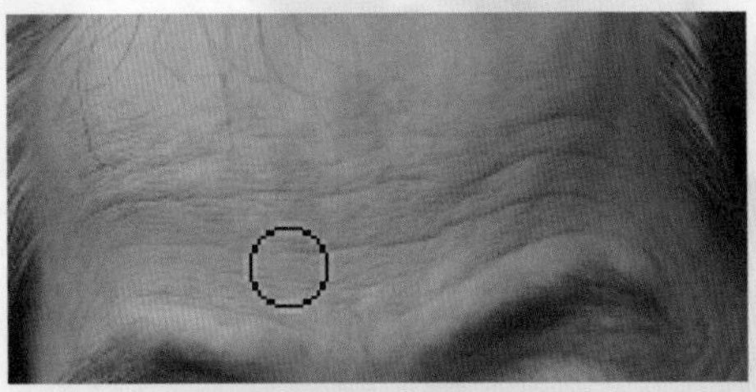

STEP 08 单击后得到如下图所示的效果。

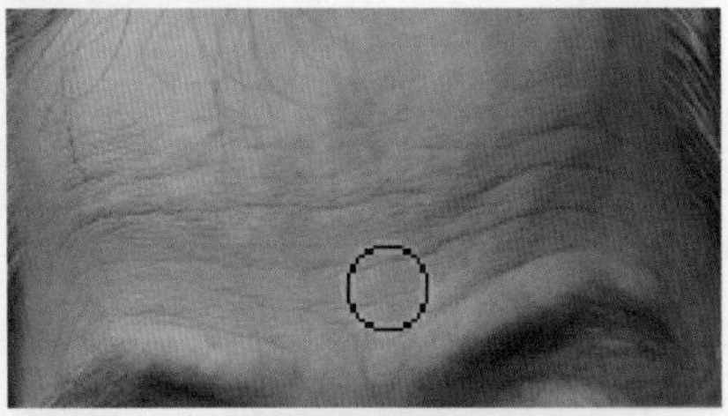

STEP 09 使用相同的方法在额头其他皱纹的附近取样，去除其他皱纹，如下图所示。

STEP 10 再使用相同的方法去除眼角的皱纹，本例最终效果如下图所示。

小提示

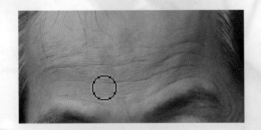

操作过程中若不满意，按“Ctrl+Z”组合键或在历史记录面板中退回。对于较深的皱纹，可多重复几次，将其去除。

5.2 改变脸型

本例将介绍使用Photoshop改变脸型的方法，照片处理前后的对比效果如下图所示。

实例源文件与素材

源文件	»	源文件\第5章\02.psd
素材	»	素材\第5章\02.jpg

STEP 01 按“Ctrl+O”组合键，打开配套光盘中的“素材\第5章\02.jpg”文件，如下图所示。

STEP 02 将背景图层拖到图层面板下方的按钮上，复制背景图层，生成背景副本图层，如下图所示。

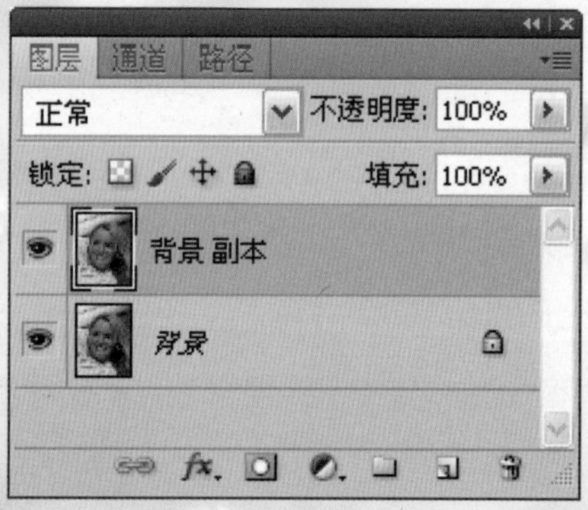

STEP 03 执行【滤镜】→【液化】命令，打开“液化”对话框，如下图所示。

STEP 04 在对话框的左边选择向前变形工具，在右边设置工具参数，如下图所示。

STEP 05 将光标放在如下图所示的位置，在脸颊上向左拖动鼠标。

STEP 06 可以看到照片中的图像随着鼠标拖动相应地发生了改变，效果如下图所示。

STEP 07 在此侧下巴的附近向左多次拖动，使脸变小，如下图所示。

小提示

如果对液化的效果不满意，可以单击对话框右边的“恢复全部”按钮，重新进行液化。

STEP 08 再改变另一边的脸型。将光标放在如下图所示的位置。

STEP 09 在“下巴”上向右拖动鼠标，可以看到照片中的图像随着鼠标拖动相应地发生了改变，如下图所示。

STEP 10 再在此侧下巴的附近向左多次拖动，使脸变小，本例最终效果如下图所示。

小提示

设置画笔的大小、密度和流量，将会影响变形的最终效果。

5.3 快速消除眼袋

本例将介绍使用Photoshop消除人物眼袋的方法，照片处理前后的对比效果如下图所示。

实例源文件与素材

源文件	»	源文件\第5章\03.psd
素材	»	素材\第5章\03.jpg

STEP 01 双击工作区域空白处，打开配套光盘中的“素材\第5章\03.jpg”文件，如右图所示。

STEP 02 为方便操作，双击缩放工具，将图像以100%显示，如下图所示。

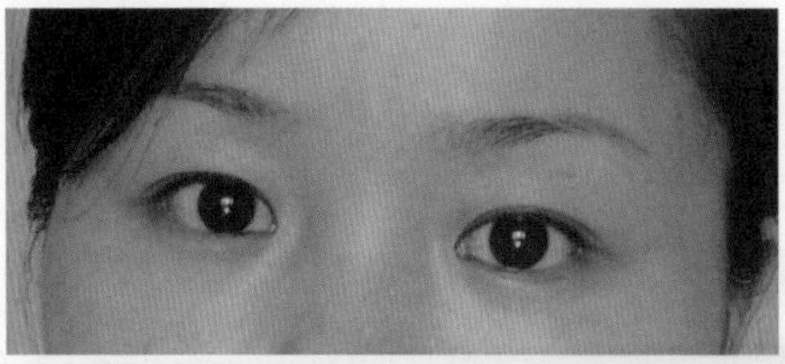

STEP 03 选择图案图章工具，其属性工具栏参数设置如下图所示。

STEP 04 将光标放于图中左侧眼袋附近的皮肤处，如下图所示。

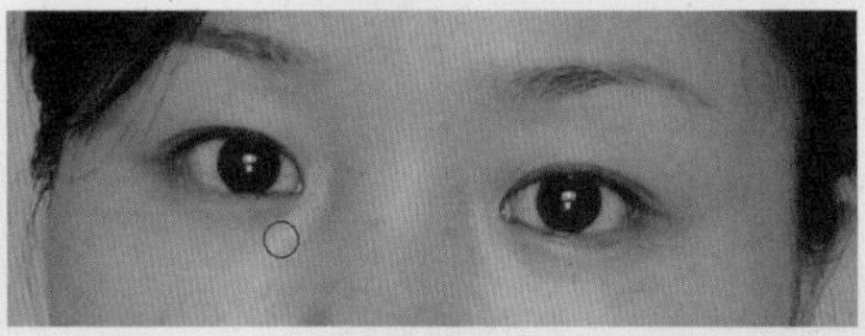

STEP 05 按住“Alt”键，单击需要获取的皮肤作为取样点，在眼袋处由右向左拖动，左边黑眼圈去除了，如下图所示。

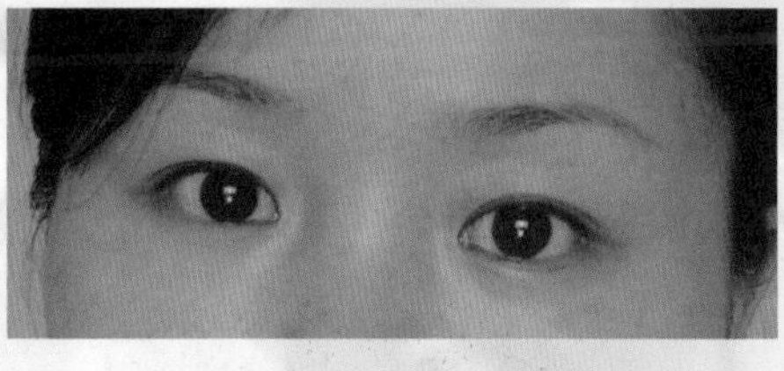

STEP 06 将光标放于图中右侧眼袋附近的皮肤处，如下图所示。

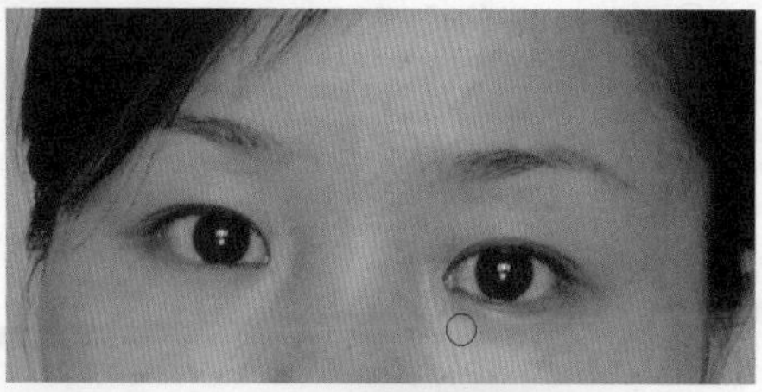

STEP 07 按住“Alt”键，单击需要获取的皮肤作为取样点，在眼袋处由右向左拖动，右边黑眼圈去除了，最终效果如下图所示。

5.4　亮白肌肤

本例将介绍使用Photoshop亮白肌肤的方法，照片处理前后的对比效果如下图所示。

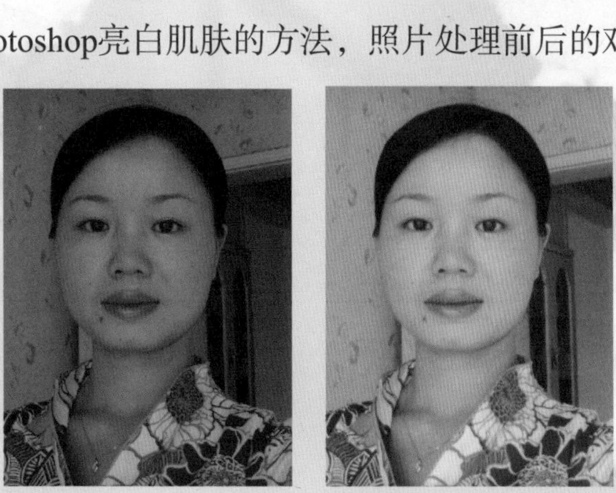

实例源文件与素材

源文件 » 源文件\第5章\04.psd
素材 » 素材\第5章\04.jpg

STEP 01 双击工作区域空白处，打开配套光盘中的“素材\第5章\04.jpg”文件，如下图所示。

STEP 02 按“Ctrl + J”组合键，复制背景图层，生成背景副本图层，如下图所示。

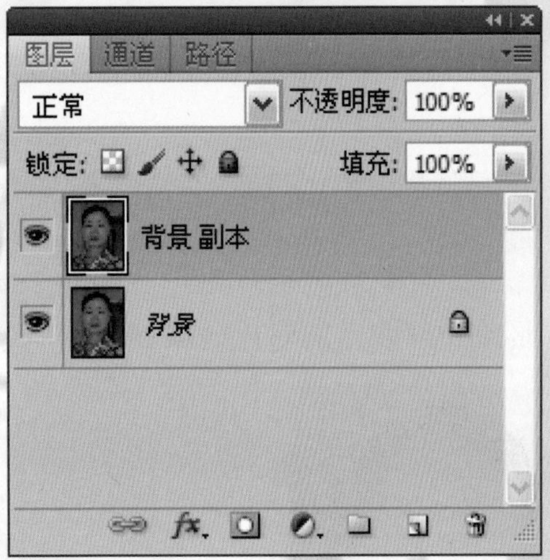

STEP 03 执行【滤镜】→【模糊】→【高斯模糊】命令，弹出“高斯模糊”对话框，参数设置如下图所示。

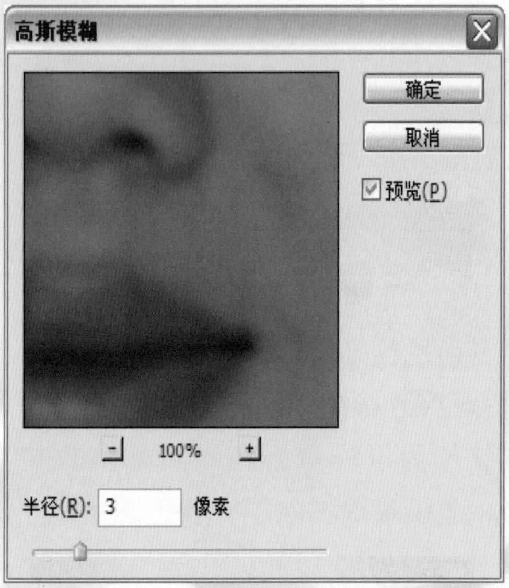

STEP 04 单击“确定”按钮，效果如下图所示。

STEP 05 将背景副本图层的混合模式设置为滤色，如下图所示。

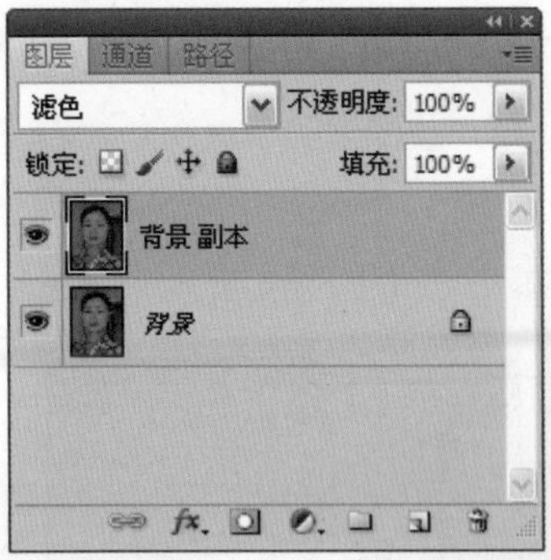

STEP 06 美白肌肤效果就完成了，最终效果如下图所示。

5.5 去除面部油光

本例将介绍使用Photoshop中的通道快速去除照片中人物面部油光的方法，照片处理前后的对比效果如下图所示。

实例源文件与素材

源文件 » 无
素材 » 无

STEP 01 双击工作区域空白处，打开相关素材文件，例如右图所示。

STEP 02 按“Ctrl + J”组合键，复制背景图层，生成背景副本图层，如下图所示。

STEP 03 选中背景副本图层，执行【图像】→【模式】→【CMYK颜色】命令，将图像转换为CMYK颜色，如下图所示。

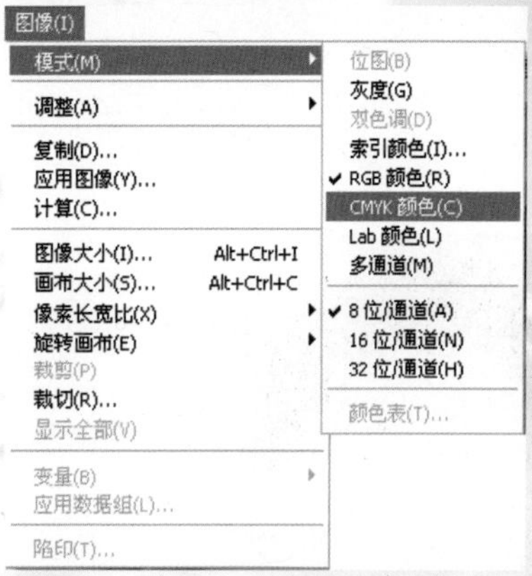

STEP 04 弹出如下图所示的对话框，单击“不拼合”按钮。

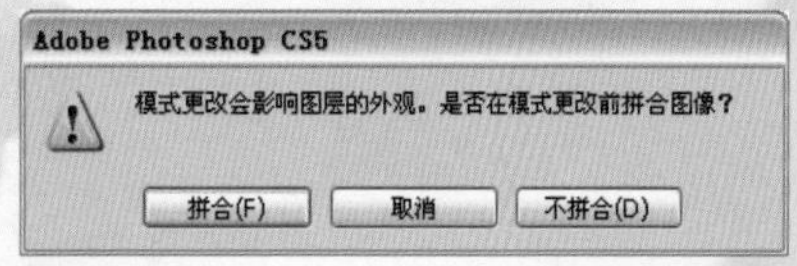

STEP 05 弹出如下图所示的对话框，单击“确定”按钮。

STEP 06 选择加深工具，其属性工具栏中的参数设置如下图所示。

STEP 07 切换到“通道”调板，选择“洋红”通道，再按住“Shift”键，单击“黄色”通道，如下图所示。

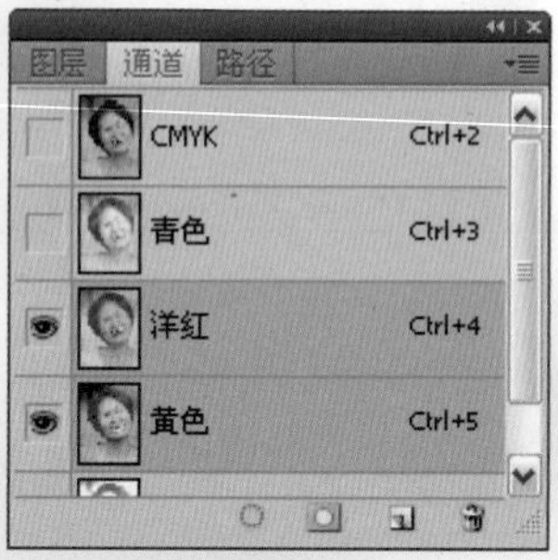

STEP 08 此时图像显示效果如下图所示。

STEP 09 使用加深工具涂抹皮肤亮光部分，如下图所示。

小提示

在RGB模式下操作时，则选择“绿色”通道和“蓝色”通道，操作时会看到颜色有些偏红，而CMYK模式下的“洋红”通道与“黄色”通道的混合更接近肉色。

STEP 10 切换到图层调板，选中背景图层，本例最终效果如右图所示。

5.6 牙齿美白

本例将介绍使用Photoshop将人物发黄的牙齿美白的方法，照片处理前后的对比效果如下图所示。

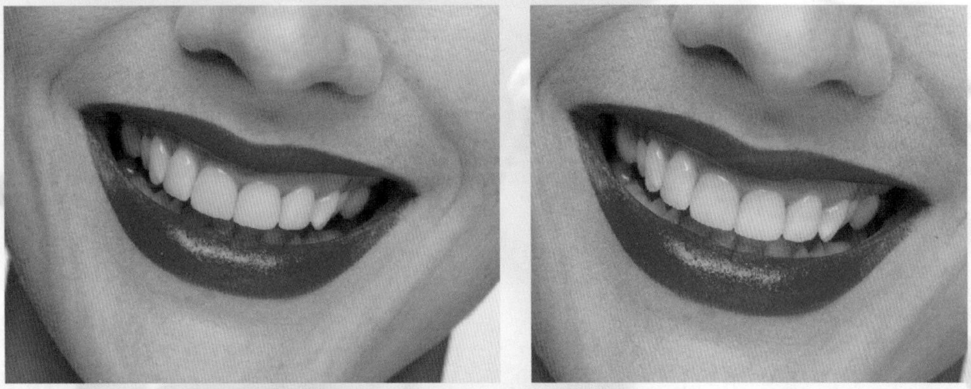

实例源文件与素材

源文件	»	源文件\第5章\06.psd
素材	»	素材\第5章\06.jpg

STEP 01 双击工作区域空白处，打开配套光盘中的“素材\第5章\06.jpg”文件，如右图所示。

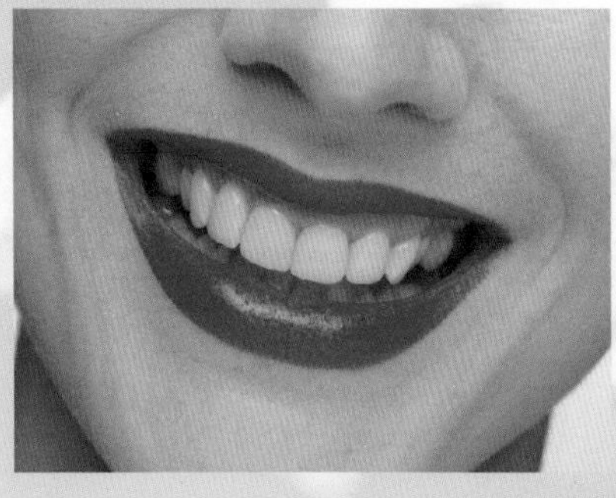

STEP 02 照片中的牙齿有点发黄，现在就让我们来把她的牙齿变得白一点，复制背景图层，生成背景副本图层，如下图所示。

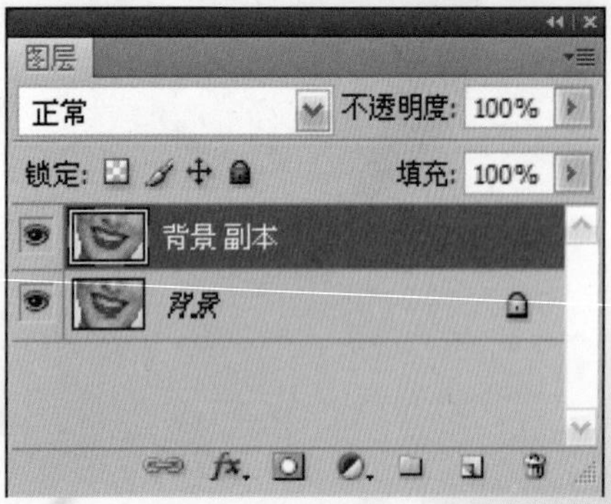

STEP 03 选择磁性套索工具，其属性栏中的参数设置如下图所示。

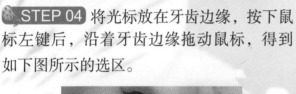

STEP 04 将光标放在牙齿边缘，按下鼠标左键后，沿着牙齿边缘拖动鼠标，得到如下图所示的选区。

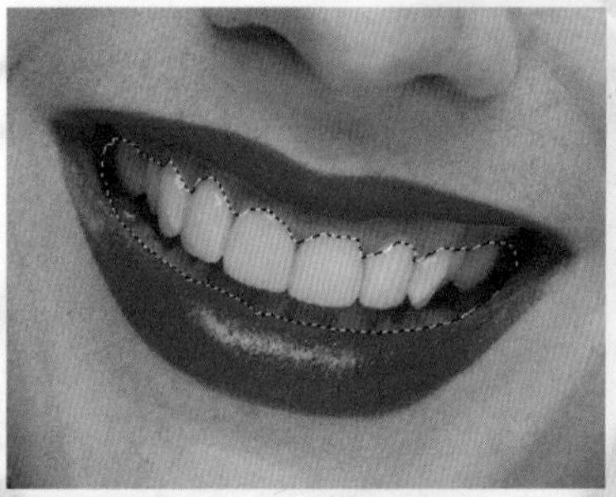

STEP 05 按“Ctrl+U”组合键，弹出“色相/饱和度”对话框，参数设置如下图所示。

STEP 06 单击“确定”按钮，效果如下图所示。

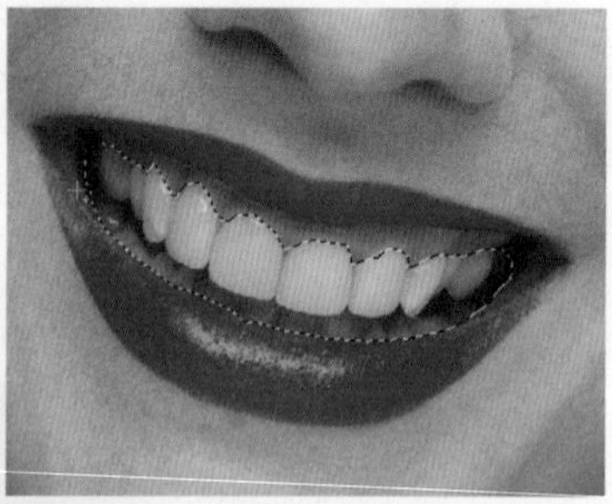

STEP 07 按“Ctrl+M”组合键，弹出“曲线”对话框，如下图所示。

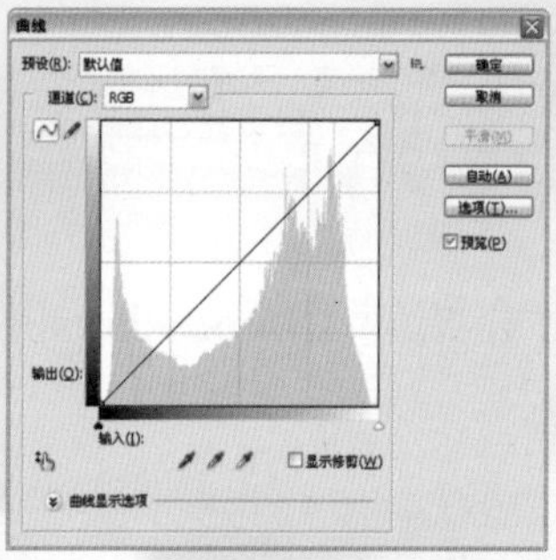

STEP 08 向上拖动鼠标到如下图所示的位置，单击“确定”按钮。

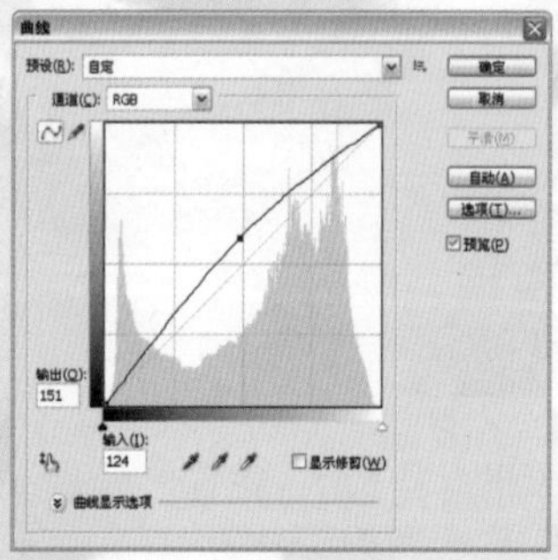

STEP 09 按“Ctrl+D”组合键，取消选区，本例最终效果如下图所示。

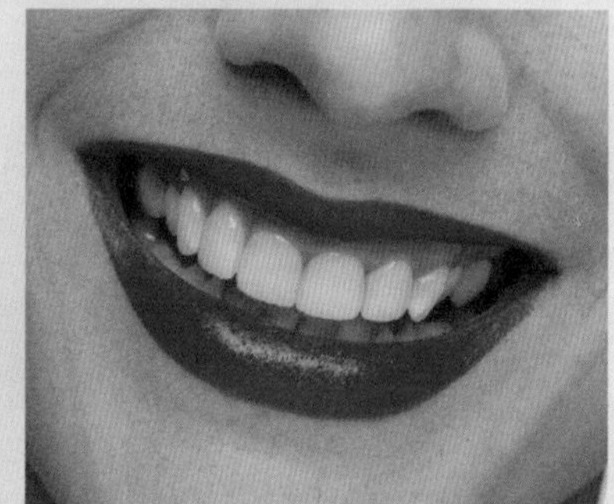

5.7 美化眉毛

本例将介绍使用Photoshop给人物修眉的方法，照片处理前后的对比效果如下图所示。

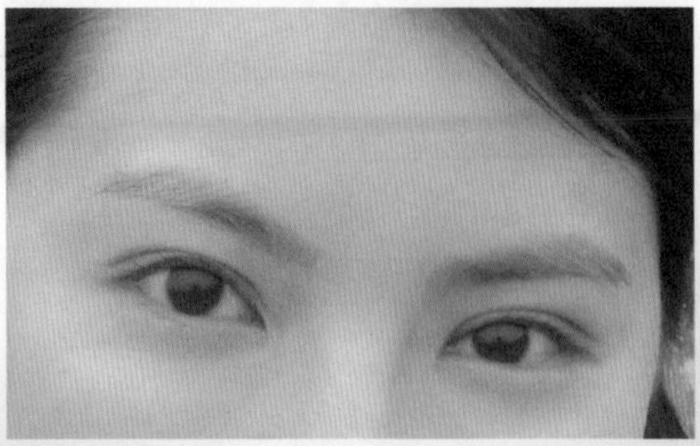

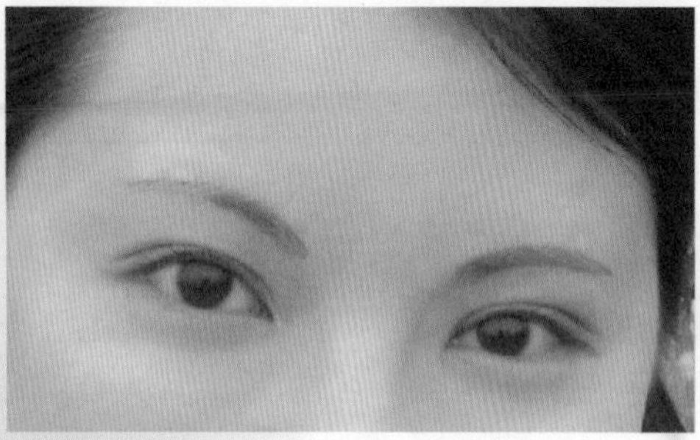

实例源文件与素材

源文件	»	源文件\第5章\07.psd
素材	»	素材\第5章\07.jpg

STEP 01 按“Ctrl+O”组合键，打开配套光盘中的“素材\第5章\07.jpg”文件，如下图所示。

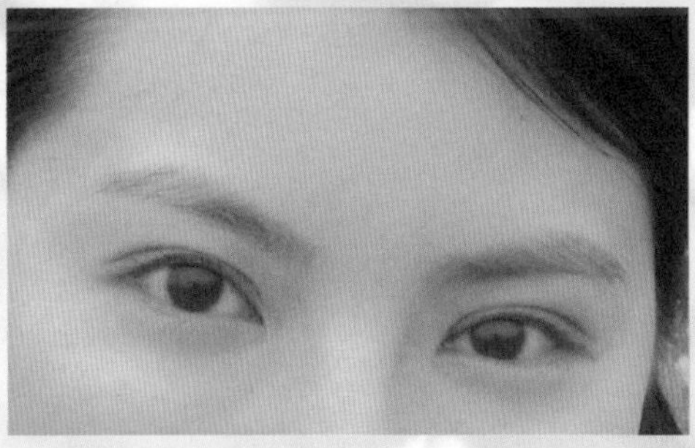

STEP 02 选择钢笔工具，在右边眉毛绘制出如下图所示的路径。

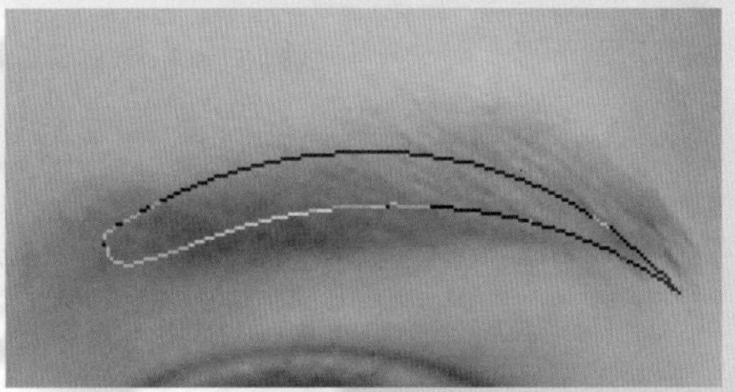

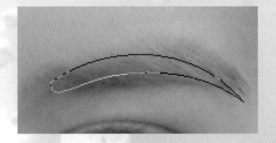

STEP 03 按“Ctrl+Enter”组合键，将路径转换为选区，如下图所示。

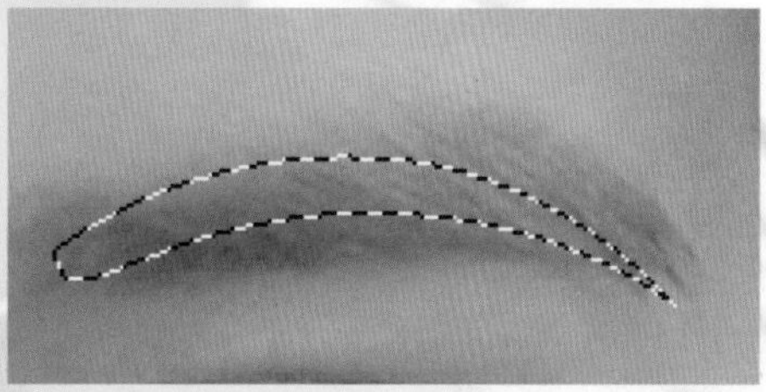

STEP 04 执行【选择】→【修改】→【羽化】命令，打开“羽化选区”对话框，设置“羽化半径”为1，如下图所示。

STEP 05 单击“确定”按钮。按“Ctrl+Shift+I”组合键反选，如下图所示。

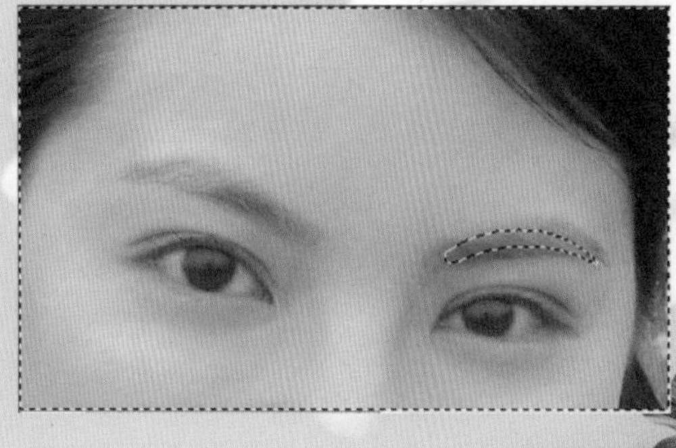

STEP 06 选择仿制图章工具，将鼠标光标放置在如下图所示的位置。

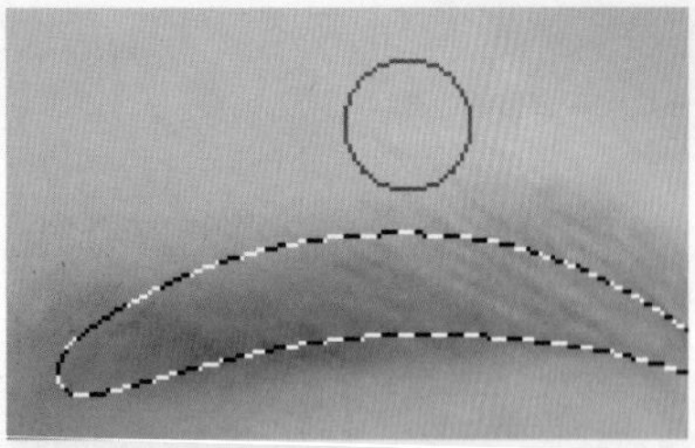

STEP 07 按住“Alt”键，单击鼠标左键取样，然后释放“Alt”键，在下边的眉毛上按下鼠标左键拖动，得到如下图所示的效果。

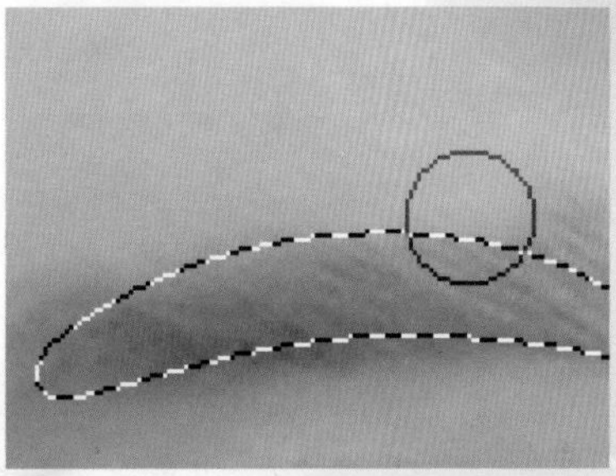

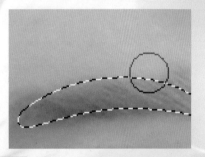

STEP 08 选择仿制图章工具，将鼠标光标放置在如下图所示的位置。

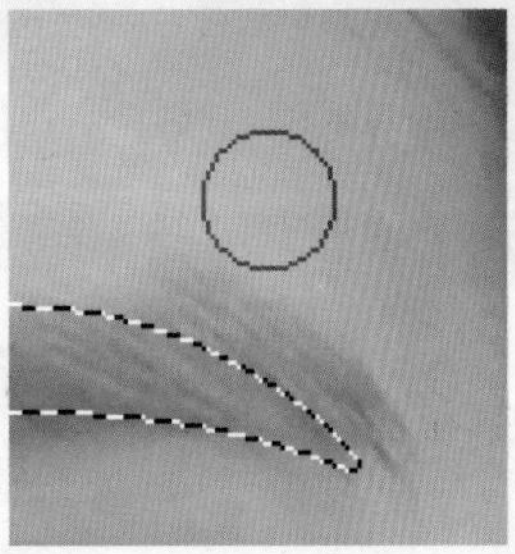

STEP 09 按住“Alt”键，单击鼠标左键取样，然后释放“Alt”键，在下边的眉毛上按下鼠标左键拖动，得到如下图所示的效果。

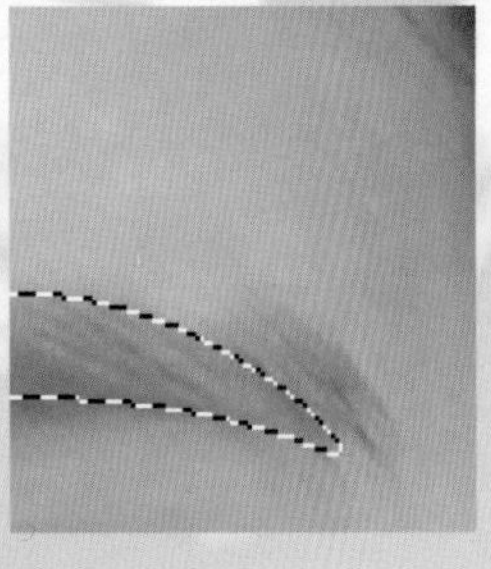

STEP 10 使用相同的方法修整上面其余地方的眉毛，如下图所示。

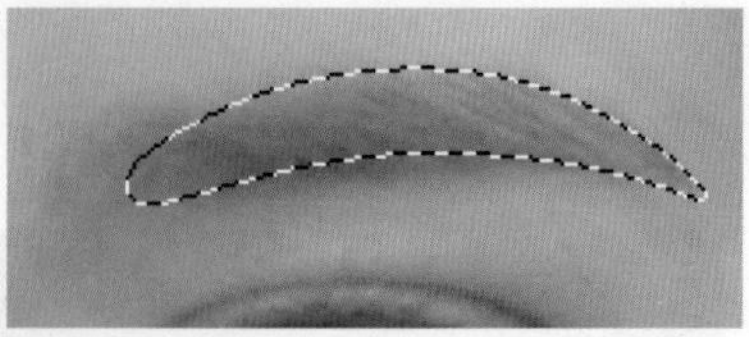

STEP 11 选择仿制图章工具，将鼠标光标放置在如下图所示的位置。

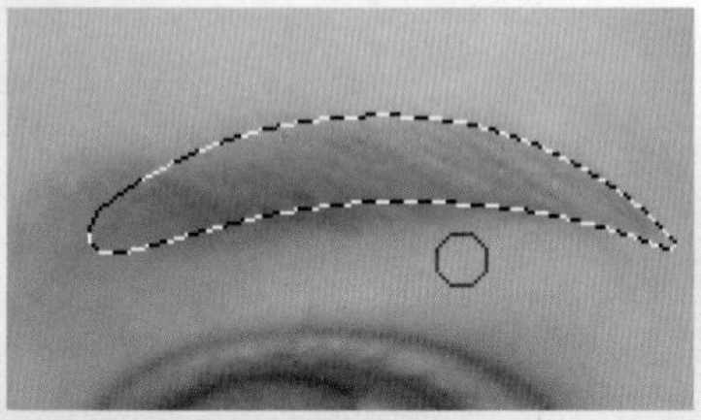

STEP 12 按住“Alt”键，单击鼠标左键取样，然后释放“Alt”键，在下边的眉毛上按下鼠标左键拖动，得到如下图所示的效果。

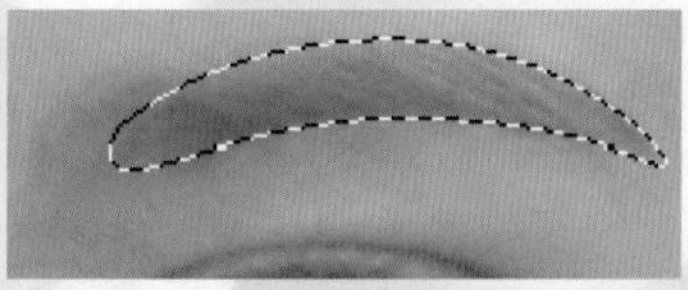

STEP 13 选择仿制图章工具，将鼠标光标放置在如下图所示的位置。

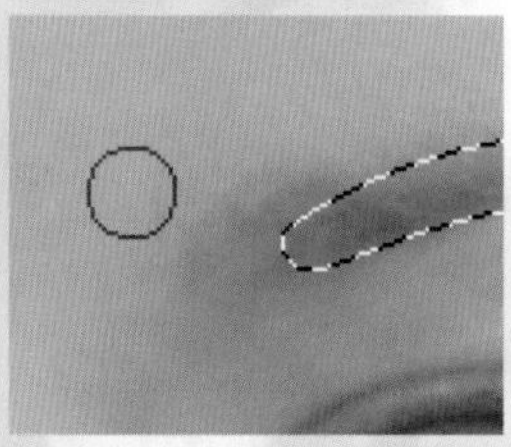

STEP 14 按住“Alt”键，单击鼠标左键取样，然后释放“Alt”键，在其附近的眉毛上按下鼠标左键拖动，得到如下图所示的效果。

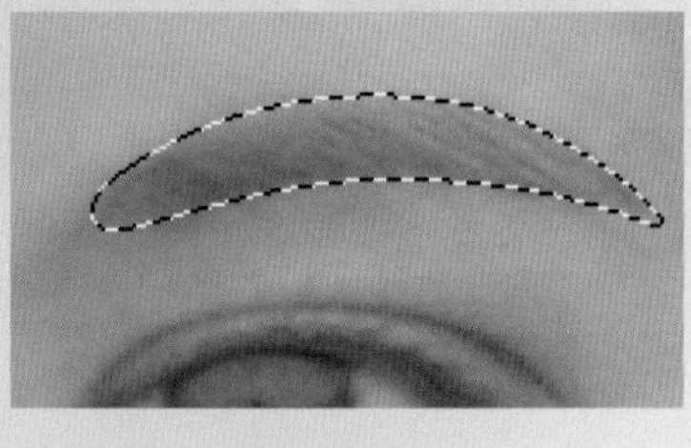

STEP 15 按“Ctrl+D”组合键，取消选区，得到如下图所示的效果。

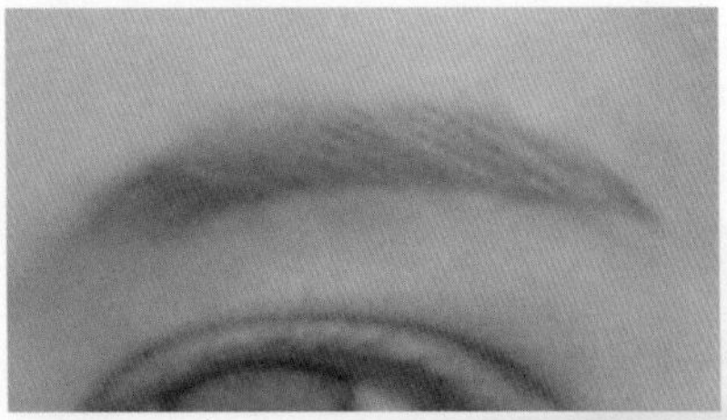

STEP 16 选择钢笔工具，绘制出如下图所示的路径。

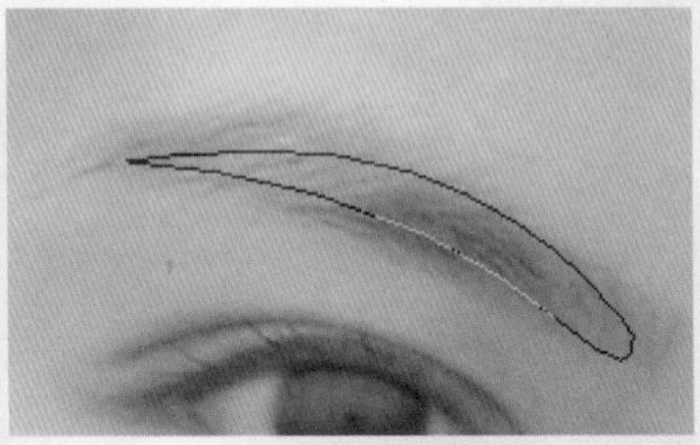

STEP 17 按“Ctrl＋Enter”组合键，将路径转换为选区，如下图所示。

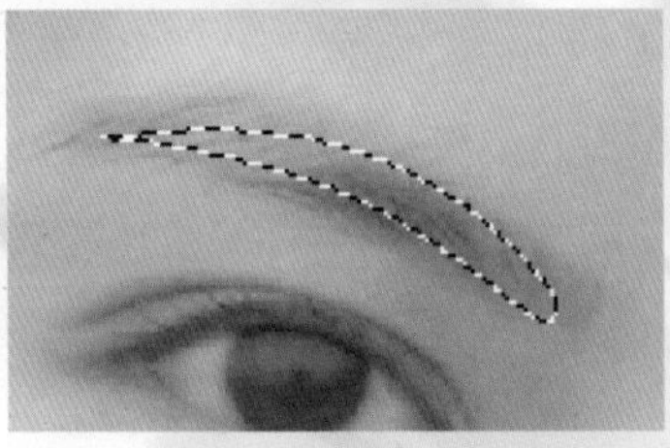

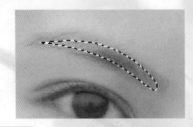

STEP 18 执行【选择】→【修改】→【羽化】命令，打开“羽化选区”对话框，设置“羽化半径”为1，如下图所示。

STEP 19 单击“确定”按钮。按“Ctrl+Shift+I”组合键反选，如下图所示。

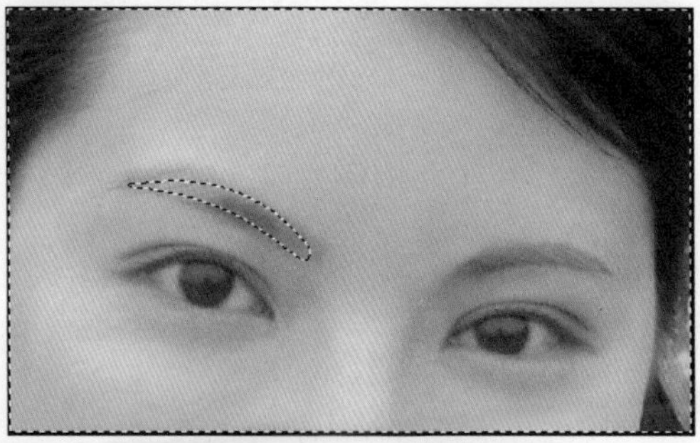

STEP 20 选择仿制图章工具，用前面相同的方法修整眉毛，得到如下图所示的效果。

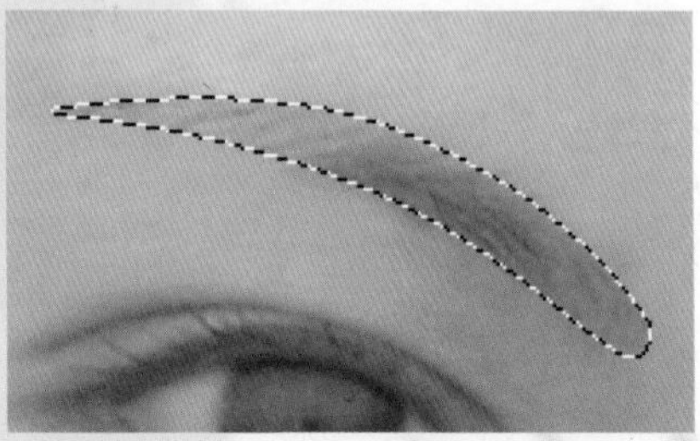

STEP 21 按“Ctrl+D”组合键，取消选区，得到如下图所示的效果。

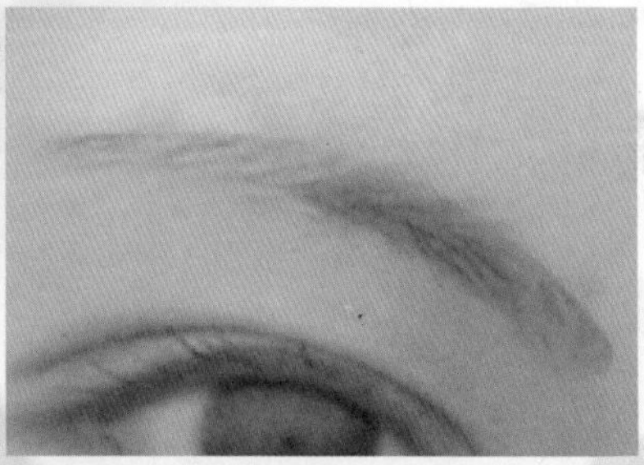

STEP 22 这样，本例的制作就完成了，最终效果如下图所示。

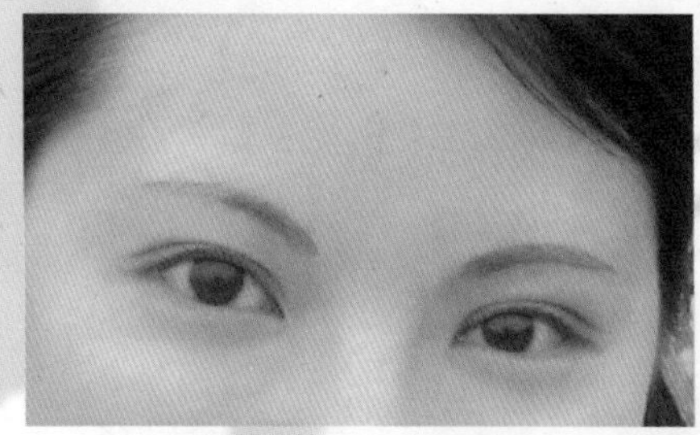

5.8 制作卷发效果

本例将介绍使用Photoshop快速给照片中的人物烫发的方法，照片处理前后的对比效果如下图所示。

实例源文件与素材

源文件 » 源文件\第5章\08.psd
素材 » 素材\第5章\08.jpg

STEP 01 双击工作区域空白处，打开配套光盘中的“素材\第5章\08.jpg”文件，如下图所示。

STEP 02 选择钢笔工具，单击属性栏中的路径按钮，如下图所示。

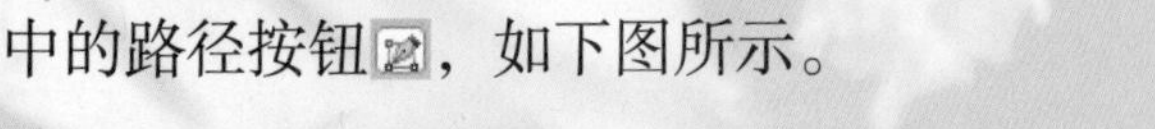

STEP 03 沿人物头发绘制路径，如下图所示。

小提示

使用钢笔工具时，按住“Alt”键，单击节点，可以使调节杆回到节点处。

STEP 04 按“Ctrl+Enter”组合键，将路径转换为选区，如下图所示。

STEP 05 执行【滤镜】→【扭曲】→【波浪】命令，弹出“波浪”对话框，参数设置如下图所示。

STEP 06 单击“确定”按钮，效果如下图所示。

STEP 07 按“Ctrl+D”组合键，取消选区，本例最终效果如下图所示。

5.9　减肥瘦身

在减肥领域，Photoshop 的减肥效果是最为明显的，立竿见影，并且永不反弹。本例介绍了减肥瘦身的方法。照片处理前后的对比效果如下图所示。

实例源文件与素材

源文件 » 源文件\第5章\09.jpg
素材 » 素材\第5章\09.jpg

STEP 01 按“Ctrl+O”组合键，打开配套光盘中的“素材\第5章\09.jpg”文件，如下图所示。

STEP 02 执行【滤镜】→【液化】命令。打开“液化”对话框，在对话框的左边选择向前变形工具，如下图所示。

STEP 03 在对话框右边的工具选项中设置画笔大小为108，其余参数设置如下图所示。

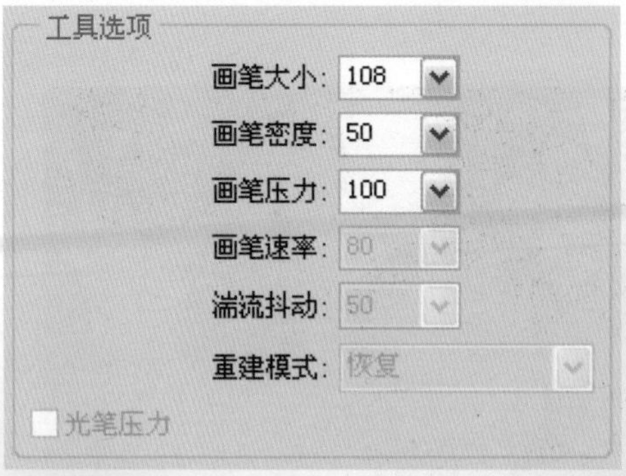

STEP 04 将光标放于人的脸部外侧，向内拖动图像，给人物瘦脸，如下图所示。

小提示

在涂抹的过程中，画笔的大小可根据所要改变的部位的大小随时改变。

STEP 05 将光标放于人的手臂外侧，向内拖动图像，给人物瘦手臂，如下图所示。

STEP 06 将光标放于人的腰部外侧，向内拖动图像，给人物瘦腰，如下图所示。

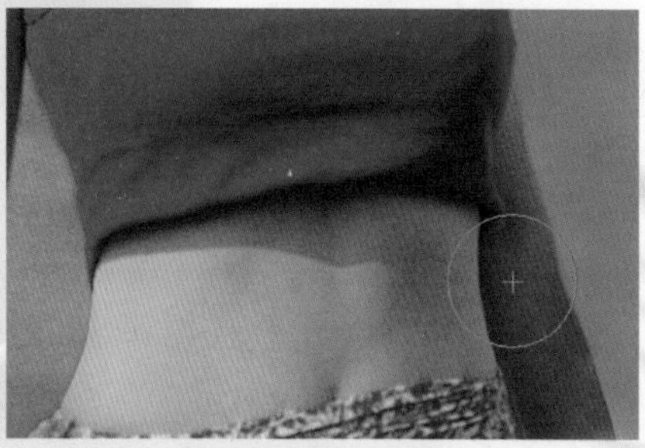

STEP 07 本例最终效果如下图所示。

5.10 人像褪黄

本例介绍使用光影魔术手给肤色偏黄的人像褪黄的方法，照片处理前后的对比效果如下图所示。

实例源文件与素材

源文件	»	源文件\第5章\10.jpg
素材	»	素材\第5章\10.jpg

STEP 01 按“Ctrl+O”组合键，打开配套光盘中的“素材\第5章\10.jpg”文件，如下图所示。

STEP 02 执行【数码暗房】→【人像处理】→【人像褪黄】命令，如下图所示。

STEP 03 弹出“人像褪黄”对话框，参数设置如左下图所示。单击“确定”按钮，本例最终效果如右下图所示。

5.11 互动练习：让皮肤更红润

实例源文件与素材

源文件 » 无

素材 » 无

步骤提示：

STEP 01 在Photoshop中打开素材。

STEP 02 打开“可选颜色选项”对话框，在对话框中设置参数。

STEP 03 打开“色彩平衡”对话框，调整色彩。

Chapter Six

第6章

数码照片场景处理

■ 本章导读

如果你的数码照片的背景中有多余的背景，如果你想模糊掉照片中次要的背景，如果你想让自己出现在任何没有去过的地方，那就使用Photoshop，Photoshop的强大功能能帮你处理任何数码照片的场景问题。

6.1　模糊照片背景

本例将介绍在Photoshop中虚化背景烘托主体的方法，照片处理前后的对比效果如下图所示。

实例源文件与素材

源文件　»　源文件\第6章\01.psd

素材　»　素材\第6章\01.jpg

STEP 01 按“Ctrl+O”组合键，打开配套光盘中的“素材\第6章\01.jpg”文件，如下图所示。

STEP 02 选择磁性套索工具，属性栏中的参数设置如下图所示。

STEP 03 沿人物创建选区，如下图所示。

STEP 04 按“Ctrl+J”组合键，复制选区到新的图层，图层面板如下图所示。

STEP 05 执行【滤镜】→【模糊】→【高斯模糊】命令，弹出“高斯模糊”对话框，参数设置如下图所示。

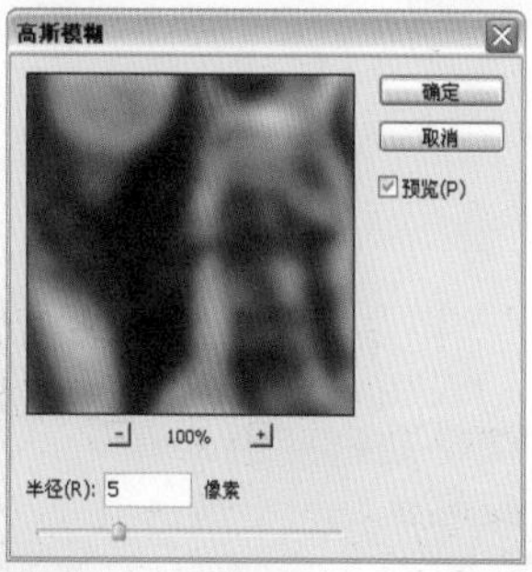

STEP 06 单击“确定”按钮，本例最终效果如下图所示。

6.2 改变季节

本例将介绍在Photoshop中通过改变图像色彩的方法来制作改变季节效果的方法，照片处理前后的对比效果如下图所示。

实例源文件与素材

源文件 » 源文件\第6章\02.psd

素材 » 素材\第6章\02.jpg

STEP 01 按“Ctrl+O”组合键，打开配套光盘中的“素材\第6章\02.jpg”文件，如下图所示。

STEP 02 执行【图像】→【 模式】→【Lab颜色】命令，将RGB模式的照片转换为Lab颜色模式，如下图所示。

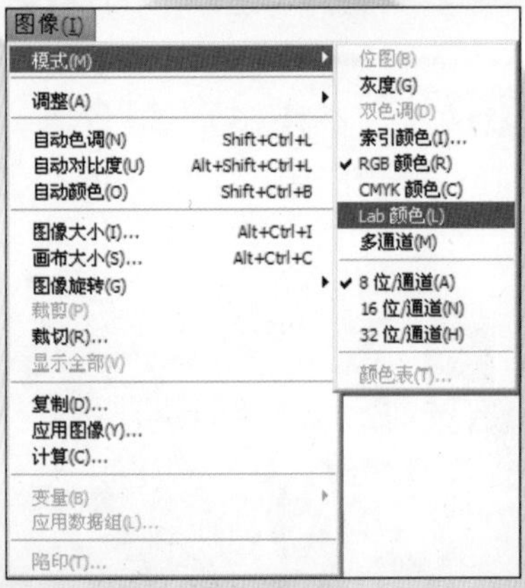

STEP 03 单击通道面板，选择“b”通道，如下图所示。按“Ctrl + A”组合键，全选图像，按“Ctrl + C”组合键，将其复制。

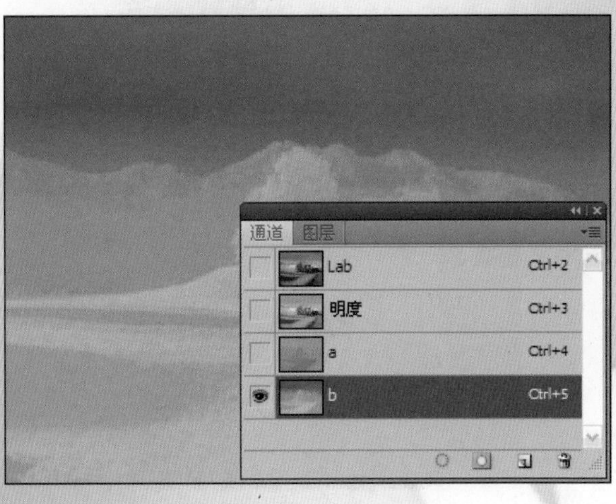

STEP 04 单击“a”通道，按“Ctrl + V”组合键，将其粘贴，如下图所示。

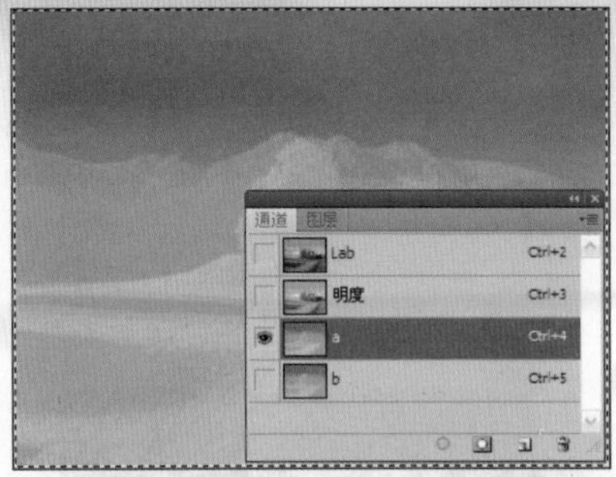

STEP 05 回到图层面板，图像效果如下图所示。执行【图像】→【 模式】→【RGB颜色】命令。

STEP 06 按“Ctrl+U”组合键，弹出“色相/饱和度”对话框，调整红色参数，如下图所示。

STEP 07 再调整蓝色参数，如下图所示。

STEP 08 单击“确定”按钮，季节变换效果完成，如下图所示。

6.3 去除照片中的多余物件

本例将介绍使用Photoshop去除照片中多余物件的方法，照片处理前后的对比效果如下图所示。

实例源文件与素材

源文件 » 源文件\第6章\03.psd
素材 » 素材\第6章\03.jpg

STEP 01 按“Ctrl+O”组合键，打开配套光盘中的“素材\第6章\03.jpg”文件，如下图所示。

STEP 02 选择修补工具，属性栏中的参数设置如下图所示。

小提示

在属性栏中选择目标选项，可以用选区内的图像替换其他位置的图像。

STEP 03 在照片中包的附近绘制选区，如下图所示。

STEP 04 将光标放于选区中，如下图所示。

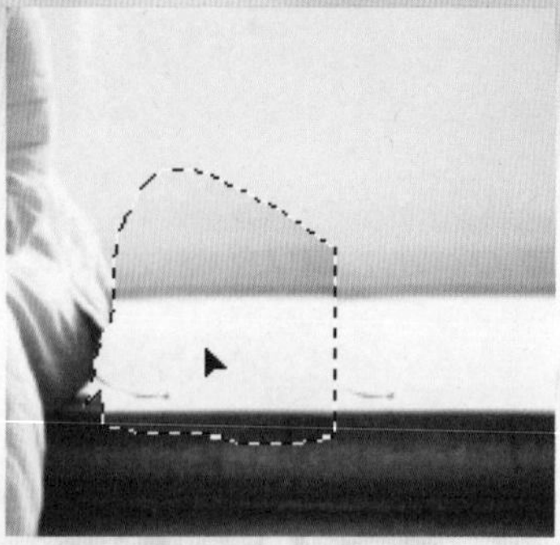

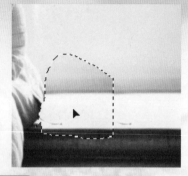

STEP 05 拖动光标到包的位置，包被选区内的图形遮盖，如下图所示。

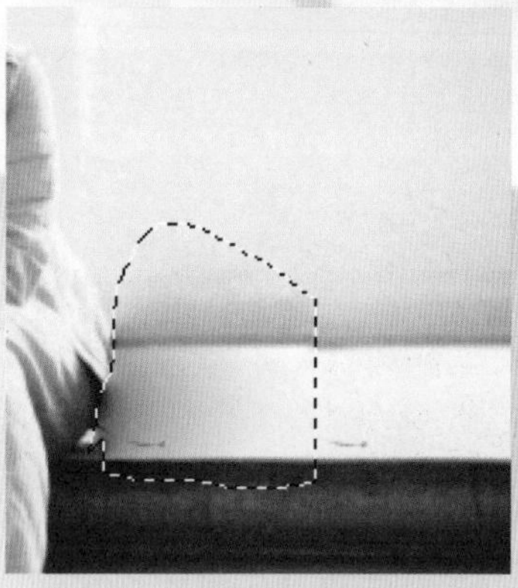

STEP 06 选择图章工具，属性栏中参数设置如下图所示。

STEP 07 在包原来所在位置的附近取样，修复附近的图形，本例最终效果如下图所示。

6.4 更换照片背景

本例将介绍使用Photoshop更换照片背景的方法，照片处理前后的对比效果如下图所示。

实例源文件与素材

源文件 » 无

素材 » 无

STEP 01 按“Ctrl+O”组合键，打开相关素材文件，例如下图所示。

STEP 02 在图层面板中双击背景图层，弹出如下图所示的对话框，单击“确定”按钮。

新建图层

名称(N): 图层 0　　确定

使用前一图层创建剪贴蒙版(P)　　取消

颜色(C): 无

模式(M): 正常　不透明度(O): 100 %

STEP 03 选择魔棒工具，在属性栏中选中“添加到选区”按钮，其余参数设置如下图所示。

STEP 04 在白色背景中单击，选择选区，如下图所示。

STEP 05 再在另一空白处单击鼠标左键，添加选区，如下图所示。

STEP 06 再在其余空白处单击鼠标左键，添加选区，如下图所示。

STEP 07 按“Delete”键，删除选区内的图形，在空白处单击，取消选区，如下图所示。

STEP 08 按“Ctrl+O”组合键，打开配套光盘中的“素材\第6章\04a.jpg”文件，如下图所示。

STEP 09 选择移动工具，将人物拖到背景中，如下图所示。

STEP 10 按“Ctrl+T”组合键，按住“Shift”键，等比例缩小人物，如下图所示。

STEP 11 按“Enter”键确认，本例最终效果如下图所示。

6.5 调出唯美色

本例将介绍使用Photoshop将灰暗照片调出鲜艳的梦幻颜色的方法，照片处理前后的对比效果如下图所示。

实例源文件与素材

源文件 » 源文件\第6章\05.psd
素材 » 素材\第6章\05.jpg

STEP 01 按“Ctrl+O”组合键，打开配套光盘中的“素材\第6章\05.jpg”文件，如下图所示。

STEP 02 复制背景图层，生成背景副本图层。按“Ctrl+M”组合键，弹出“曲线”对话框，调整曲线如下图所示。

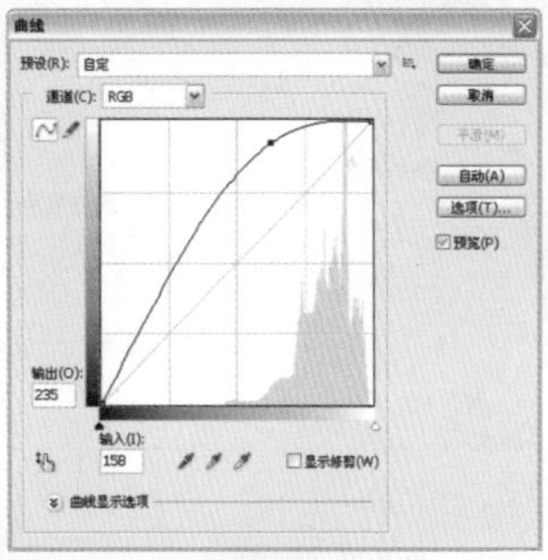

STEP 03 单击“确定”按钮，调整曲线后的效果如下图所示。

STEP 04 切换到通道面板，选择“红”通道，如下图所示。按“Ctrl+A”组合键，全选图像，按“Ctrl+C”组合键，复制选区图像。

STEP 05 单击“蓝”通道，按“Ctrl+V”组合键，将其粘贴，如下图所示。

STEP 06 取消选区。单击“RGB”通道，切换到“图层”调板，效果如下图所示。

STEP 07 按“Ctrl+B”组合键，弹出“色彩平衡”对话框，参数设置如下图所示。

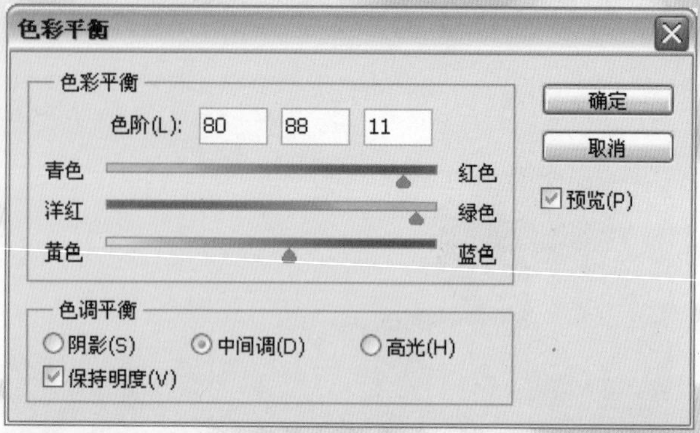

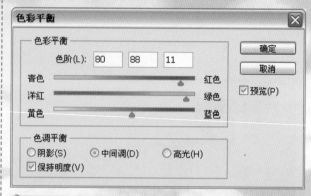

STEP 08 单击“确定”按钮，效果如下图所示。

STEP 09 复制背景副本图层，生成背景副本2图层。执行【滤镜】→【模糊】→【高斯模糊】命令，弹出“高斯模糊”对话框，参数设置如下图所示。

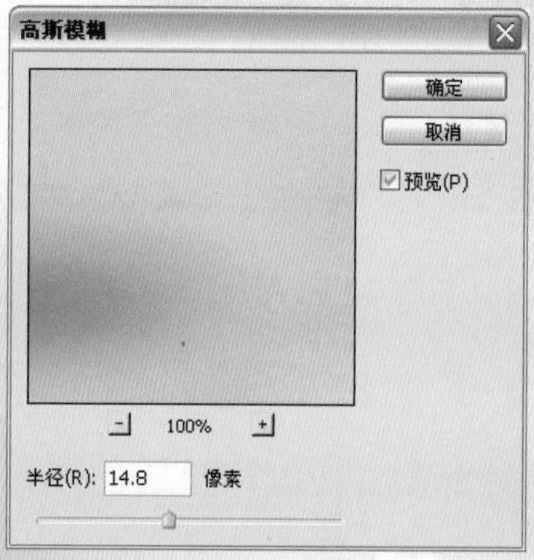

STEP 10 单击“确定”按钮，将背景副本2的图层混合模式设置为“叠加”，效果如下图所示。

STEP 11 按“Ctrl+Alt+Shift+E”组合键，盖印图层，新建图层1。执行【滤镜】→【锐化】→【USM锐化】命令，弹出“USM锐化”对话框，参数设置如下图所示。

STEP 12 单击“确定”按钮，本例最终效果如下图所示。

6.6 给照片加上渐变色

本例将介绍在Photoshop中给照片加上渐变色的方法，照片处理前后的对比效果如下图所示。

实例源文件与素材

源文件 » 源文件\第6章\06.psd
素材 » 素材\第6章\06.jpg

STEP 01 按“Ctrl+O”组合键，打开配套光盘中的“素材\第6章\06.jpg”文件，如下图所示。

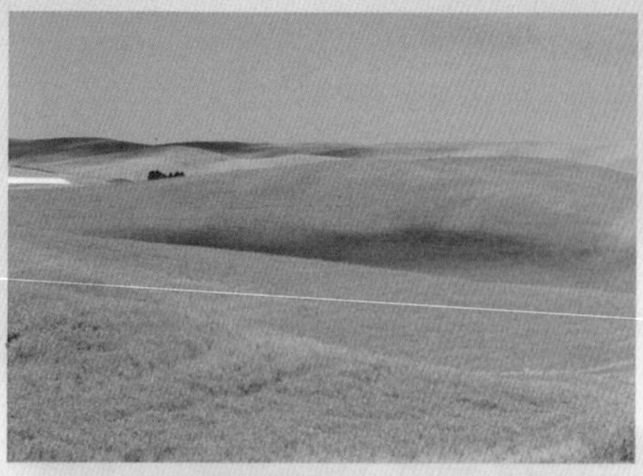

STEP 02 新建图层，如下图所示。

STEP 03 选择渐变工具，在其属性栏中单击按钮，打开“渐变编辑器”对话框，默认的渐变色为黑色到白色的渐变，单击渐变色彩轴左边的色块，如下图所示。

STEP 04 单击对话框最下方左边的颜色色块，弹出“选择色标颜色”对话框，在对话框中设置新的颜色RGB值，如下图所示。

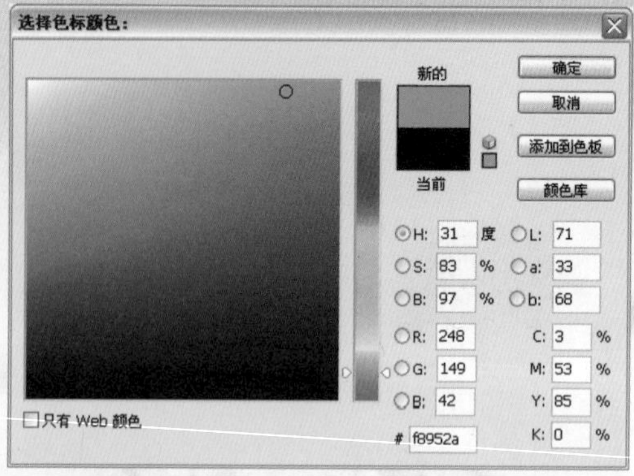

STEP 05 单击“确定”按钮回到“渐变编辑器”对话框，如下图所示。再单击“渐变编辑器”对话框中的“确定”按钮。

STEP 06 按住鼠标左键不放，从左下角向右上角拖动，确定渐变色的起点和终点，如下图所示。

STEP 07 释放鼠标，完成渐变色的添加，如下图所示。

STEP 08 改变图层1的图层混合模式为“叠加”，如下图所示。

STEP 09 添加了图层混合模式后的图像效果如下图所示。

STEP 10 改变图层1的不透明度为50%，如下图所示。

STEP 11 改变了透明度后的图像效果如下图所示。

6.7 阳光照射

本例将介绍在Photoshop中增加阳光照射的方法，照片处理前后的对比效果如下图所示。

实例源文件与素材

源文件 » 源文件\第2章\07.psd

素　材 » 素材\第2章\07.jpg

STEP 01 按“Ctrl+O”组合键，打开配套光盘中的“素材\第6章\07.jpg”文件，如下图所示。

STEP 02 按“Ctrl+L” 组合键，打开“色阶”对话框，调整参数，如下图所示。

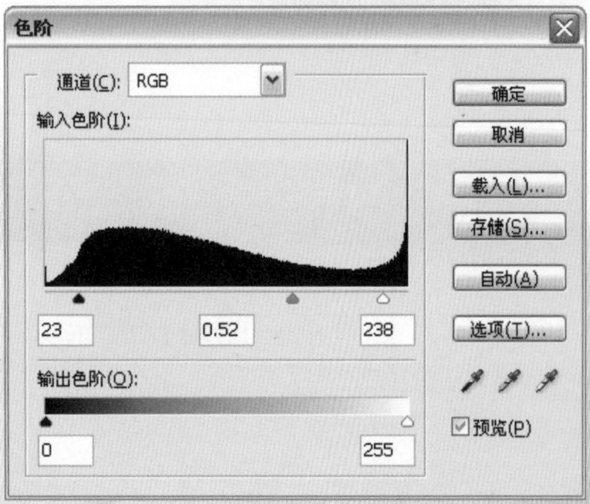

STEP 03 单击“确定”按钮，调整色阶后的大树颜色加深，如下图所示。

STEP 04 切换到通道面板，如下图所示。

STEP 05 单击每个通道，观察各通道，蓝色通道中的黑白对比最为分明，按住“Ctrl”键的同时单击蓝色通道，载入选区，如下图所示。

STEP 06 切换到图层面板，按“Ctrl+J”组合键，将选区复制到图层1中，如下图所示。

STEP 07 执行【滤镜】→【模糊】→【径向模糊】命令，弹出“径向模糊”对话框，选择模糊方法为“缩放”，数量为100，在中心模糊的预览图中拖动射线，将其中心点移到最上方，如下图所示，单击“确定”按钮。

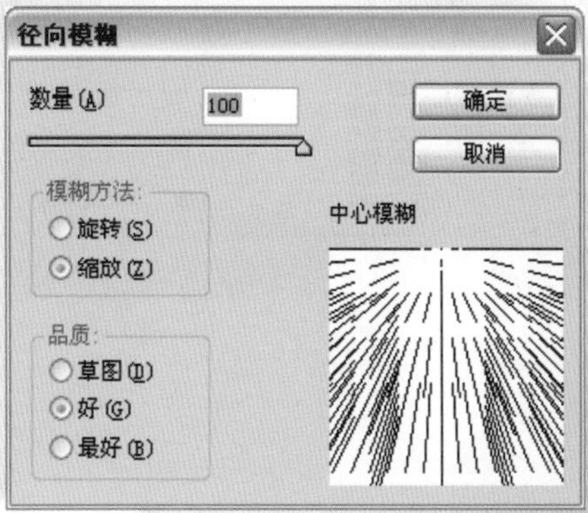

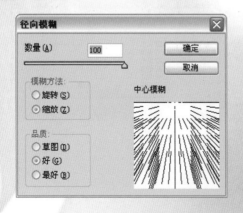

STEP 08 按“Ctrl+L”组合键，打开“色阶”对话框，调整参数如下图所示，单击“确定”按钮。

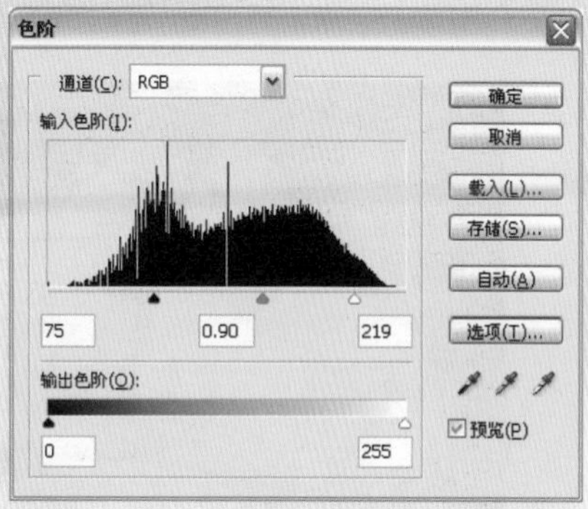

STEP 09 选中背景图层，执行【滤镜】→【渲染】→【镜头光晕】命令，弹出“镜头光晕”对话框，设置镜头光晕参数，如下图所示。

STEP 10 单击“确定”按钮，本例最终效果如下图所示。

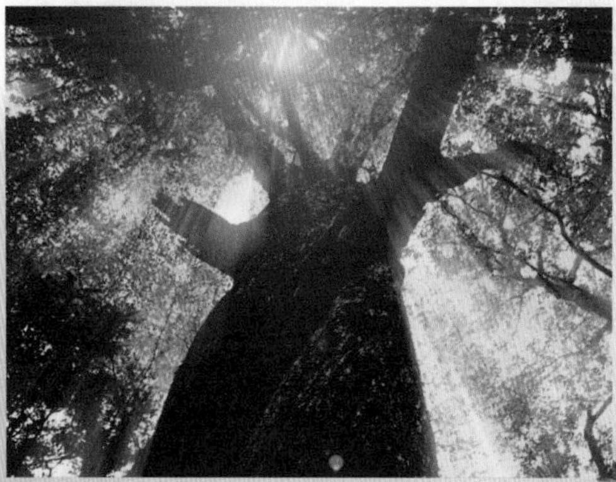

6.8 晕影效果

本例将介绍在光影魔术手中制作照片晕影效果的方法，照片处理前后的对比效果如下图所示。

实例源文件与素材

源文件 » 源文件\第6章\08.jpg
素材 » 素材\第6章\08.jpg

STEP 01 按“Ctrl+O”组合键，打开配套光盘中的“素材\第6章\08.jpg”文件，如下图所示。

STEP 02 执行【数码暗房】→【个性效果】→【晕影效果】命令，如下图所示。

STEP 03 弹出“晕影效果”对话框，在颜色选择下拉列表中选择白色，如下图所示。

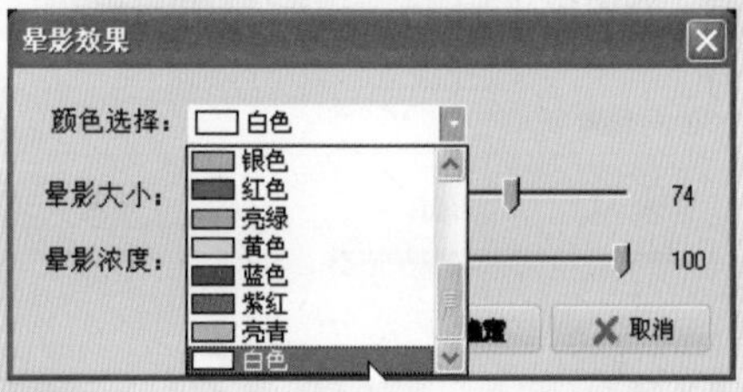

STEP 04 参数设置如下左图所示，单击“确定”按钮，本例最终效果如下右图所示。

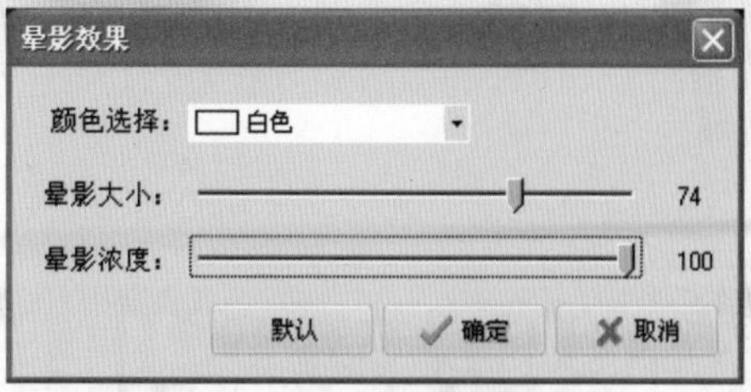

6.9 互动练习：为天空添加云彩

实例源文件与素材

源文件 » 源文件\第6章\09.psd
素材 » 素材\第6章\09.jpg

步骤提示：

STEP 01 在Photoshop中打开素材文件。
STEP 02 用矩形选框工具框选天空素材中的天空，把它拖到人物素材中。
STEP 03 使用橡皮擦工具擦除天空中多余的图像。

Chapter Seven

第7章

数码照片后期加工

■本章导读

你想把你的照片或者孩子的照片放到电脑桌面上吗？你想将数码照片制作成日历吗？你想给照片添加边框吗？有了光影魔术手，这一切变得非常简单。让我们一起进入光影魔术手的神奇世界吧!

7.1　柔光镜

光影魔术手中的柔光镜命令可以制作柔和的图像效果，本例将介绍用光影魔术手制作照片柔光镜效果的方法，照片处理前后的对比效果如下图所示。

实例源文件与素材

源文件　»　源文件\第7章\01.jpg

素材　»　素材\第7章\01.jpg

STEP 01 按“Ctrl+O”组合键，打开配套光盘中的“素材\第7章\01.jpg”文件，如下图所示。

STEP 02 单击工具栏中的柔光镜按钮，如下图所示。

STEP 03 弹出“柔光镜”对话框，参数设置如下图所示。

STEP 04 单击“确定”按钮，本例最终效果如下图所示。

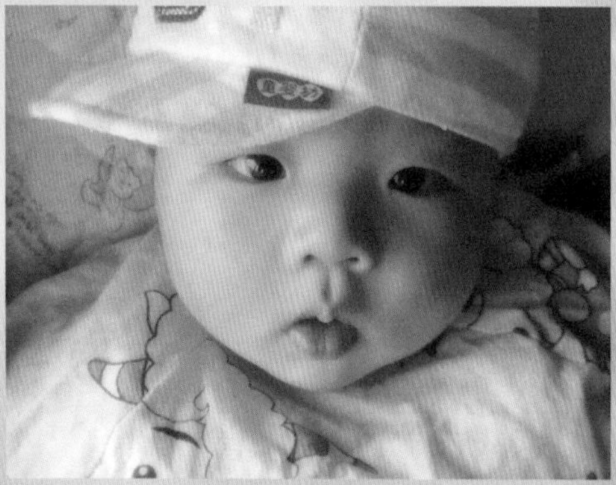

7.2 制作组合图

光影魔术手中的制作组合图的命令可以轻松地把很多张照片合并成一张大照片。本例将介绍在光影魔术手中制作组合图的方法，照片处理前后的对比效果如下图所示。

实例源文件与素材

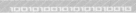

源文件 » 无
素材 » 无

STEP 01 打开光影魔术手软件，执行【便捷工具】→【照片排版】→【制作多图组合】命令，如下图所示。

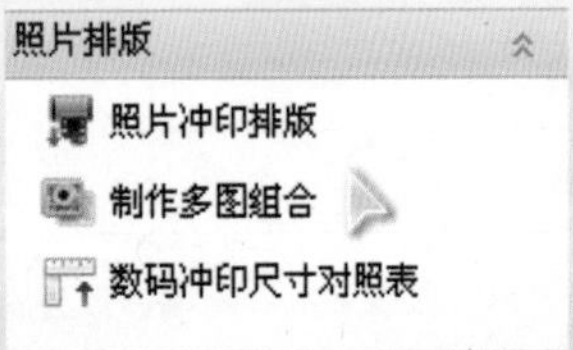

STEP 02 弹出“组合图制作”对话框，如下图所示。单击对话框中心的“点击载入图片”命令。

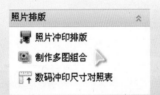

STEP 03 弹出“打开”对话框，选择相关素材文件，例如下图所示。

STEP 04 单击“打开”按钮，将图片载入“组合图制作”对话框中，如下图所示。

STEP 05 单击“组合图制作”对话框上方的“调入3×1布局”按钮▥，对话框变为如下图所示。

STEP 06 单击对话框左边的“点击载入图片”命令。弹出“打开”对话框，选择相关素材文件，例如下图所示。

STEP 07 单击“打开”按钮，将图片载入“组合图制作”对话框中，如下图所示。单击对话框右边的“点击载入图片”命令。

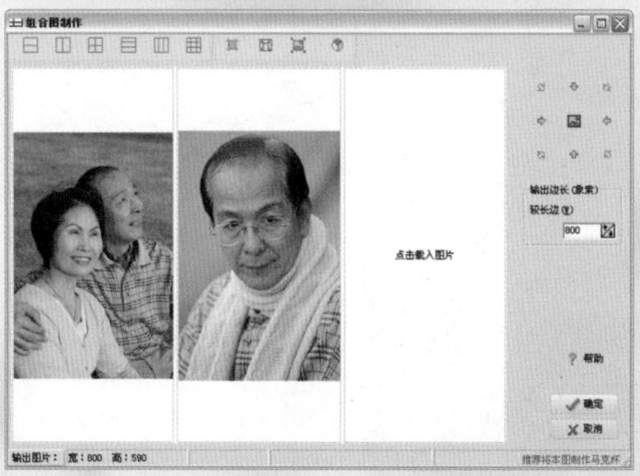

STEP 08 弹出“打开”对话框，选择相关素材文件，例如下图所示。

STEP 09 单击“打开”按钮，将图片载入“组合图制作”对话框中，如下图所示。

STEP 10 单击“确定”按钮，得到如下图所示的组合照片。

STEP 11 执行【便捷工具】→【缩放裁剪】→【自定义裁剪】命令，如下图所示。

STEP 12 弹出“裁剪”对话框，选择对话框右边的“自由裁剪”命令，如下图所示。

STEP 13 在对话框左边的图像中拖动鼠标，绘制所需选区，如下图所示。

STEP 14 单击“确定”按钮，本例最终效果如下图所示。

7.3 添加边框

本例将介绍在光影魔术手中为照片添加边框的方法，添加了边框后的照片效果如下图所示。

实例源文件与素材

源文件 » 源文件\第7章\03.jpg

素材 » 素材\第7章\06.jpg

STEP 01 按“Ctrl+O”组合键，打开配套光盘中的“素材\第7章\06.jpg”文件。

STEP 02 执行【边框图层】→【边框合成】→【轻松边框】命令，如下图所示。

STEP 03 弹出“轻松边框”对话框，选择对话框右边在线素材中的儿童素材，单击如下图所示的蓝色边框。

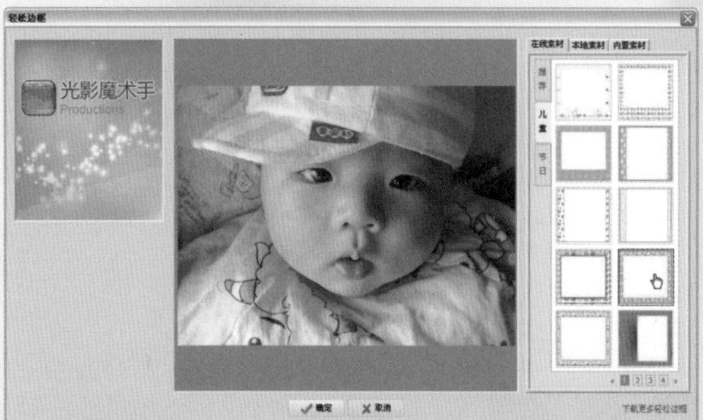

STEP 04 边框添加到了照片中，如下图所示。

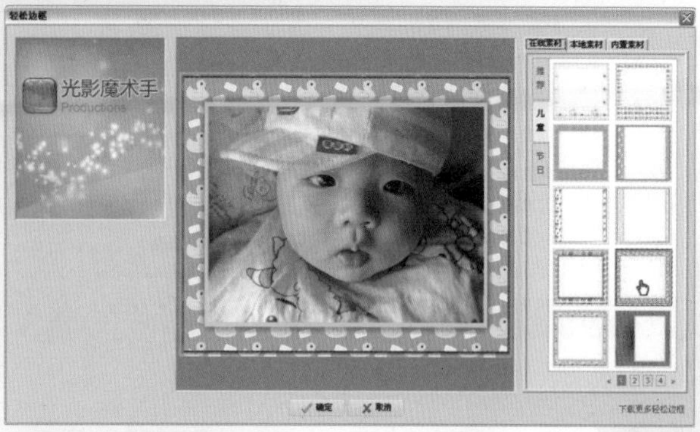

STEP 05 单击“确定”按钮，得到如下图所示的效果。

小提示

我们看到，边框中的图案变小了。这是因为照片的像素太大，为了得到大一些的边框图案，可以将照片的像素变小。

STEP 06 按“Ctrl+Z”组合键，回到照片刚打开时的状态，执行【便捷工具】→【缩放裁剪】→【缩放】命令，如下图所示。

STEP 07 弹出“调整图像尺寸”对话框，如下图所示。

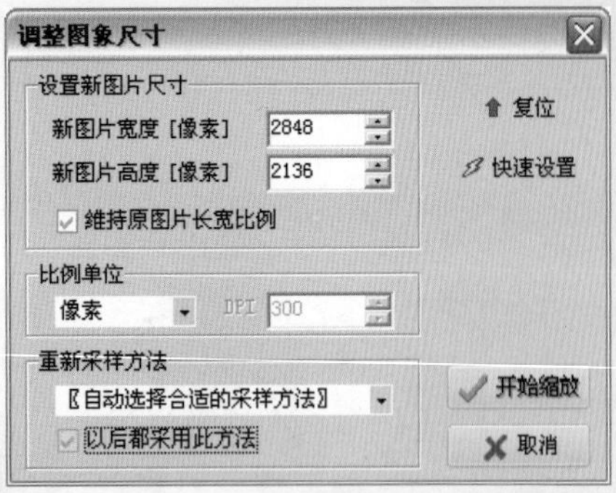

STEP 08 改变图片的宽度，图片的高度随之改变，如下图所示。

STEP 09 单击“确定”按钮，在软件左下角可看到像素大小已改变。执行【边框图层】→【边框合成】→【轻松边框】命令，打开“轻松边框”对话框，重复刚才的操作。完成后单击“确定”按钮，本例最终效果如下图所示。

7.4 添加日期

本例将介绍在光影魔术手中为照片添加日期的方法，添加了日期后的照片效果如下图所示。

实例源文件与素材

源文件 » 源文件\第7章\04.jpg

素材 » 素材\第7章\07.jpg

STEP 01 按“Ctrl+O”组合键，打开配套光盘中的“素材\第7章\07.jpg”文件。

STEP 02 执行【EXIF】命令，打开照片信息摘要面板，在面板中可看到照片的拍摄日期等信息，如下图所示。

STEP 03 执行【边框图层】→【图层操作】→【文字标签】命令，如下图所示。

STEP 04 单击“标签1”选项卡，再单击“插入标签1”复选框，如下图所示。

STEP 05 单击文本框后面的按钮，在弹出的菜单中选择如下图所示的命令。

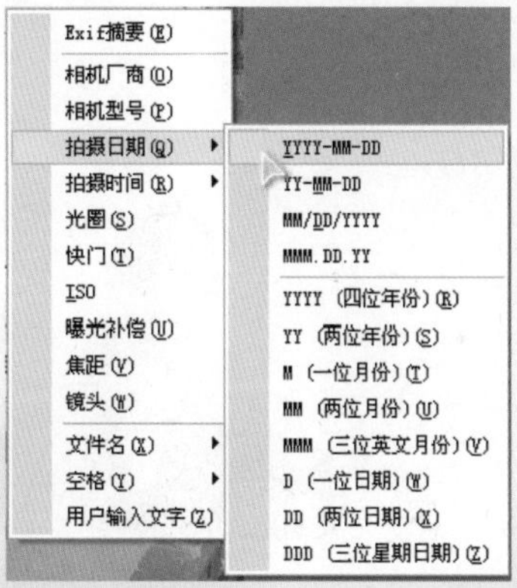

STEP 06 再单击按钮，弹出“字体”对话框，在对话框中设置文字大小为100，如下图所示。

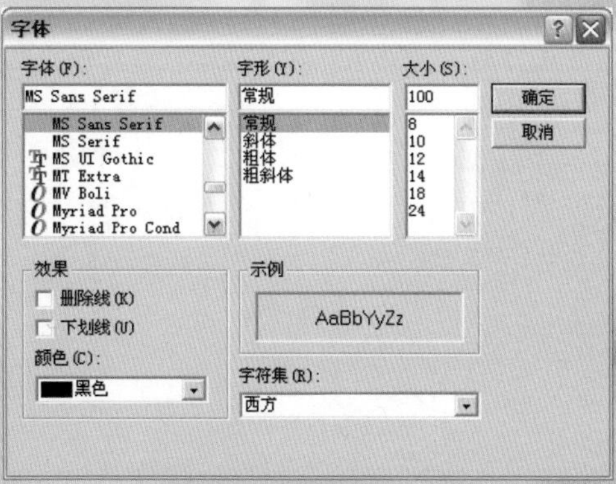

STEP 07 单击“确定”按钮，本例最终效果如右图所示。

7.5 LOMO风格

本例介绍在光影魔术手中制作LOMO风格的照片的方法，照片处理前后的对比效果如下图所示。

实例源文件与素材

源文件	»	源文件\第7章\05.jpg
素材	»	素材\第7章\08.jpg

STEP 01 按“Ctrl+O”组合键，打开配套光盘中的“素材\第7章\08.jpg”文件，如右图所示。

STEP 02 执行【数码暗房】→【个性效果】→【LOMO风格】命令，如下图所示。

STEP 03 弹出“LOMO”对话框，参数设置如下图所示。

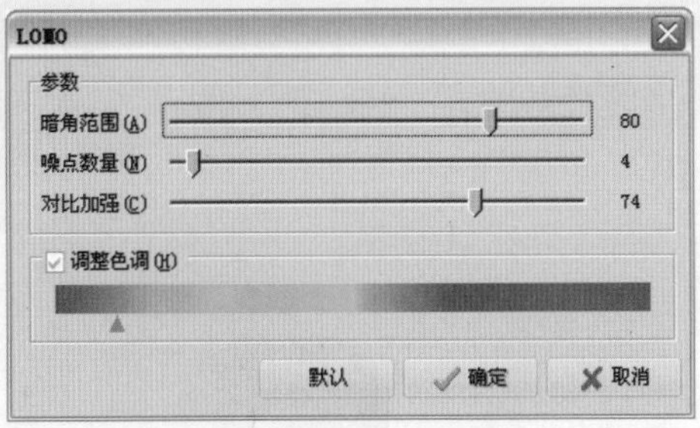

STEP 04 单击“确定”按钮，本例最终效果如下图所示。

7.6 日历

本例将介绍在光影魔术手中将照片制作成日历的方法，照片处理前后的对比效果如下图所示。

实例源文件与素材

源文件 » 源文件\第7章\06.jpg
素材 » 素材\第7章\09.jpg

STEP 01 按“Ctrl+O”组合键，打开配套光盘中的“素材\第7章\09.jpg”文件，如下图所示。

STEP 02 执行【边框图层】→【图层操作】→【日历】命令，如下图所示。

STEP 03 弹出“日历”对话框，在对话框的左边选择日期为2011-03，在对话框右边的本地模板中选择田野，如下图所示。

STEP 04 单击“确定”按钮，本例最终效果如下图所示。

7.7 将照片放入书中

本例将介绍用光影魔术手制作将照片放入书中的效果，照片处理前后的对比效果如下图所示。

实例源文件与素材

源文件	»	源文件\第7章\07.jpg
素材	»	素材\第7章\10.jpg

STEP 01 按“Ctrl+O”组合键，打开配套光盘中的“素材\第7章\10.jpg”文件，如下图所示。

STEP 02 执行【边框图层】→【边框合成】→【场景】命令，如下图所示。

STEP 03 弹出“场景”对话框，如下图所示。

STEP 04 选择在线素材中的逼真场景，单击对话框右下角的第4页，单击第三行左边的图像，在对话框中可以预览到照片添加到场景后的效果，如下图所示。

STEP 05 单击“确定”按钮，本例最终效果如下图所示。

7.8　制作照片胶卷效果

本例将介绍用光影魔术手制作照片胶卷效果的方法，照片处理前后的对比效果如下图所示。

实例源文件与素材

源文件 » 无

素材 » 无

STEP 01 按“Ctrl+O”组合键，打开相关素材文件，例如下图所示。

STEP 02 执行【边框图层】→【边框合成】→【多图边框】命令，如下图所示。

STEP 03 弹出“多图边框”对话框，如下图所示。

STEP 04 选择在线素材中的“推荐”选项卡，单击对话框右下角的第5页，单击最后一行右边的图像。在对话框中可以预览到照片添加边框后的效果，如下图所示。

STEP 05 单击“确定”按钮，本例最终效果如右图所示。

7.9　添加文字边框

本例将介绍用光影魔术手添加文字边框的方法，照片处理前后的对比效果如下图所示。

实例源文件与素材

源文件 » 无
素材 » 无

STEP 01 按“Ctrl+O”组合键，打开相关素材文件，例如下图所示。

STEP 02 执行【边框图层】→【边框合成】→【撕边边框】命令，如下图所示。

STEP 03 弹出“撕边边框”对话框，如下图所示。

STEP 04 选择本地素材中的官方模板，如下图所示。

STEP 05 在弹出的面板中单击第二行右边的图像，在对话框中可以预览到照片添加了边框后的效果，如下图所示。

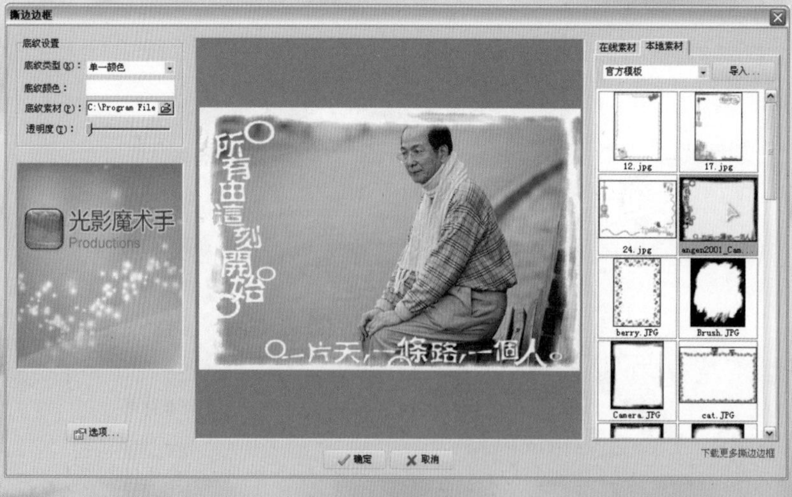

STEP 06 单击“确定”按钮，本例最终效果如右图所示。

7.10 制作照片撕裂的效果

本例将介绍用光影魔术手制作照片撕裂效果的方法，照片处理前后的对比效果如下图所示。

实例源文件与素材

源文件	»	源文件\第7章\10.jpg
素材	»	素材\第7章\13.jpg

STEP 01 按“Ctrl+O”组合键，打开配套光盘中的“素材\第7章\13.jpg”文件，如右图所示。

STEP 02 执行【边框图层】→【边框合成】→【撕边边框】命令，如下图所示。

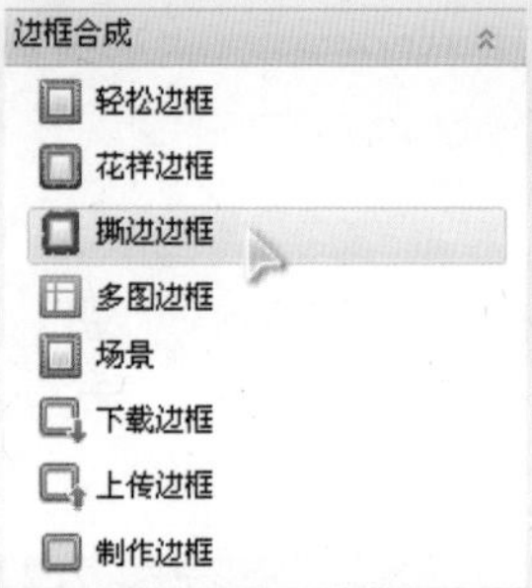

STEP 03 弹出“撕边边框”对话框，如下图所示。

STEP 04 选择在线素材中的推荐，单击对话框右下角的第3页，单击第三行左边的图像。在对话框中可以预览到照片添加了撕边边框后的效果，如下图所示。

STEP 05 单击“确定”按钮，本例最终效果如下图所示。

7.11 制作艺术照片效果

本例将介绍用光影魔术手制作艺术照片效果的方法，照片处理前后的对比效果如下图所示。

实例源文件与素材

源文件 » 源文件\第7章\11.jpg
素材 » 素材\第7章\14.jpg

STEP 01 按“Ctrl+O”组合键，打开配套光盘中的“素材\第7章\14.jpg”文件，如下图所示。

STEP 02 执行【边框图层】→【边框合成】→【多图边框】命令，如下图所示。

STEP 03 弹出“多图边框”对话框，如下图所示。

STEP 04 选择在线素材中的推荐，单击对话框右下角的第2页，在打开的面板中单击第四行右边的图像。在对话框中可以预览到照片添加了边框后的效果，如下图所示。

STEP 05 单击“确定”按钮，本例最终效果如下图所示。

7.12 着色魔术棒

本例将介绍用光影魔术手中的着色魔术棒突出人物的方法，照片处理前后的对比效果如下图所示。

实例源文件与素材

源文件 » 源文件\第7章\12.jpg
素材 » 素材\第7章\15.jpg

STEP 01 按“Ctrl+O”组合键，打开配套光盘中的“素材\第7章\15.jpg”文件，如下图所示。

STEP 02 执行【数码暗房】→【个性效果】→【着色魔术棒】命令，如下图所示。

STEP 03 弹出“着色魔术棒”对话框，在对话框中将彩色照片变为黑白，如下图所示。

STEP 04 在对话框的右边设置着色半径，在美女的身上拖动，恢复其颜色，如下图所示。

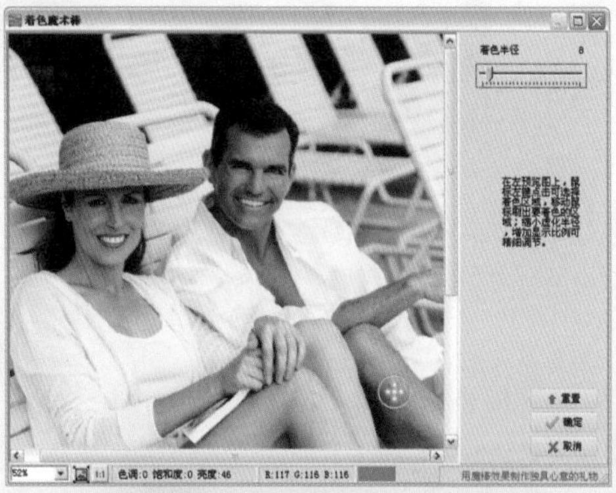

STEP 05 拖动滚动条到最下方，再在美女的腿上拖动，恢复其颜色，如下图所示。

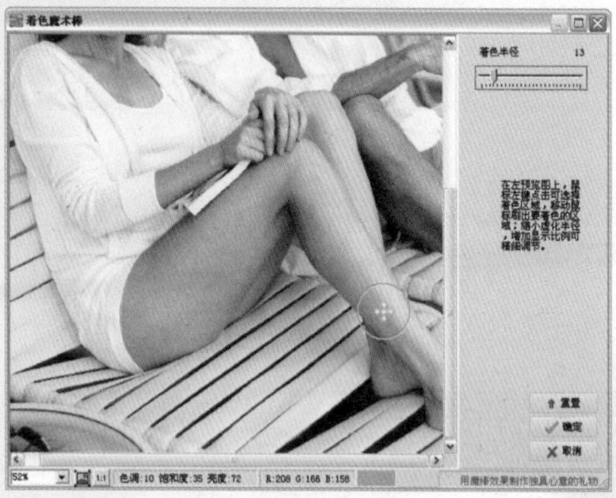

STEP 06 单击“确定”按钮，本例最终效果如下图所示。

7.13 将照片制作成桌面背景

本例将介绍用光影魔术手制作桌面背景的方法，照片处理前后的对比效果如下图所示。

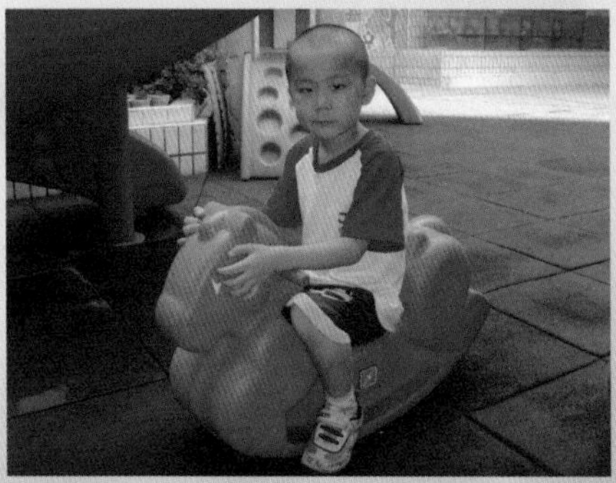

实例源文件与素材

源文件	»	源文件\第7章\13.jpg
素材	»	素材\第7章\16.jpg

STEP 01 按“Ctrl+O”组合键，打开配套光盘中的“素材\第7章\16.jpg”文件，如下图所示。

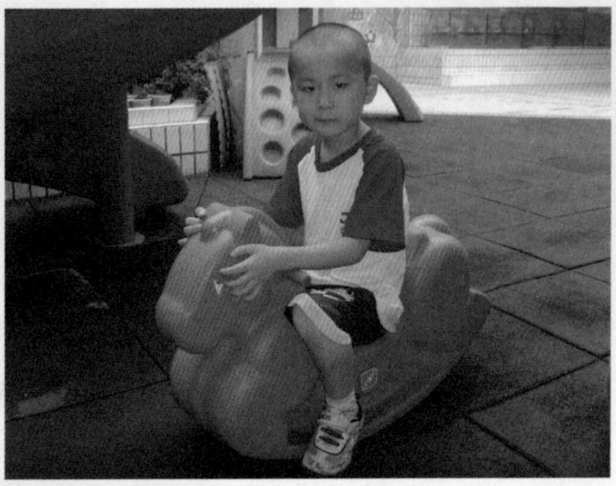

STEP 02 执行【边框图层】→【边框合成】→【场景】命令，如下图所示。

STEP 03 弹出“场景”对话框，如下图所示。

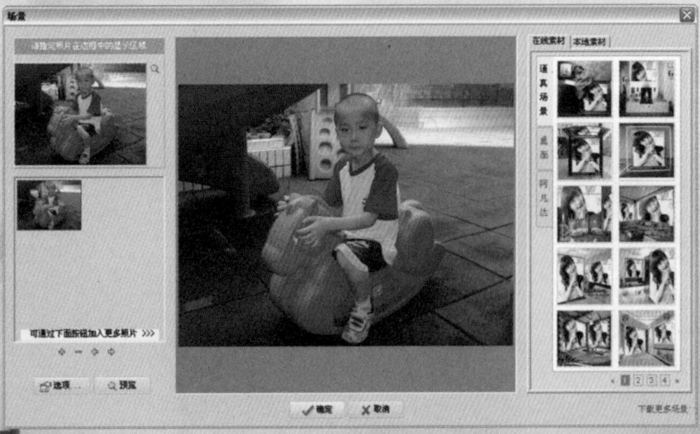

STEP 04 选择在线素材中的桌面，单击对话框右边的图像面板中第三行右边的图像。在对话框中可以预览到照片添加了边框后的效果，如下图所示。

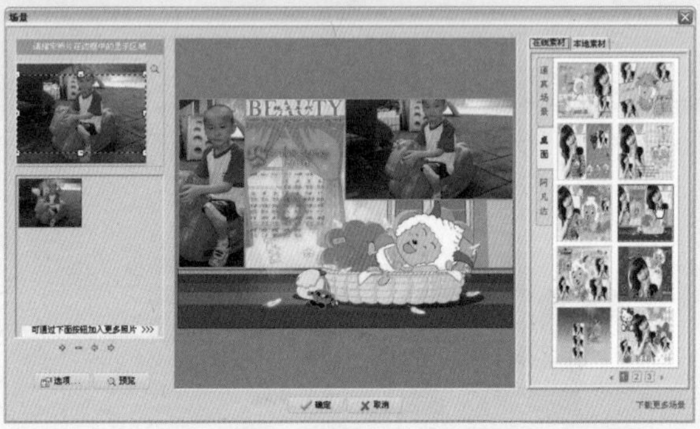

STEP 05 调整对话框左边的调整框到如下图所示的位置。

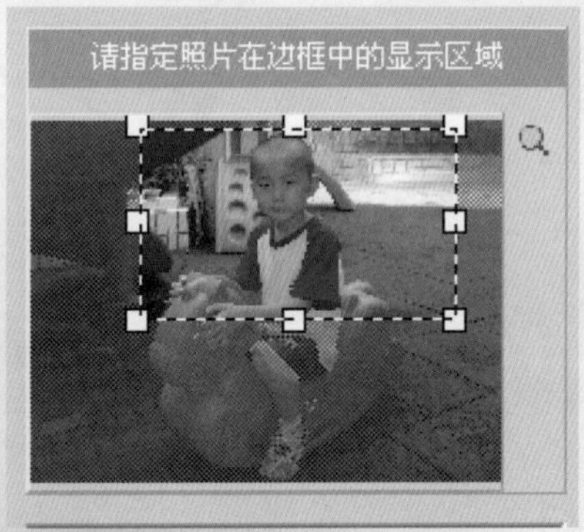

STEP 06 单击“确定”按钮，本例最终效果如下图所示。

7.14 添加照片中的人物

本例将介绍使用Photoshop添加照片中的人物的方法，照片处理前后的对比效果如下图所示。

实例源文件与素材

源文件	»	源文件\第7章\14.psd
素材	»	素材\第7章\17.jpg、素材\第7章\18.jpg

STEP 01 按“Ctrl+O”组合键，打开配套光盘中的“素材\第7章\17.jpg”文件和“素材\第7章\18.jpg”文件，如下图所示。

STEP 02 选择磁性套索工具，属性栏中参数的设置如下图所示。

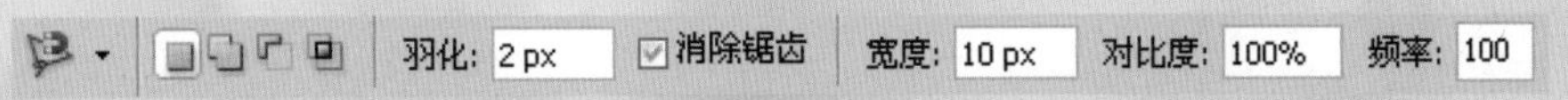

STEP 03 沿人物创建选区，如下图所示。

STEP 04 选择移动工具，将人物拖到背景中，如下图所示。

STEP 05 按“Ctrl+T”组合键，按住“Shift”键，等比例缩小人物，如下图所示。按“Enter”键确认。

STEP 06 选择魔棒工具，在属性栏中选中“添加到选区”按钮，其余参数设置如下图所示。

STEP 07 在人物的腋下单击，选中多余图像，如下图所示。

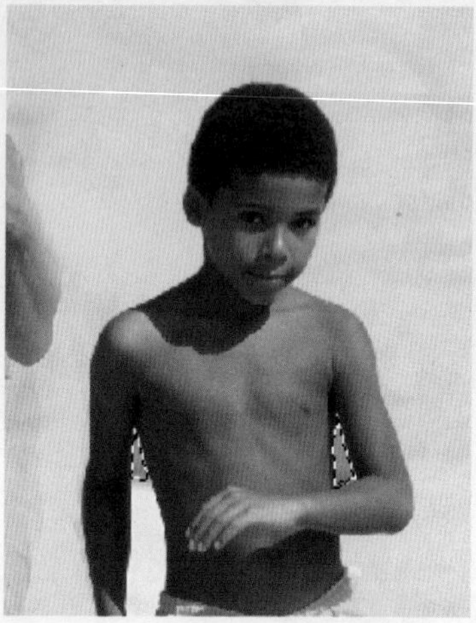

STEP 08 按“Delete”键删除选区内的图形，本例最终效果如下图所示。

7.15 制作照片马赛克效果

想把照片传到网上，但又怕别人一睹你的庐山真面目，怎么办呢？Photoshop能很轻松地帮你解决这个问题。本例将介绍在Photoshop中给照片制作马赛克的方法，照片处理前后的对比效果如下图所示。

实例源文件与素材

源文件 » 无
素材 » 无

STEP 01 按“Ctrl+O”组合键，打开相关素材文件，例如下图所示。

STEP 02 选择矩形选框工具，绘制如下图所示的矩形选区。

STEP 03 执行【滤镜】→【像素化】→【马赛克】命令，打开“马赛克”对话框，参数设置如下图所示。

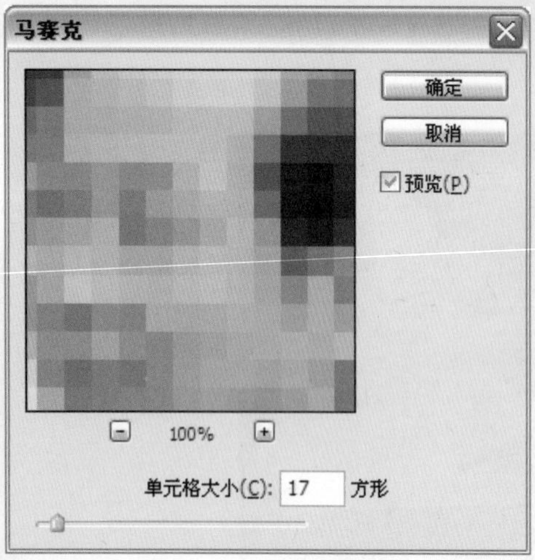

STEP 04 单击“确定”按钮，得到如下图所示的效果。

7.16 给照片制作电影光晕

本例将介绍在Photoshop中给照片制作电影光晕的方法，照片处理前后的对比效果如下图所示。

实例源文件与素材

源文件 » 无
素材 » 无

STEP 01 按“Ctrl+O”组合键，打开相关素材文件，例如下图所示。

STEP 02 执行【滤镜】→【渲染】→【镜头光晕】命令，打开“镜头光晕”对话框。选择镜头类型为“35毫米聚集”，亮度为100，在照片中单击，确定光晕高光集中点的位置，如下图所示。

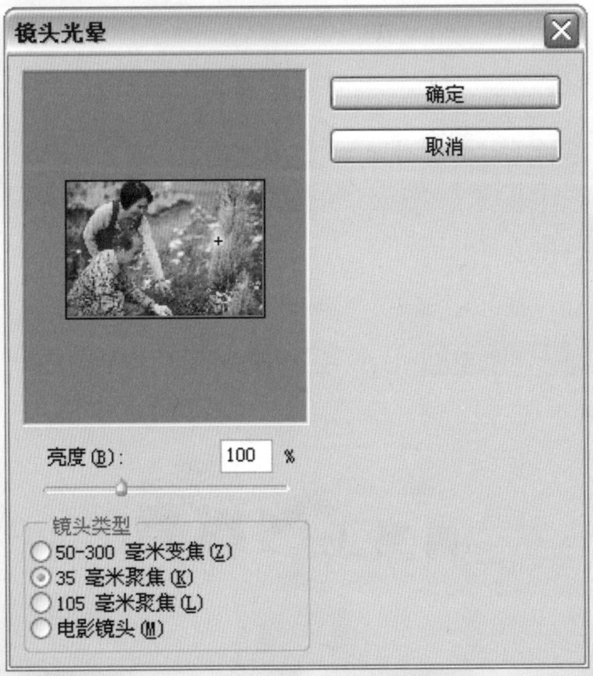

STEP 03 单击“确定”按钮，图像效果如下图所示。

STEP 04 在图层面板中将背景图层拖到新建图层按钮上，复制图层，如下图所示。

STEP 05 设置复制的图层的混合模式为“叠加”，不透明度为50%，图层面板如下图所示。

STEP 06 设置混合模式后的图像颜色将变得鲜艳，如下图所示。

7.17 将合影变成单人照

本例将介绍在Photoshop中将合影变成单人照的方法，照片处理前后的对比效果如下图所示。

实例源文件与素材

源文件 » 源文件\第7章\17.jpg

素材 » 素材\第7章\21.jpg

STEP 01 按“Ctrl+O”组合键，打开配套光盘中的“素材\第7章\21.jpg”文件，如下图所示。

STEP 02 选择磁性套索工具，在属性栏中设置频率为100，其余参数设置如下图所示。

STEP 03 沿小男孩创建选区，如下图所示。

STEP 04 选择修补工具，在工具属性栏中选中“源”单选项，如下图所示。

STEP 05 按住鼠标左键不放向右拖动选区内的图像，复制周围的图像，将选区内的图像覆盖，如下图所示。

STEP 06 释放鼠标后得到如下图所示的效果。

STEP 07 由于照片宽度的原因，选区内的图像未能全部覆盖，需要再次覆盖。按住鼠标左键不放再次向右拖动选区内的图像，复制周围的图像，将选区内的图像覆盖，如下图所示。

STEP 08 释放鼠标后得到如下图所示的效果。

STEP 09 按“Ctrl+D”组合键，取消选区，得到如下图所示的效果。

STEP 10 选择仿制图章工具，在其属性栏中设置画笔的不透明度为80，其余参数设置如下图所示。

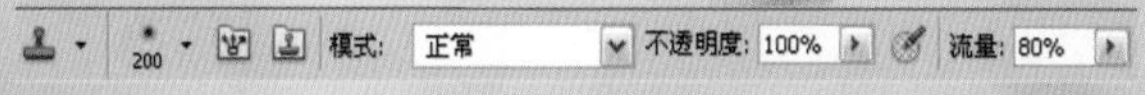

STEP 11 按住“Alt”键，在图像窗口中的适当位置取样，复制周围图像。多次重新取样，将照片调整到最佳效果，如下图所示。

STEP 12 选择钢笔工具，并在属性栏中单击“路径”按钮，沿头发绘制路径，如下图所示。

STEP 13 按“Ctrl+Enter”组合键，将路径转换为选区。选择仿制图章工具，在头发周围取样，复制周围的头发，如下图所示。

STEP 14 按“Ctrl+D” 组合键，取消选区，本例最终效果如下图所示。

7.18 改变衣服颜色

我们经常会遇到在游玩时拍的照片中只有一套衣服的情况，总觉得有些单调。使用Photoshop，可以轻松地改变衣服的颜色。本例将介绍在Photoshop中改变衣服颜色的方法，照片处理前后的对比效果如下图所示。

实例源文件与素材

源文件 » 无

素材 » 无

STEP 01 按“Ctrl+O”组合键，打开相关素材文件，例如下图所示。

STEP 02 单击工具箱下方的 按钮，进入快速蒙版模式。选择画笔工具 ，在人物衣服部分涂抹，如下图所示。

STEP 03 按“Q”键，得到如下图所示的选区。

STEP 04 执行【选择】→【反选】命令，得到衣服选区，如下图所示。

STEP 05 执行【图像】→【调整】→【色相/饱和度】命令，打开“色相/饱和度”对话框，将“色相”滑杆向左移动，变换衣服颜色，如下图所示。

STEP 06 单击"确定"按钮，完成颜色设置。按"Ctrl+D"组合键取消选区，本例最终效果如右图所示。

7.19 证件照排版

光影魔术手可以很方便地进行证件照排版，在一张5寸或者6寸照片上排多张1寸或者2寸照，支持身份证大头照排版和护照照片排版。还可以进行1寸2寸混排、多人混排。本例将介绍在光影魔术手中为证件照排版的方法，照片处理前后的对比效果如下图所示。

实例源文件与素材

源文件 » 源文件\第7章\19.jpg
素材 » 素材\第7章\23.jpg

STEP 01 按"Ctrl+O"组合键，打开配套光盘中的"素材\第7章\23.jpg"文件，如右图所示。

STEP 02 单击快捷栏中的裁剪按钮，如下图所示。

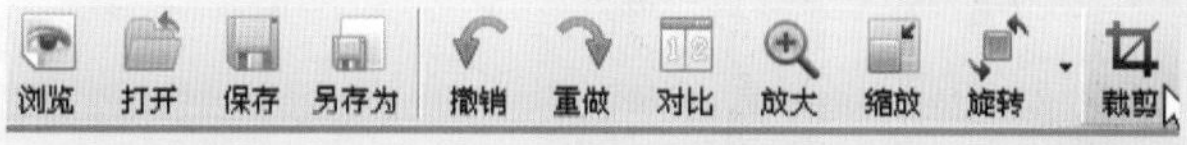

STEP 03 弹出“裁剪”对话框，选中对话框右边的按宽高比例裁剪按钮，设置宽高比例为3:7，如下图所示。

STEP 04 在图像窗口中拖动，框选要留下的图像部分，如下图所示。

STEP 05 单击“确定”按钮，裁剪图像，如下图所示。

小提示

将照片裁剪为宽高比3:7，是因为本例将排版一寸的照片，一寸照片的宽高比为3:7。

STEP 06 执行【便捷工具】→【照片排版】→【照片冲印排版】命令，如下图所示。

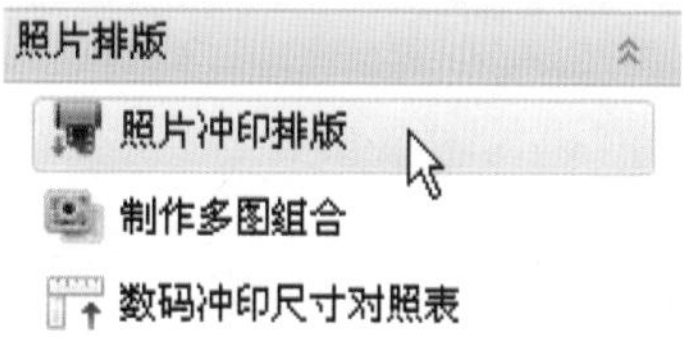

STEP 07 弹出“证件照片冲印排版”对话框，在对话框左边的排版样式下拉列表中选择样式为“8张1寸照”，单击左下角的“预览”按钮，可预览图像，如下图所示。

STEP 08 单击“确定”按钮，本例最终效果如下图所示。

小提示

本例也可不裁剪，在“证件照片冲印排版”对话框中选择自动裁剪为冲印比例，但是裁剪的区域是默认的，自己裁剪可以随意保留所需要的部分。

7.20 素描效果

本例介绍使用Photoshop将彩色照片制作成素描效果的方法，照片处理前后的对比效果如下图所示。

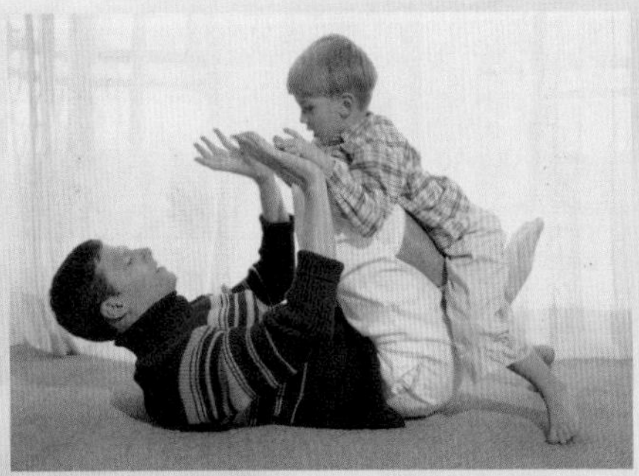

实例源文件与素材

源文件 » 源文件\第7章\20.psd

素材 » 素材\第7章\24.jpg

STEP 01 按“Ctrl+O”组合键，打开配套光盘中的“素材\第7章\ 24.jpg”文件，如下图所示。

STEP 02 按“Ctrl+Shift+U”组合键，去色，使图像以灰度色彩显示，如下图所示。

STEP 03 按“Ctrl+J”组合键，复制背景图层生成图层1图层。按“Ctrl+I”组合键反相，效果如下图所示。

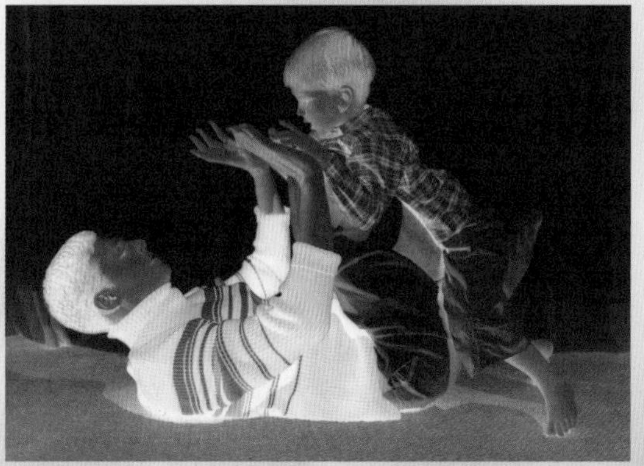

STEP 04 为了让线条更清晰一点，执行【滤镜】→【其他】→【最小值】命令，在弹出的“最小值”对话框中设置参数。

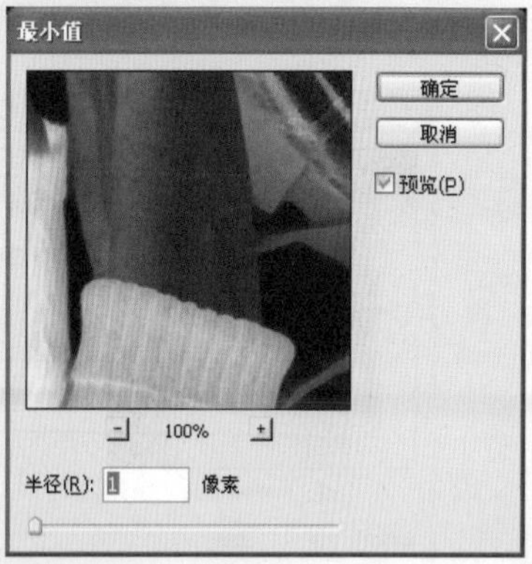

效果如下图所示。

STEP 05 单击“确定”按钮，将图层1图层的混合模式设置为“颜色减淡”，效果如下图所示。

STEP 06 执行【滤镜】→【模糊】→【高斯模糊】命令，参数设置如下左图所示。单击“确定”按钮，照片中的杂色淡化了，轮廓线更突出，完成最终效果如下右图所示。

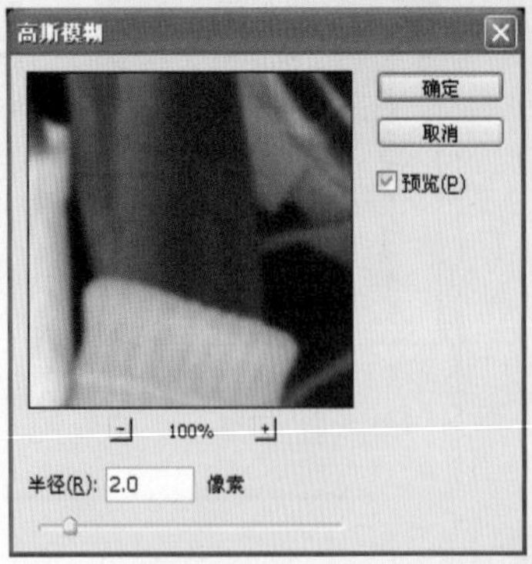

7.21 照片中的照片

本例介绍使用Photoshop制作照片中的照片的方法，照片处理前后的对比效果如下图所示。

实例源文件与素材

源文件 » 源文件\第7章\21.psd
素材 » 素材\第7章\25.jpg

STEP 01 按“Ctrl+O”组合键，打开配套光盘中的“素材\第7章\25.jpg”文件，如右图所示。

STEP 02 选择矩形选框工具，在如下图所示的位置创建矩形选区。

STEP 03 执行【选择】→【变换选区】命令，调整选区角度，如下图所示。按“Enter”键确认变换。

STEP 04 按“Ctrl+J”组合键，剪切选区图像到“图层1”图层，如下图所示。

STEP 05 在“背景”图层上面新建“图层2”图层，如下图所示。

STEP 06 载入“图层1”图层选区。执行【选择】→【变换选区】命令，按“Shift+Alt”组合键，将选区等比例放大，如下图所示。

STEP 07 用白色填充选区，然后取消选区，效果如下图所示。

STEP 08 双击“图层2”图层，弹出“图层样式”对话框，选择投影样式，参数设置如下图所示。

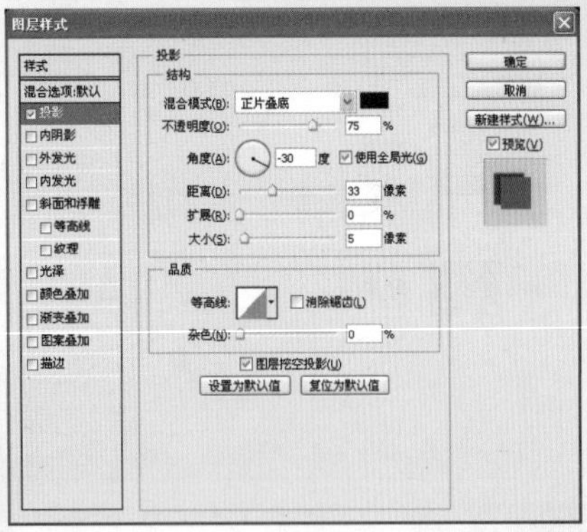

STEP 09 单击“确定”按钮，照片中的照片制作完成，如下图所示。

7.22 互动练习：将照片制作成相框

实例源文件与素材

源文件 » 源文件\第7章\22.jpg

素材 » 素材\第7章\26.jpg

步骤提示：

STEP 01 在光影魔术手中打开素材。

STEP 02 执行【边框图层】→【边框合成】→【场景】命令。

STEP 03 选择在线素材中逼真场景中的模板即可。

Chapter Eight

第8章

数码合成

■ 本章导读

在网上，我们随处可见背景非常漂亮的照片，那些照片都是摄影师拍摄出来的吗？答案是否定的，很多照片都是经过后期合成的。Photoshop具有非常强大的功能，可以将多幅图像组合在一起，合成漂亮的照片，可以说，Photoshop就是那位神奇的摄影师。

8.1 山水情深

本例介绍使用Photoshop制作以山水情深为主题的照片的方法，照片最终效果如下图所示。

万水千山总是情
Ten thousand water thousand mountains
are always love

实例源文件与素材

源文件	»	源文件\第8章\01.psd
素材	»	素材\第8章\01.jpg、素材\第8章\02.jpg、素材\第8章\03.jpg

STEP 01 按“Ctrl+O”组合键，打开配套光盘中的“素材\第8章\01.jpg”文件和“素材\第8章\02.jpg”文件，如下图所示。

小提示

“素材\第8章\01.jpg”文件为本例的“背景”文件。

STEP 02 选择工具箱中的“移动工具”，将“02”文件中的素材拖到“背景”文件中，如下图所示。

STEP 03 执行【图像】→【调整】→【色相/饱和度】命令，打开“色相/饱和度”对话框，勾选“着色”复选框，参数设置如下图所示。

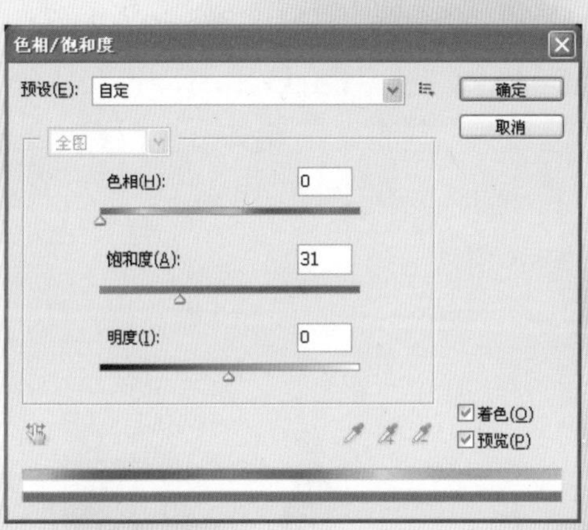

STEP 04 单击“确定”按钮，得到如下图所示的效果。

STEP 05 在图层面板中选中图层1，单击图层面板下方的“添加蒙版”按钮，为图层1添加蒙版，如下图所示。

STEP 06 选择工具箱中的“渐变工具”，单击属性栏中的颜色按钮，如下图所示。

STEP 07 在弹出的“渐变编辑器”对话框的预设的图标中选择从白到黑的渐变色，如下图所示。

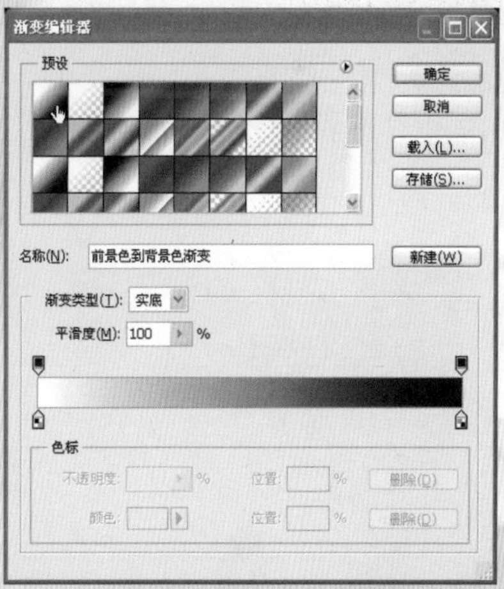

STEP 08 单击“确定”按钮，在属性栏中单击“径向渐变”按钮，如下图所示。

STEP 09 在如下图所示的位置从内向外拖动光标，释放鼠标后得到如下图所示的效果。

STEP 10 按“Ctrl+O”组合键，打开配套光盘中的“素材\第8章\03.jpg”文件，如下图所示。

STEP 11 选择工具箱中的“钢笔工具”，单击属性栏中的“路径”按钮，沿人物绘制路径，如下左图所示。按“Ctrl+Enter”组合键，将路径转换为选区，如下右图所示。

STEP 12 按“Ctrl+Shift+I”组合键，反选选区。选择工具箱中的“移动工具”，将选区内的图像拖到“背景”文件中，如下图所示。

STEP 13 选择工具箱中的“钢笔工具”，单击属性栏中的“路径”按钮，沿腰与手臂处的背景绘制路径。按“Ctrl+Enter”组合键，将路径转换为选区，如下图所示。

STEP 14 按“Delete”键，删除选区内的图形，按“Ctrl+D”组合键，取消选区，如下图所示。

STEP 15 执行【图像】→【调整】→【色相/饱和度】命令，打开“色相/饱和度”对话框，勾选“着色”复选框，参数设置如下图所示。

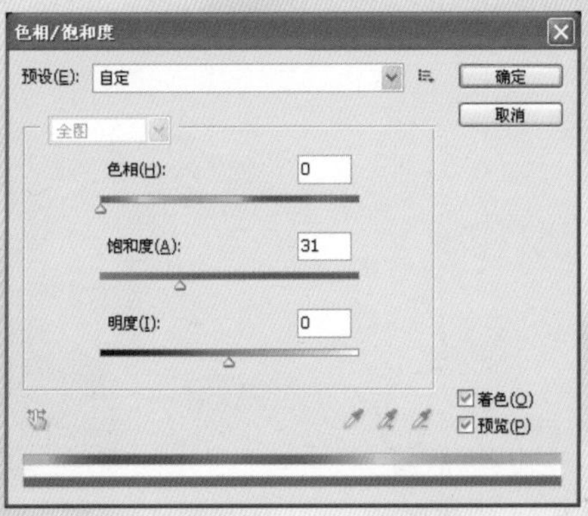

STEP 16 单击“确定”按钮，得到如下图所示的效果。

STEP 17 在“图层”面板上选中人物素材所在的图层，设置不透明度为80%，参数设置及最终效果如下图所示。

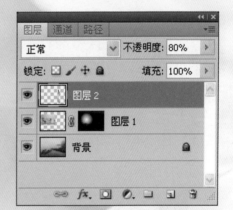

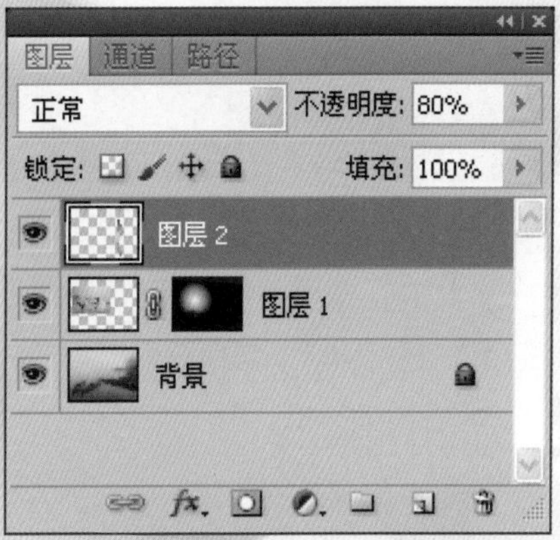

STEP 18 选择工具箱中的“文字工具”T，在属性栏上选择字体为“方正细黑一简体”，“大小”为9点，设置颜色为“白色”，在图像上输入文字“万水千山总是”，按“Ctrl+Enter”组合键，完成文字的输入，如下图所示。

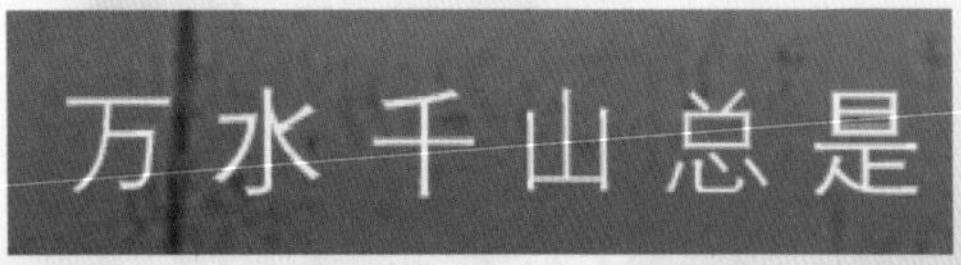

STEP 19 选择工具箱中的“文字工具”T，在属性栏上选择字体为“方正黄草简体”，“大小”为22点，设置颜色为“白色”，在图像上输入文字“情”，按“Ctrl+Enter”组合键，完成文字的输入，如下图所示。

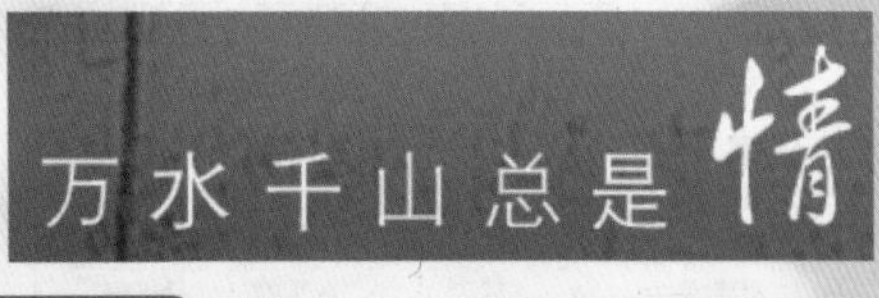

STEP 20 单击“椭圆工具”，再单击属性栏上的“路径”按钮，按住“Shift+Alt”组合键的同时，拖动鼠标绘制一个圆，如下图所示。

STEP 21 设置前景色为白色，单击“画笔工具”，设置画笔的“大小”为2像素。新建一个图层，在“路径”面板上选中圆的路径，单击“路径”面板上的“用画笔描边路径”按钮，得到如下图所示的效果。

STEP 22 复制圆，将复制的圆放到如下图所示的位置。

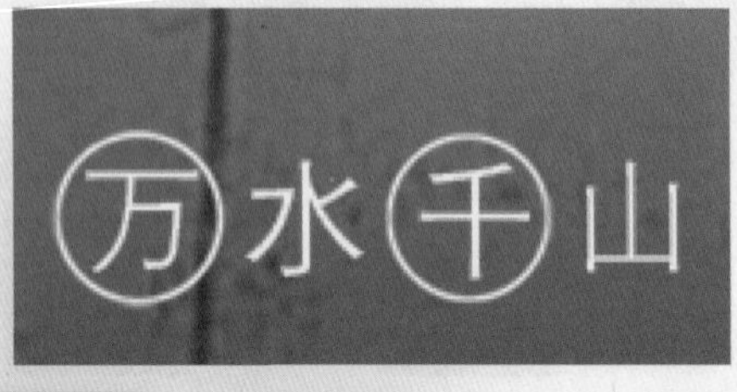

STEP 23 选择工具箱中的“文字工具”T，在属性栏上选择字体为“方正大黑简体”，“大小”为5.5点，设置颜色为“白色”，在图像上输入文字，按“Ctrl+Enter”组合键，完成如下图所示的文字的输入。

STEP 24 选择工具箱中的“文字工具”T，在属性栏上选择字体为“黑体”，“大小”为4点，设置颜色为（R:78、G:71、B:65），在图像的右上方输入文字，按“Ctrl+Enter”组合键，完成文字的输入，本例最终效果如下图所示。

8.2 真爱永伴

本例介绍使用Photoshop制作真爱永伴为主题的照片的方法，照片最终效果如下图所示。

实例源文件与素材

源文件 » 无
素材 » 无

STEP 01 按“Ctrl+O”组合键，打开相关素材文件，例如下图所示。

STEP 02 按“Ctrl+O”组合键，打开相关素材文件，例如下图所示。

STEP 03 执行“图像→图像大小”命令，打开“图像大小”对话框，如下图所示。

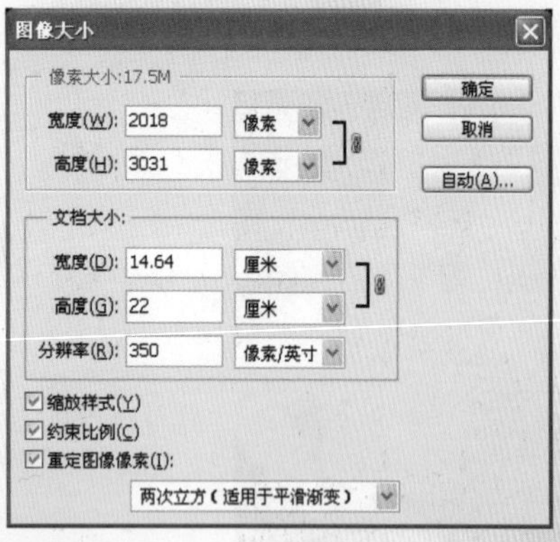

STEP 04 将图像的高度变为6.5，如下图所示，单击“确定”按钮，得到如下图所示的效果。

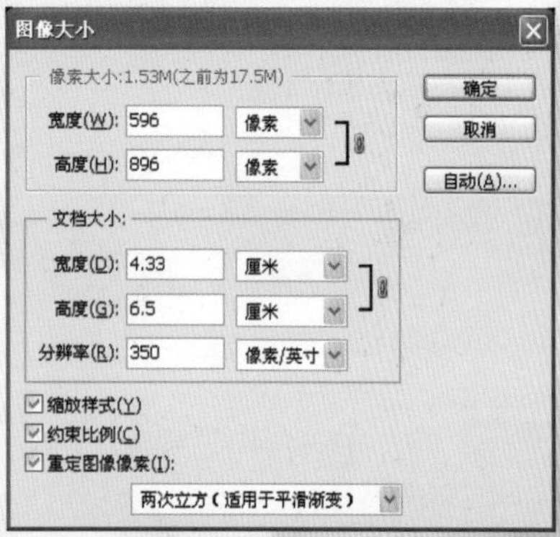

小提示

改变图像的大小是为了方便后面的操作，将图像拖动到另一个文档中时，若图像较大，按“Ctrl+T”组合键调整大小时操作会不方便。

STEP 05 选择工具箱中的“钢笔工具”，单击属性栏中的“路径”按钮，沿人物绘制路径。为了便于绘制，在绘制过程中可选择工具箱中的缩放工具，选中属性栏中的放大按钮，如下图所示。

STEP 06 在需要放大的位置单击鼠标左键，即可放大图像，如下图所示。

小提示

此处使用钢笔工具抠图，是因为白色衣服与背景颜色相同，不适合用磁性套索工具和魔棒工具。

STEP 07 在绘制过程中还可使用抓手工具移动图像，绘制好的路径如下左图所示。按“Ctrl+Enter”组合键，将路径转换为选区，如下右图所示。

STEP 08 选择工具箱中的"移动工具"，将选区内的图像拖到"背景"文件中，如下图所示。

STEP 09 选择工具箱中的"钢笔工具"，单击属性栏中的"路径"按钮，沿如下图所示的背景处绘制路径。

STEP 10 按"Ctrl+Enter"组合键，将路径转换为选区，如下图所示。

STEP 11 按"Delete"键，删除选区内的图形，按"Ctrl+D"组合键，取消选区，如下图所示。

STEP 12 选择工具箱中的"魔棒工具"，在属性栏中设置"容差"为4，选中"连续"选项，如下图所示。

STEP 13 在袖子的背景处单击，得到如下左图所示的选区。按"Delete"键，删除选区内的图形，按"Ctrl+D"组合键，取消选区，如下右图所示。

STEP 14 按"Ctrl+T"组合键，按住"Shift"键，将光标放到调节框的任意一个边角上，向内拖动图像，调整图像大小，按"Enter"键确认，如下图所示。

小提示

若调节框超出图像的区域，可以按住鼠标左键不放，拖动调节框，显示出调节框的边角。

STEP 15 在“图层”面板上选中人物素材所在的图层，设置不透明度为80%，参数设置及最终效果如下图所示。

STEP 16 单击图层面板下面的按钮，创建组1。切换到路径面板，新建路径。选择工具箱中的“钢笔工具”，在其属性栏上单击“路径”按钮，绘制如下图所示的路径。

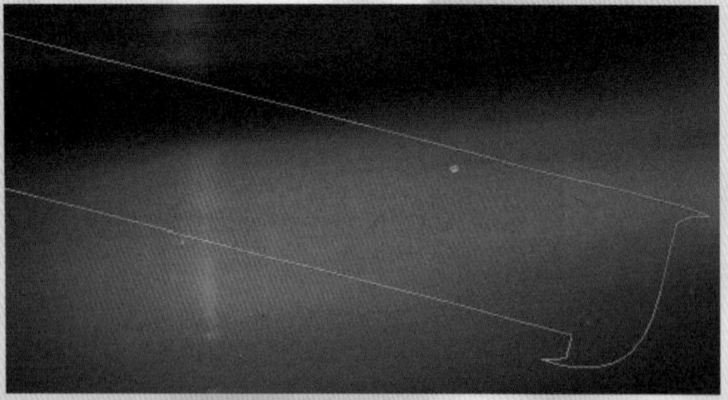

STEP 17 切换到图层面板，新建图层。设置前景色为黑色，单击“路径”面板上的“用前景色填充路径”按钮，得到如下图所示的效果。

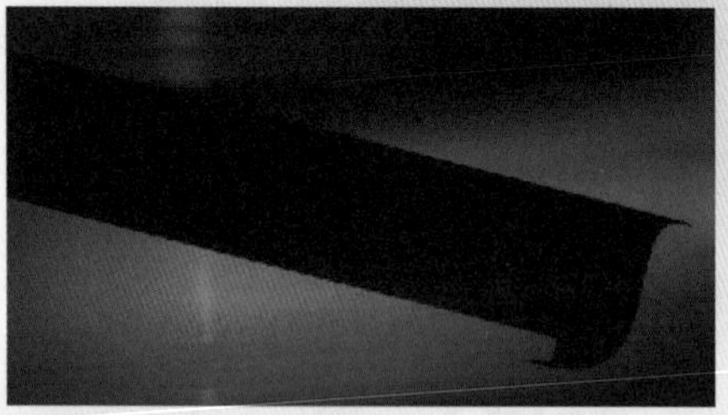

STEP 18 新建路径，选择工具箱中的“钢笔工具”，再在其属性栏上单击“路径”按钮，绘制如下图所示的路径。

STEP 19 新建图层，设置前景色为黑色，单击“路径”面板上的“用前景色填充路径”按钮，得到如下图所示的效果。

STEP 20 选择工具箱中的“圆角矩形工具”，再单击属性栏上的“填充像素”按钮，在属性栏上设置“半径”为4，设置前景色为白色。新建图层，绘制一个圆角矩形。

STEP 21 按“Ctrl+T”组合键，将圆角矩形旋转一定角度后放到如下图所示的位置。

STEP 22 保持圆角矩形所在的图层的选中状态，选择工具箱中的“移动工具”，按住“Alt”键，将圆角矩形向外拖动，复制圆角矩形。用相同的方法复制多个圆角矩形，如下图所示。

STEP 23 不断按“Ctrl+E”组合键，将圆角矩形所在的图层合并。按住“Ctrl”键的同时，在“图层”面板上单击圆角矩形所在的图层，将图层中的圆角矩形载入选区。

STEP 24 单击圆角矩形所在图层前面的眼睛按钮，隐藏圆角矩形所在的图层，如下图所示。

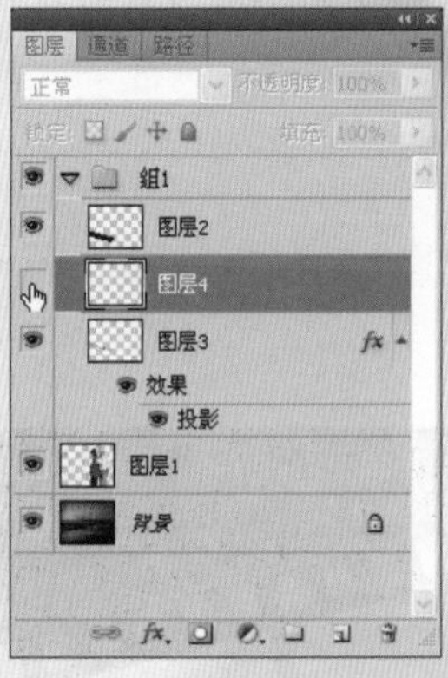

效果如下图所示。

STEP 25 选中下面的黑色图形所在的图层，按“Delete”键，删除选区内的图形。按“Ctrl+D”组合键，取消选区，如下图所示。

STEP 26 再次单击圆角矩形所在图层前面的眼睛按钮，显示圆角矩形。选中圆角矩形所在的图层，在图层面板中设置不透明度为40%，参数设置及图像效果如下图所示。

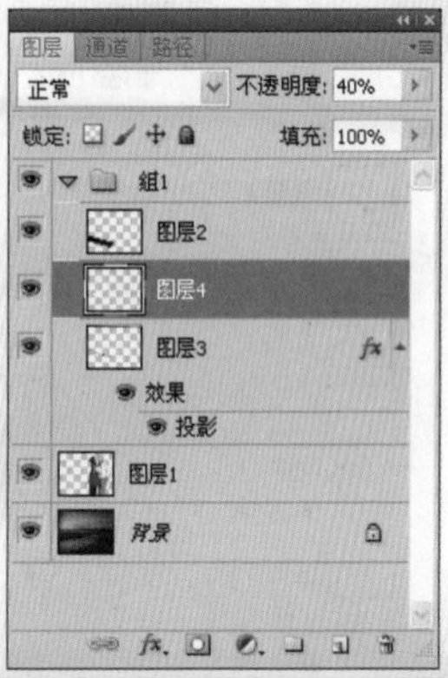

STEP 27 选中上面的黑色图形所在的图层，执行【图层】→【图层样式】→【投影】命令，打开“投影”对话框，设置投影色为白色，其他参数设置如下图所示。

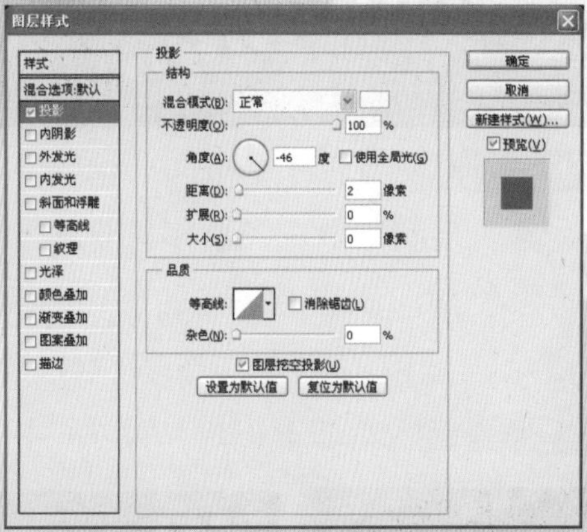

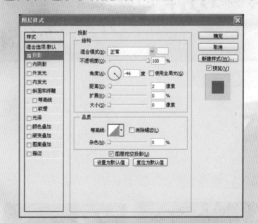

STEP 28 单击“确定”按钮，效果如下图所示。

STEP 29 复制刚才制作的黑色图形和白色矩形所在的图层，按住“Ctrl”键，同时选中复制的两个图层，单击路径面板下方的链接按钮，将它们链接起来，如下图所示。

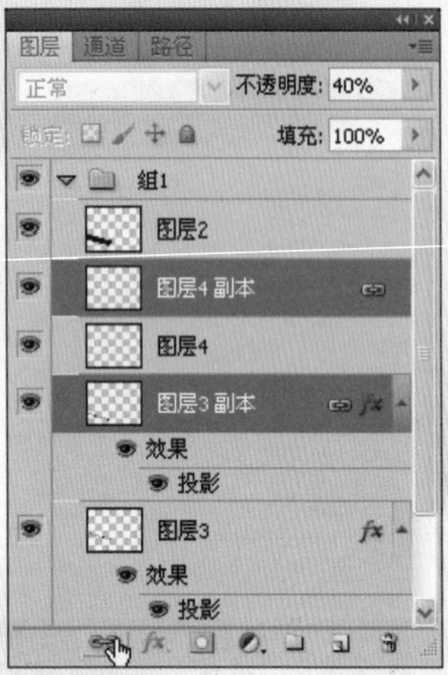

STEP 30 将链接的图形移到如下图所示的位置。

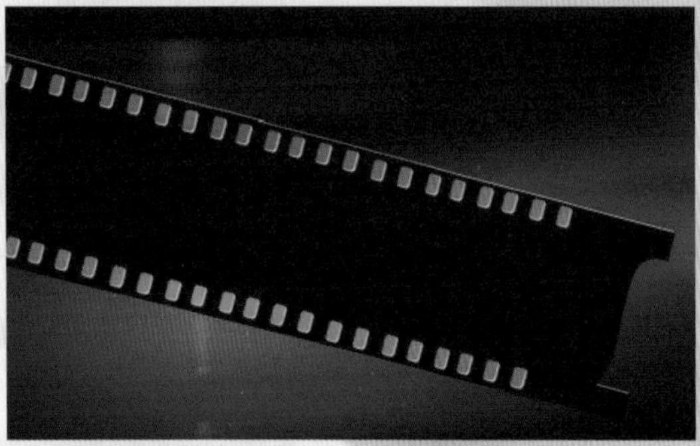

STEP 31 选择工具箱中的“多边形套索工具”，绘制如下左图所示的选区。选中复制的黑色图形所在的图层，按“Delete”键，删除选区内的图形，按“Ctrl+D”组合键，取消选区，如下右图所示。

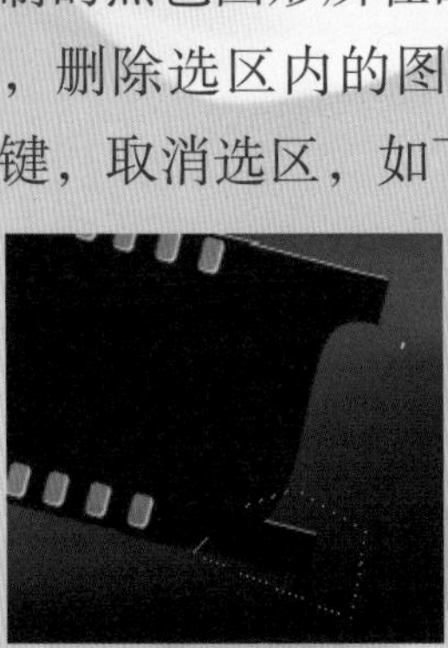

STEP 32 选择工具箱中的“矩形工具”，再单击属性栏上的“填充像素”按钮，设置前景色为白色。新建图层，绘制一个矩形，将矩形旋转一定角度后放到如下图所示的位置。

STEP 33 保持矩形所在图层的选中状态，选择工具箱中的“移动工具”，按住“Alt”键，将矩形向外拖动，复制矩形。用相同的方法再复制两个矩形，如下图所示。

STEP 34 选择工具箱中的“文字工具”T，设置前景色的RGB值为255、228、0，在图像上输入英文“Film”，在属性栏中设置字体为宋体，大小为24，按“Ctrl+Enter”组合键，完成文字的输入，如下图所示。

STEP 35 按“Ctrl+T”组合键，将光标放到调节框的边角，按住鼠标左键不放，将文字旋转一定角度，按“Enter”键确认，如下图所示。

STEP 36 选择工具箱中的“钢笔工具”，选择属性栏中的按钮，新建图层，在文字的左边绘制一个黄色三角形，如下图所示。

STEP 37 按“Ctrl+O”组合键，打开相关素材文件，例如下图所示。

STEP 38 选择工具箱中的“移动工具”，将素材拖到“背景”文件中，如下图所示。

STEP 39 按“Ctrl+T”组合键，调整大小后移到如下图所示的位置。将光标放到调节框的边角，按住鼠标左键不放，将素材旋转一定角度，按“Enter”键确认。

STEP 40 按住“Ctrl”键的同时，在“图层”面板上单击素材下面的白色矩形所在的图层，将图层中的矩形载入选区，如下图所示。

STEP 41 按“Ctrl+Shift+I”组合键，反选选区，选中素材所在的图层，按“Delete”键，删除选区内的图形。按“Ctrl+D”组合键，取消选区，如下图所示。

STEP 42 复制照片所在的图层，选择工具箱中的“移动工具”，将复制的照片移到如下图所示的位置。

STEP 43 按“Ctrl+O”组合键，打开相关素材文件，例如下图所示。

STEP 44 选择工具箱中的“移动工具”，将素材拖到“背景”文件中。使用前面相同的方法制作胶片中的照片效果，如下图所示。

STEP 45 复制组1，生成组1副本。在图层面板中选中组1副本，按“Ctrl+T”组合键，将组1副本中的图像与文字旋转一定角度后移到如下图所示的位置。

STEP 46 在图层面板中将组1副本拖动到组1的下面，图像效果如下图所示。

小提示

单击图层面板中组前面的小三角按钮，可以折叠组，如下图所示为折叠组1后的效果。

STEP 47 选择工具箱中的“文字工具”T，设置前景色为“白色”。在图像上输入文字“真”，设置字体为“方正水柱简体”，大小为22，按“Ctrl+Enter”组合键完成文字的输入，如下图所示。

STEP 48 选择工具箱中的“文字工具”T，设置前景色为“白色”。在图像上输入文字“爱”，设置字体为“方正流行体简体”，大小为22，按“Ctrl+Enter”组合键完成文字的输入，如下图所示。

STEP 49 选择工具箱中的“文字工具”T，设置前景色为“白色”。分别在“图像上输入文字“永”和“伴”，设置字体为“方正黄草简体”，大小为24，按“Ctrl+Enter”组合键，完成文字的输入如下图所示。

STEP 50 选中文字“真”所在的图层，执行【图层】→【图层样式】→【外发光】命令，打开“外发光”对话框，设置发光色RGB的值为255、255、190，参数设置如下图所示。

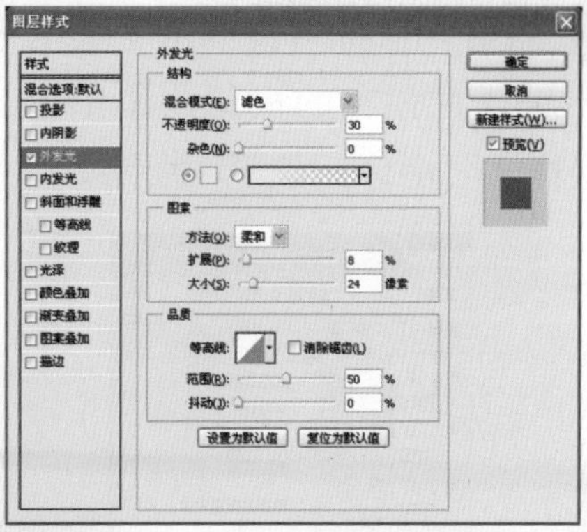

STEP 51 单击“确定”按钮，效果如下图所示。

STEP 52 在图层面板上用鼠标右键单击文字“真”所在的图层，在弹出的快捷菜单中选择“拷贝图层样式”命令，如下图所示。

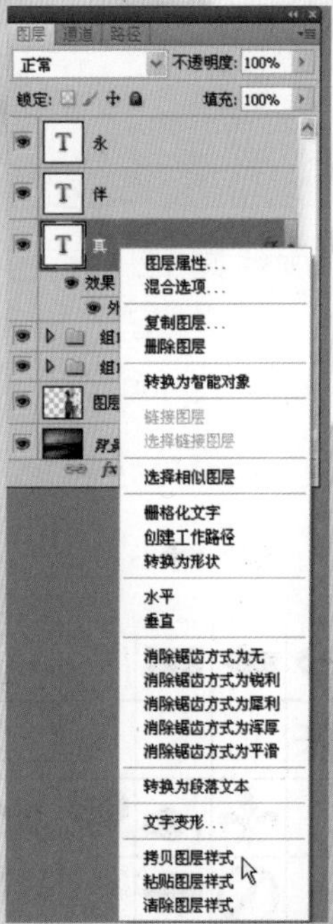

STEP 53 用鼠标右键单击文字“永”所在的图层，在弹出的快捷菜单中选择“粘贴图层样式”命令，如下图所示。

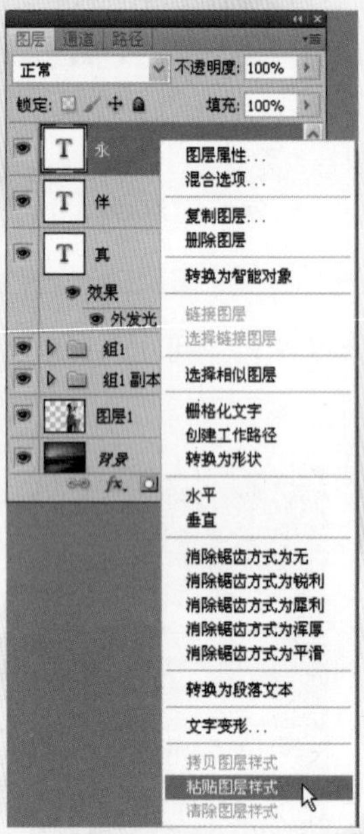

STEP 54 再用鼠标右键单击文字“伴”所在的图层，在弹出的快捷菜单中选择“粘贴图层样式”命令，得到如下图所示的效果。

STEP 55 新建路径，选择工具箱中的“自定义形状工具”，再单击属性栏上的形状图形，打开“形状”面板，在“形状”面板上选择如下图所示的图形。

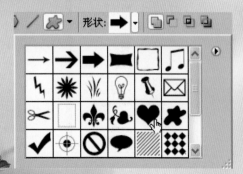

STEP 56 单击属性栏上的“路径”按钮，拖动鼠标绘制心形，如下图所示。

STEP 57 设置前景色为白色，选择工具箱中的“画笔工具”，设置画笔的“大小”为4像素。新建图层，选中路径，单击“路径”面板上的“用画笔描边路径”按钮，得到如下图所示的效果。

STEP 58 在“图层”面板上用鼠标右键单击文字“真”所在的图层，在弹出的快捷菜单中选择“拷贝图层样式”命令。再用鼠标右键单击心形图层，在弹出的快捷菜单中选择“粘贴图层样式”命令，得到如下图所示的效果。

STEP 59 复制心形所在的图层，按“Ctrl+T”组合键，将光标放到调节框的边角，按住鼠标左键不放，向内拖动，缩小复制的心形，如下图所示。

STEP 60 选择工具箱中的"文字工具"**T**，设置前景色为"白色"。在图像上输入文字"LOVE"，字体设为"黑体"，大小为10，按"Ctrl+Enter"组合键完成文字的输入，如下图所示。

STEP 61 选择工具箱中的"文字工具"**T**，设置前景色为"白色"。在图像上输入一句文字，字体为"黑体"，大小为3，按"Ctrl+Enter"组合键完成文字的输入，如下图所示。

本例最终效果如下图所示。

8.3 爱海滔滔

本例介绍使用Photoshop制作以爱海滔滔为主题的照片的方法，照片最终效果如下图所示。

实例源文件与素材

源文件 » 源文件\第8章\03. psd

素材 » 素材\第8章\09.jpg、素材\第8章\10.jpg、素材\第8章\11.psd、素材\第8章\12.psd、素材\第8章\13.jpg、素材\第8章\14.jpg、素材\第8章\15.jpg、素材\第8章\16.jpg、素材\第8章\17.jpg、素材\第8章\18.psd

STEP 01 按“Ctrl+O”组合键，打开配套光盘中的“素材\第8章\09.jpg”文件，如下图所示。

小提示

“素材\第8章\09.jpg”文件为本例的背景文件。

STEP 02 按“Ctrl+O”组合键，打开配套光盘中的“素材\第8章\10.jpg”文件，如下图所示。

STEP 03 选择工具箱中的“移动工具”，将素材拖到“背景”文件中，如下图所示，在图层面板中自动生成图层1。

STEP 04 单击图层面板下方的添加蒙版按钮，为图层1添加蒙版，如下图所示。

STEP 05 选择工具箱中的“渐变工具”，单击属性栏中的“颜色”按钮，如下图所示。

STEP 06 在弹出的“渐变编辑器”对话框的预设的图标中选择从黑到白的渐变色，如下图所示。

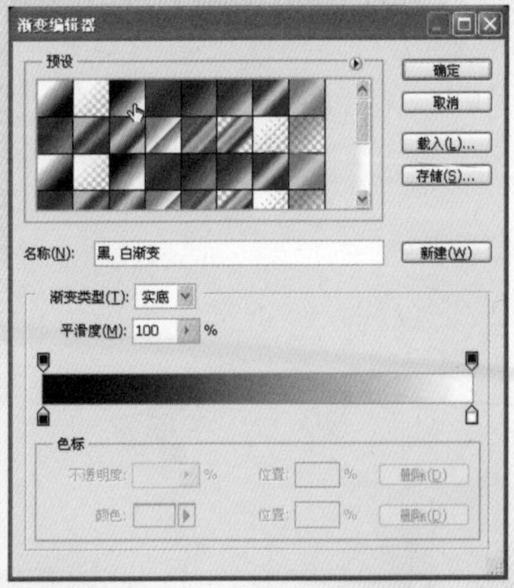

STEP 07 单击“确定”按钮，在属性栏中单击“线性渐变”按钮，如下图所示。

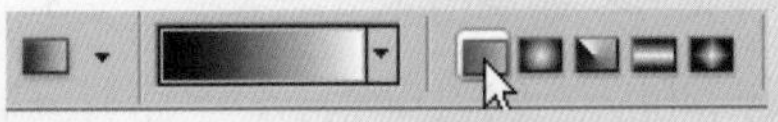

STEP 08 在如下图所示的位置从上向下拖动光标，释放鼠标后得到如下图所示的效果。

STEP 09 按“Ctrl+O”组合键，打开配套光盘中的“素材\第8章\11.psd”文件，如下图所示。

STEP 10 选择工具箱中的“移动工具”，将素材拖到“背景”文件中，如下图所示。

STEP 11 按“Ctrl+O”组合键，打开配套光盘中的“素材\第8章\12.psd”文件，如下图所示。

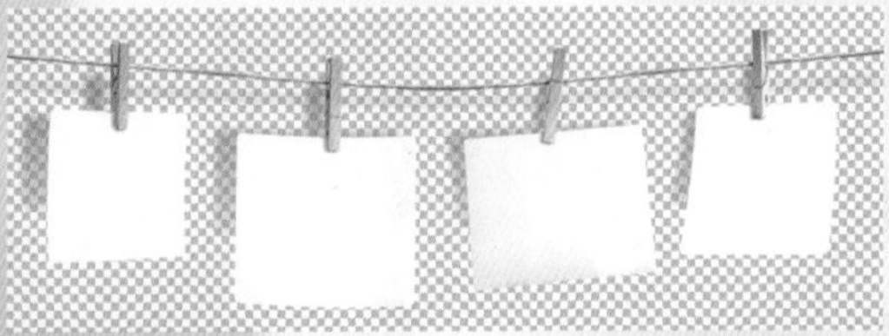

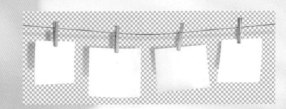

STEP 12 选择工具箱中的“移动工具”，将素材拖到“背景”文件中，如下图所示。

STEP 13 切换到路径面板，新建路径 1，如下图所示。

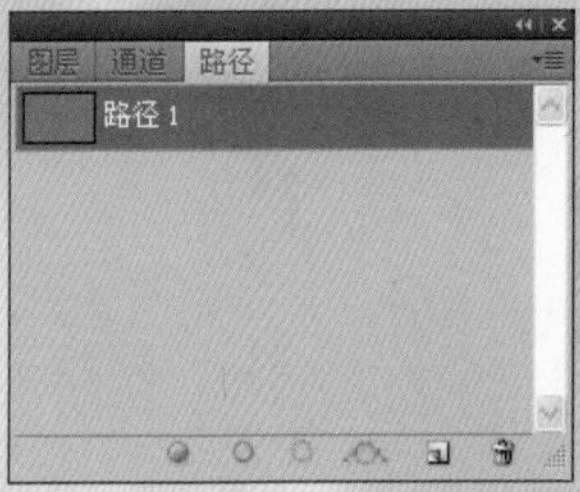

STEP 14 选择工具箱中的“钢笔工具”，单击属性栏中“路径”按钮，绘制如下图所示的路径。

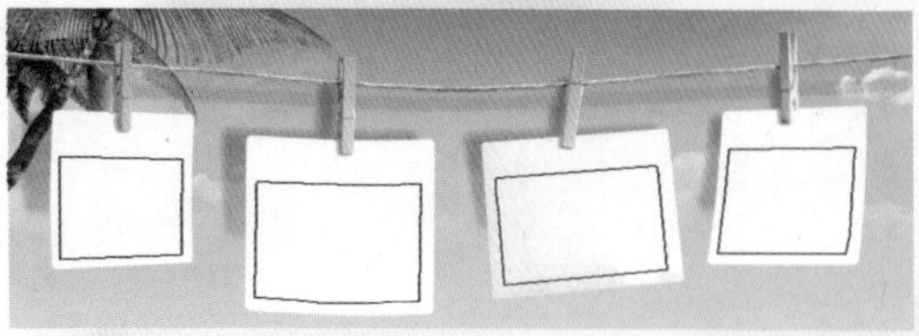

STEP 15 按“Ctrl+O”组合键，打开配套光盘中的“素材\第8章\13.jpg”文件，如下左图所示。选择工具箱中的“移动工具”，将素材拖到“背景”文件中。切换到路径面板，选中路径1，显示路径，如下右图所示。

STEP 16 按“Ctrl+Enter”组合键，将路径转换为选区，如下左图所示。按“Ctrl+Shift+I”组合键，反选选区。按“Delete”键，删除选区内的图形，按“Ctrl+D”组合键，取消选区，如下图所示。

STEP 17 按“Ctrl+O”组合键，打开配套光盘中的“素材\第8章\14.jpg”文件，如下图所示。

STEP 18 选择工具箱中的“移动工具”，将素材拖到“背景”文件中。切换到路径面板，选中路径1，显示路径，如下图所示。

STEP 19 按“Ctrl+Enter”组合键，将路径转换为选区，如下图所示。

STEP 20 按“Ctrl+Shift+I”组合键，反选选区。按“Delete”键，删除选区内的图形，按“Ctrl+D”组合键，取消选区，如下图所示。

STEP 21 按“Ctrl+O”组合键，打开配套光盘中的“素材\第8章\15.jpg”文件，如下图所示。

STEP 22 选择工具箱中的“移动工具”，将素材拖到“背景”文件中。切换到路径面板，选中路径1，显示路径，如下图所示。

STEP 23 按“Ctrl+Enter”组合键，将路径转换为选区，如下图所示。

STEP 24 按“Ctrl+Shift+I”组合键，反选选区。按“Delete”键，删除选区内的图形，按“Ctrl+D”组合键，取消选区，如下图所示。

STEP 25 按“Ctrl+O”组合键，打开配套光盘中的“素材\第8章\16.jpg”文件，如下图所示。

STEP 26 选择工具箱中的“移动工具”，将素材拖到“背景”文件中。切换到路径面板，选中路径1，显示路径，如下图所示。

STEP 27 按“Ctrl+Enter”组合键，将路径转换为选区，如下图所示。

STEP 28 按“Ctrl+Shift+I”组合键，反选选区。按“Delete”键，删除选区内的图形，按“Ctrl+D”组合键，取消选区，如下图所示。

STEP 29 选中第一张照片所在的图层，按“Ctrl+M”组合键，打开“曲线”对话框，如下图所示。

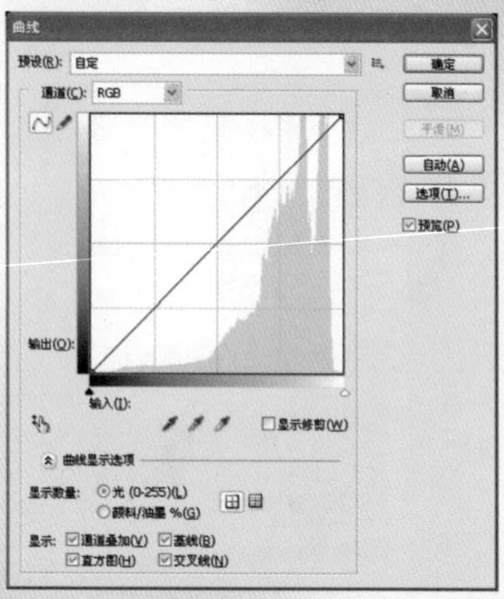

STEP 30 将光标放到曲线上，按住鼠标左键不放，向上调整曲线，如下图所示。

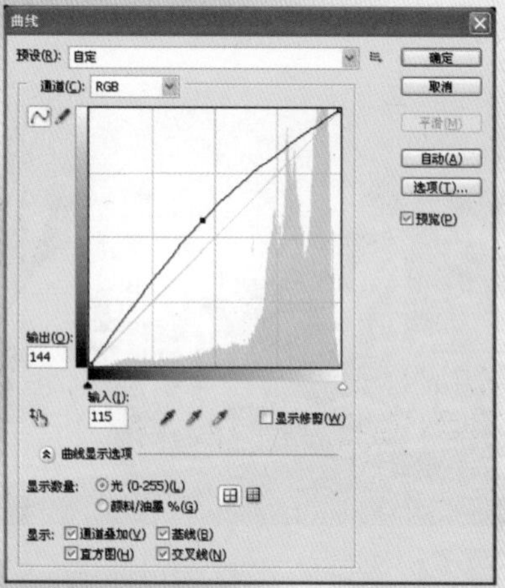

STEP 31 单击“确定”按钮，效果如下图所示。

STEP 32 用相同的方法调整其他三张照片的亮度，如下图所示。

STEP 33 选择工具箱中的“文字工具” T，设置前景色的RGB值为15、101和167，在图像上输入文字，按“Ctrl+Enter”组合键，完成文字的输入，如下图所示。

STEP 34 用相同的方法在其他照片上输入文字，如下图所示。

STEP 35 切换到路径面板，新建路径2，如下图所示。

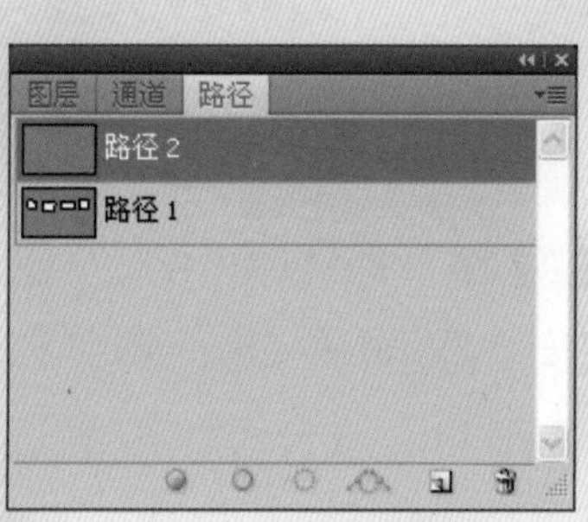

STEP 36 选择工具箱中的“钢笔工具”，在其属性栏上单击“路径”按钮，绘制如下图所示的路径。

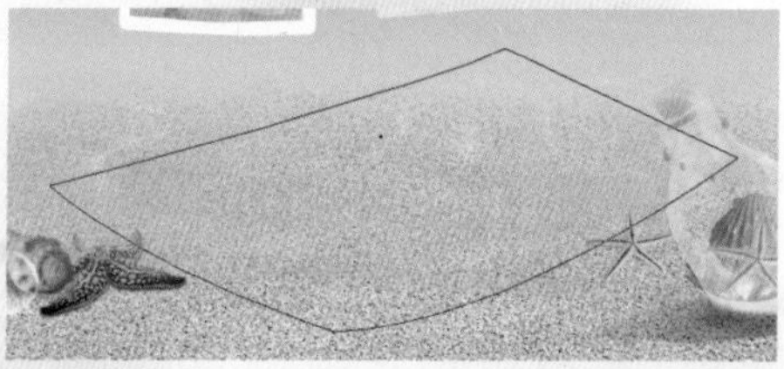

STEP 37 切换到图层面板，新建图层。设置前景色为白色，单击“路径”面板上的“用前景色填充路径”按钮，得到如下图所示的效果。

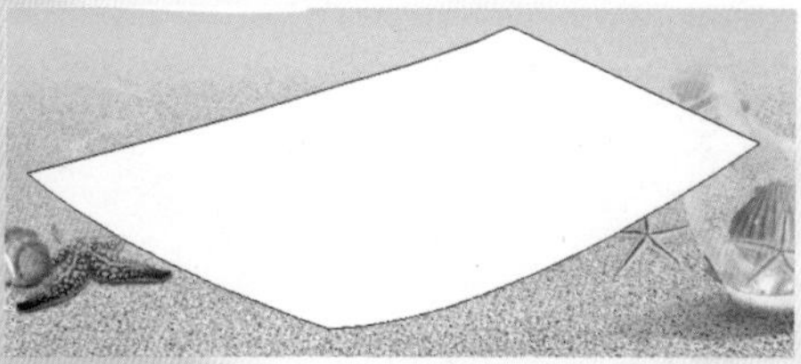

STEP 38 保持图层的选中状态，执行【图层】→【图层样式】→【投影】命令，打开“投影”对话框，设置“不透明度”为28%，“角度”为94度，“距离”为30，“扩展”为9，“大小”为38，其他参数设置如下图所示。

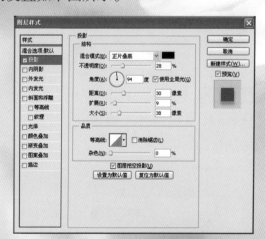

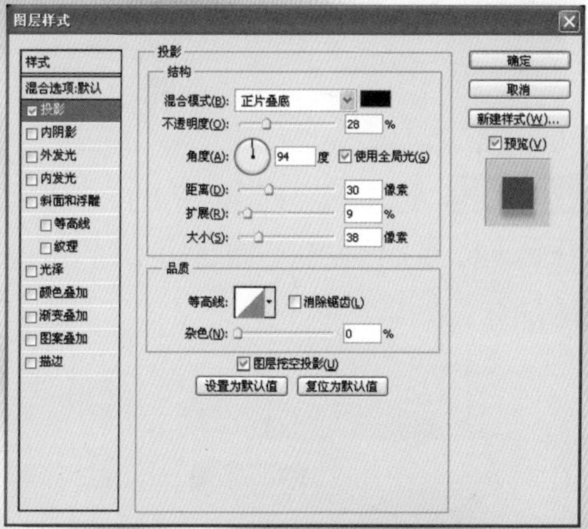

STEP 39 单击“确定”按钮，效果如下图所示。

STEP 40 切换到路径面板，选中路径2。按“Ctrl+T”组合键，将光标放到调节框的边角，按住鼠标左键不放，将路径向内拖动，按“Enter”键确认，如下图所示。

STEP 41 按“Ctrl+O”组合键，打开配套光盘中的“素材\第8章\17.jpg”文件，如下图所示。

STEP 42 选择工具箱中的“移动工具”，将素材拖到“背景”文件中，如下图所示。

STEP 43 按“Ctrl+T”组合键，将光标放到调节框的边角，按住鼠标左键不放，将照片旋转一定角度，按“Enter”键确认，如下图所示。

STEP 44 切换到路径面板，选中路径2，显示路径，如下图所示。

STEP 45 按“Ctrl+Enter”组合键，将路径转换为选区，如下图所示。

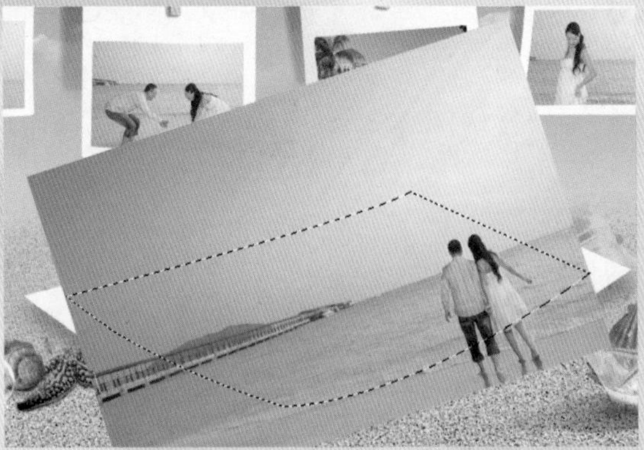

STEP 46 按“Ctrl+Shift+I”组合键，反选选区。按“Delete”键，删除选区内的图形，按“Ctrl+D”组合键，取消选区，如下图所示。

STEP 47 按“Ctrl+O”组合键，打开配套光盘中的“素材\第8章\18.psd”文件，如下图所示。

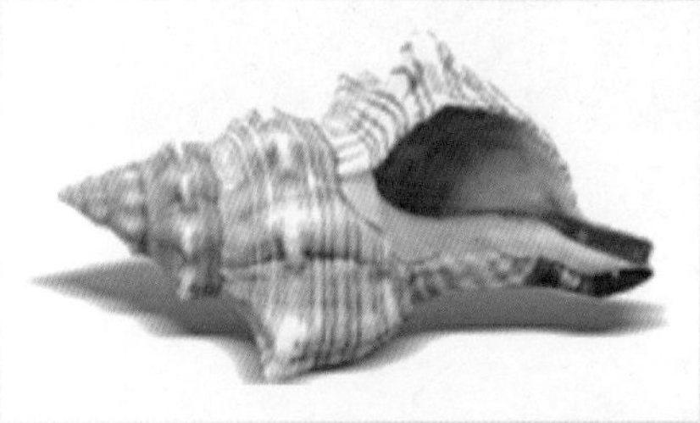

STEP 48 选择工具箱中的“移动工具”，将素材拖到“背景”文件中，如下图所示。

本例最终效果如下图所示。

8.4 夏日时光

本例介绍使用Photoshop制作以夏日时光为主题的照片的方法，照片最终效果如下图所示。

实例源文件与素材

源文件 » 源文件\第8章\04. psd

素材 » 素材\第8章\19.jpg、素材\第8章\20.jpg、素材\第8章\21.jpg、素材\第8章\22.jpg、素材\第8章\23.jpg、素材\第8章\24.jpg、素材\第8章\25.psd

STEP 01 按“Ctrl+O”组合键，打开配套光盘中的“素材\第8章\19.jpg”文件，如下图所示。

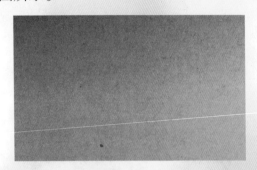

小提示

“素材\第8章\19.jpg”文件为本例的背景文件。

STEP 02 按“Ctrl+O”组合键，打开配套光盘中的“素材\第8章\20.jpg”文件，如下图所示。

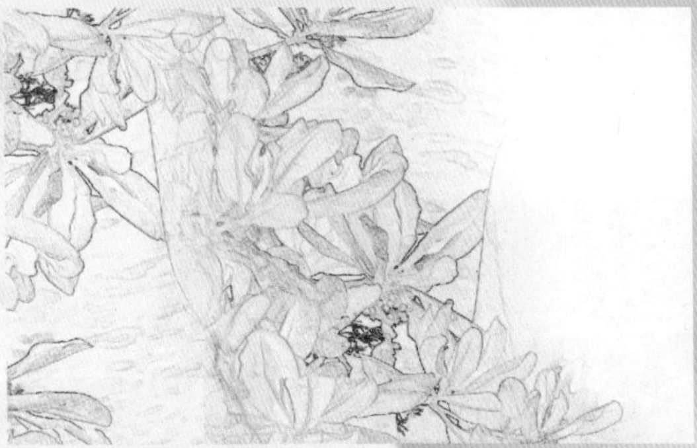

STEP 03 选择工具箱中的“移动工具”，将素材拖到“背景”文件中，如下图所示，在图层面板中自动生成图层1。

STEP 04 在图层面板中设置当前图层的混合模式为“正片叠底”，效果如下图所示。

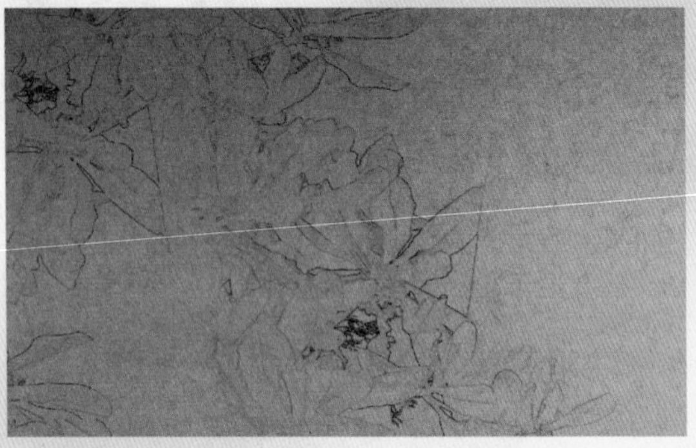

STEP 05 按“Ctrl+O”组合键，打开配套光盘中的“素材\第8章\21.jpg”文件，如下图所示。

STEP 06 选择工具箱中的“魔棒工具”，在属性栏中设置“容差”为5，选中“连续”复选框，如下图所示，在背景处单击，得到如下图所示的选区。

STEP 07 按“Ctrl+Shift+I”组合键，反选选区。选择工具箱中的“移动工具”，将选区内的图像拖到“背景”文件中，如下图所示，在图层面板中自动生成图层2。

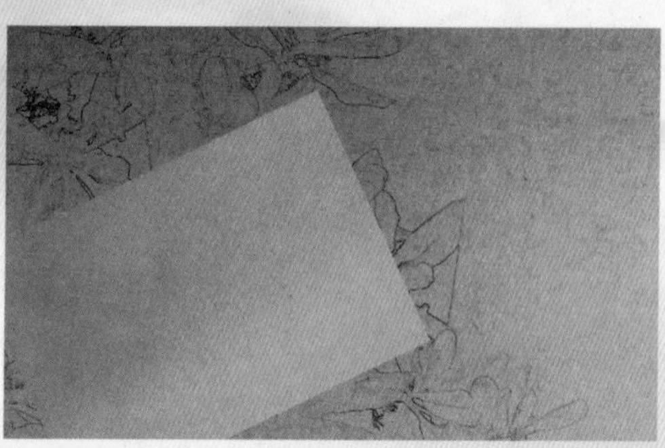

STEP 08 保持图层的选中状态，执行【图层】→【图层样式】→【投影】命令，打开“投影”对话框，设置“不透明度”为60%，“角度”为-51度，“距离”为4，“扩展”为0，“大小”为28，其他参数设置如下图所示。

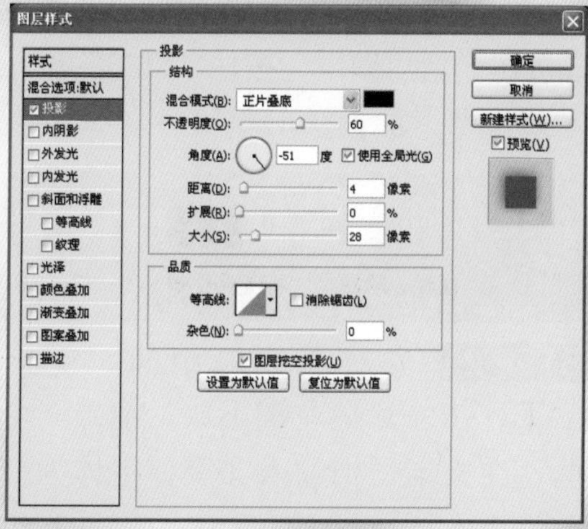

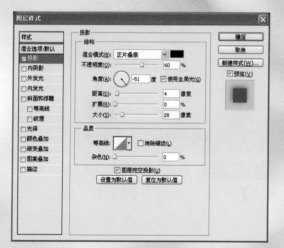

STEP 09 单击“确定”按钮，效果如下图所示。

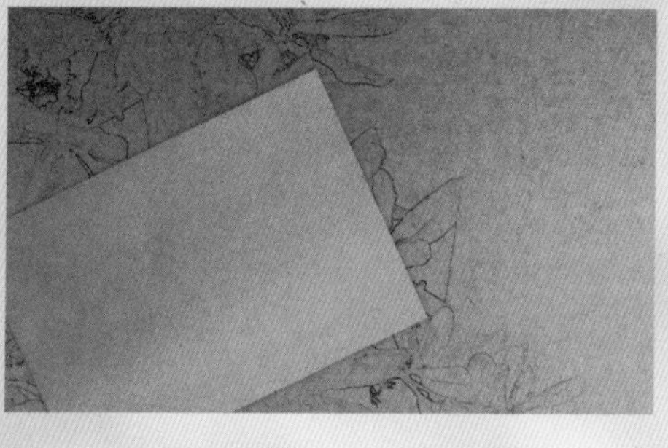

STEP 10 选择工具箱中的“文字工具”T，设置前景色为白色，在图像上输入文字，字体为“方正琥珀简体”，文字大小为100，如下图所示。

STEP 11 按住鼠标左键不放，拖动鼠标，选中字母“m”，在属性栏中单击颜色色块，如下图所示。

STEP 12 在弹出的“选择文本颜色”对话框中设置颜色RGB值为33、71、8，如下图所示。

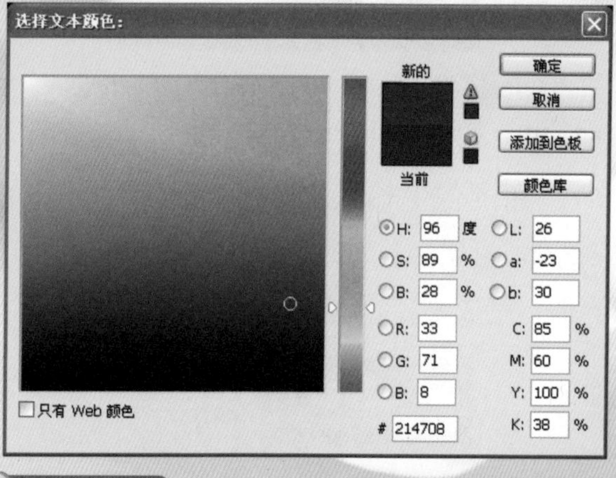

STEP 13 单击“确定”按钮，得到如下图所示的效果。按“Ctrl+Enter”组合键，完成文字的输入。

STEP 14 保持文字图层的选中状态，执行【图层】→【图层样式】→【投影】命令，打开“投影”对话框。设置“不透明度”为40%，“角度”为-51度，“距离”为5，“扩展”为0，“大小”为5，其他参数设置如下图所示。

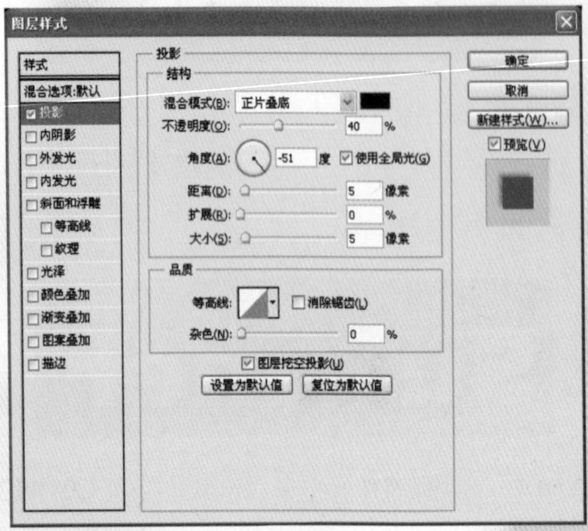

STEP 15 单击“确定”按钮，效果如下图所示。

STEP 16 选择工具箱中的“文字工具”T，设置前景色的RGB值为15、101和167，在图像上输入文字，字体为“方正粗宋简体”，大小为33，按“Ctrl+Enter”组合键，完成文字的输入，如下图所示。

STEP 17 新建路径，选择工具箱中的“自定义形状工具”，再单击属性栏上的形状图形 形状:→，打开“形状”面板，在“形状”面板上选择如下图所示的图形。

STEP 18 单击属性栏中的□按钮，设置前景色的RGB值为83、41、1，新建图层，拖动鼠标绘制心形，如下图所示。

STEP 19 选择工具箱中的“文字工具”T，设置前景色的RGB值为83、41、1，在图像上输入文字，字体为“方正粗宋简体”，大小为30，按“Ctrl+Enter”组合键，完成文字的输入，如下图所示。

STEP 20 选择工具箱中的“画笔工具”，设置画笔大小为2。单击属性栏中的□按钮，新建图层，按住“Shift”键，绘制一条直线，如下图所示。

STEP 21 选择工具箱中的“文字工具”T，按住鼠标左键不放，拖出一个文本框，在文本框中输入文字，字体为“黑体”，大小为20，按“Ctrl+Enter”组合键，完成文字的输入，如下图所示。

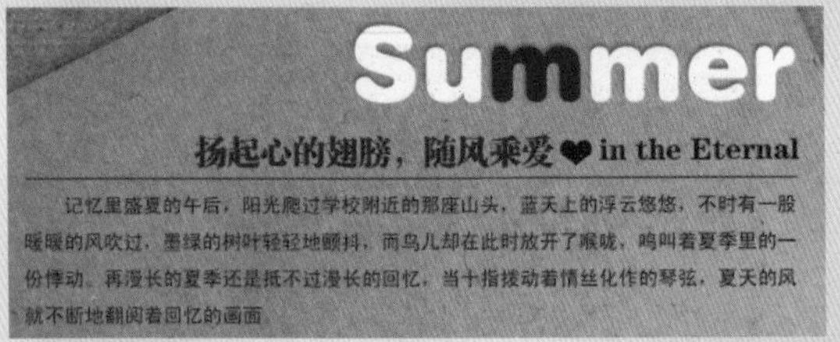

STEP 22 按住“Ctrl”键，在图层面板中同时选中刚才制作的文字、心形、直线所在的图层，单击图层面板下方的链接按钮，将它们链接起来，设置面板及效果如下图所示。

小提示

若要取消链接，再次单击链接按钮即可。

STEP 23 切换到路径面板，新建路径1，如下图所示。

STEP 24 选择工具箱中的“钢笔工具”，单击属性栏中的“路径”按钮，绘制如下图所示的路径。

STEP 25 按“Ctrl+Enter”组合键，将路径转换为选区，如下图所示。

STEP 26 选中明信片所在的图层2，按“Ctrl+J”组合键，复制选区内的图像到新的图层，如下左图所示，在图层面板中自动生成图层2副本，如下右图所示。

STEP 27 选择工具箱中的“移动工具”，将生成的图像移到如下图所示的位置。

STEP 28 复制一个图层2副本中的图像，按“Ctrl+T”组合键，将光标放到调节框的边角，按住鼠标左键不放，将照片旋转一定角度，按“Enter”键确认，如下图所示。

STEP 29 再复制一个图层2副本中的图像，按“Ctrl+T”组合键，将光标放到调节框的边角，按住鼠标左键不放，调整照片的大小并将照片旋转一定角度，按“Enter”键确认，如下图所示。

STEP 30 切换到路径面板，新建路径2，如下图所示。

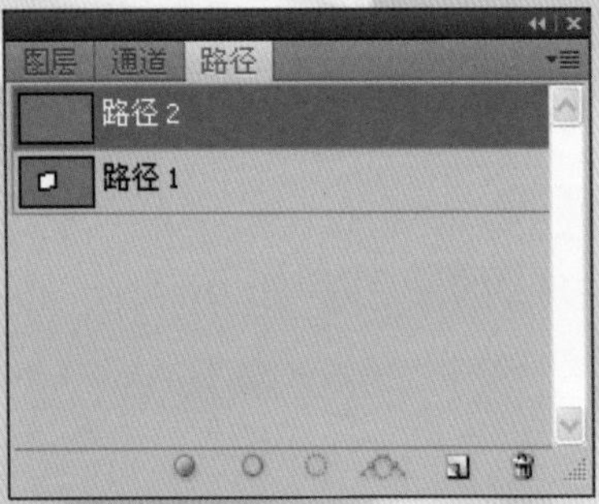

STEP 31 选择工具箱中的“钢笔工具”，单击属性栏中的“路径”按钮，绘制如下图所示的路径。

STEP 32 按“Ctrl+O”组合键，打开配套光盘中的“素材\第8章\22.jpg”文件，如下图所示。

STEP 33 选择工具箱中的“移动工具”，将素材拖到“背景”文件中，如下图所示。

STEP 34 按“Ctrl+T”组合键，将光标放到调节框的边角，按住鼠标左键不放，将照片旋转一定角度，按“Enter”键确认，如下图所示。

STEP 35 切换到路径面板，选中路径2，显示路径，如下图所示。

STEP 36 按“Ctrl+Enter”组合键，将路径转换为选区，如下图所示。

STEP 37 按“Ctrl+Shift+I”组合键，反选选区。按“Delete”键，删除选区内的图形，按“Ctrl+D”组合键，取消选区，如下图所示。

STEP 38 按“Ctrl+O”组合键，打开配套光盘中的“素材\第8章\23.jpg”文件，如下图所示。

STEP 39 选择工具箱中的“移动工具”，将素材拖到“背景”文件中，如下图所示。

STEP 40 按“Ctrl+T”组合键，将光标放到调节框的边角，按住鼠标左键不放，向内拖动，调整照片的大小，按“Enter”键确认，如下图所示。

STEP 41 切换到路径面板，选中路径2，显示路径，如下图所示。

STEP 42 按“Ctrl+Enter”组合键，将路径转换为选区，如下图所示。

STEP 43 按“Ctrl+Shift+I”组合键，反选选区。按“Delete”键，删除选区内的图形，按“Ctrl+D”组合键，取消选区，如下图所示。

STEP 44 按“Ctrl+O”组合键，打开配套光盘中的“素材\第8章\24.jpg”文件，如下图所示。

STEP 45 选择工具箱中的“移动工具”，将素材拖到“背景”文件中，如下图所示。

STEP 46 按“Ctrl+T”组合键，将光标放到调节框的边角，按住鼠标左键不放，将照片旋转一定角度，按“Enter”键确认，如下图所示。

STEP 47 切换到路径面板，选中路径2，显示路径，如下图所示。

STEP 48 按“Ctrl+Enter”组合键，将路径转换为选区，如下图所示。

STEP 49 按“Ctrl+Shift+I”组合键，反选选区。按“Delete”键，删除选区内的图形，按“Ctrl+D”组合键，取消选区，如下图所示。

STEP 50 按“Ctrl+O”组合键，打开配套光盘中的“素材\第8章\素材\25.psd”文件，如下图所示。

STEP 51 选择工具箱中的“移动工具”，将素材分别移到“背景”文件中，本例最终效果如下图所示。

8.5 古韵

本例介绍制作在Photoshop中以古韵为主题的婚纱照方法，照片的最终效果如下图所示。

实例源文件与素材

源文件 » 源文件\第8章\05. psd

素材 » 素材\第8章\26.psd、素材\第8章\27.psd、素材\第8章\28.jpg、素材\第8章\29.psd、素材\第8章\30.psd

STEP 01 按“Ctrl+N”组合键，新建一个宽度为15厘米，高度为10.6厘米，分辨率为300像素/英寸的空白文件，如下图所示。

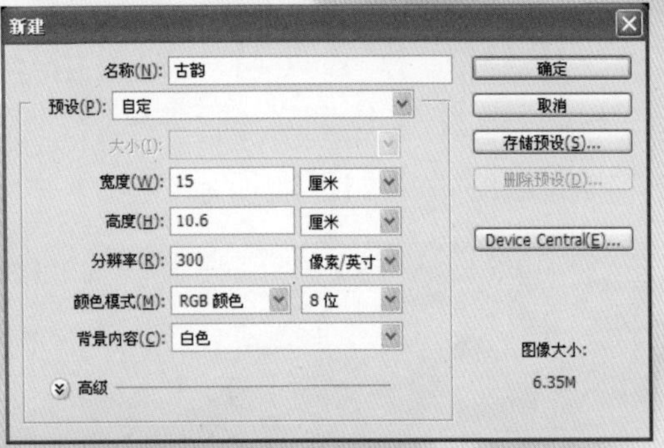

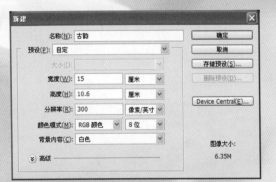

STEP 02 选择工具箱中的“渐变工具”，在属性栏中选择“线性渐变”，再单击如下图所示的按钮，打开“渐变编辑器”对话框。

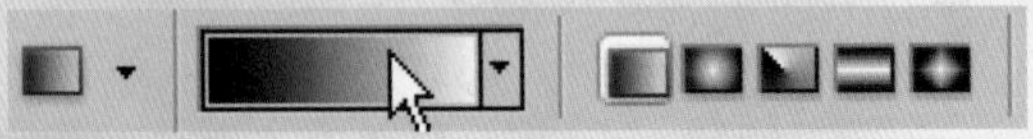

STEP 03 单击色彩轴左边的色标，如下图所示，再单击最下方的颜色图标，在打开的“选择色标颜色”对话框中设置颜色RGB值为253、253、234。

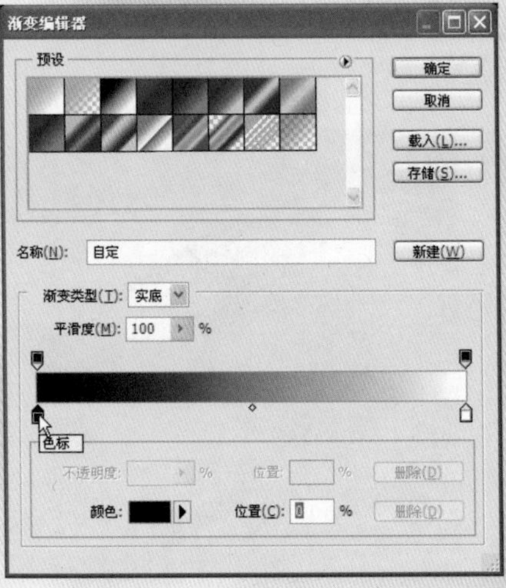

STEP 04 单击色彩轴右边的色标，如下图所示，再单击最下方的颜色图标，在打开的“选择色标颜色”对话框中设置颜色RGB值为242、227、145。

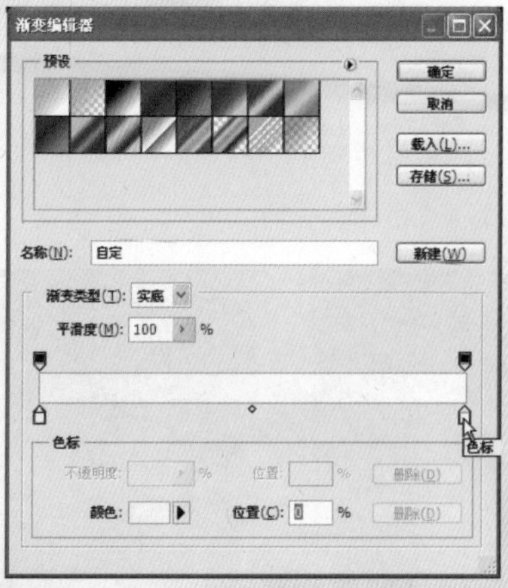

STEP 05 单击“确定”按钮，从选区的中心向边角拖动，填充渐变色，填充渐变色的操作及效果如下图所示。

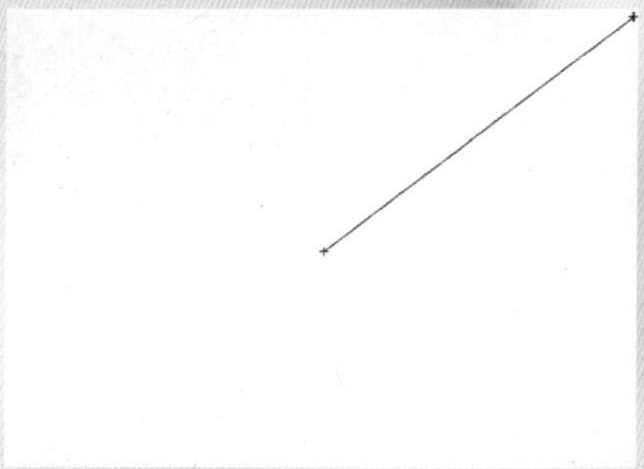

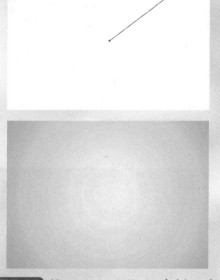

STEP 06 按“Ctrl+O”组合键，打开配套光盘中的“素材\第8章\26.psd”文件，如下图所示。

STEP 07 选择工具箱中的“移动工具”，将素材拖到新建的文件中，如下图所示。

STEP 08 在图层面板中设置“不透明度”为50%，图像效果如下图所示。

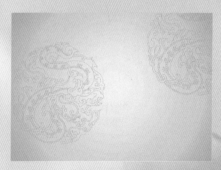

STEP 09 复制图像，将复制的图像放到如下图所示的位置。

STEP 10 按“Ctrl+O”组合键，打开配套光盘中的“素材\第8章\27.psd”文件，如下图所示。

STEP 11 选择工具箱中的“移动工具”，将素材拖到新建的文件中，如下图所示。

STEP 12 选择工具箱中的“画笔工具”，将前景色设置为黑色，设置画笔大小为300，流量为60%，属性栏如下图所示。

STEP 13 在扇子中涂抹，得到如下图所示的效果。

小提示

在同一位置多次涂抹，可将涂抹处的图像全部隐藏。

STEP 14 按“Ctrl+O”组合键，打开配套光盘中的“素材\第8章\28.jpg”文件，如下图所示。

STEP 15 选择工具箱中的“移动工具”，将素材拖到新建的文件中，在图层面板中将素材拖到扇子图层的下面，效果如下图所示。

STEP 16 按住“Ctrl”键的同时，单击扇子所在的图层，将扇子的形状载入选区，如下图所示。

STEP 17 选中人物所在的图层，单击图层面板下方的“添加蒙版”按钮，为图层添加蒙版，如下图所示。

图像效果如下图所示。

STEP 18 在图层面板中设置“不透明度”为34%，如下图所示。

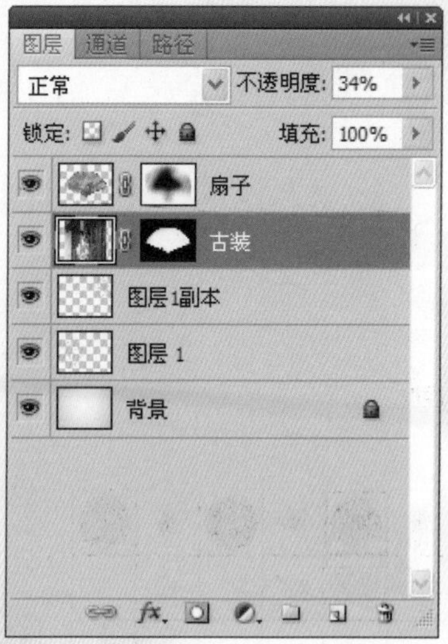

图像效果如下图所示。

STEP 19 在图层面板中复制人物素材所在的图层，改变复制的图层的不透明度为100%，如下图所示。

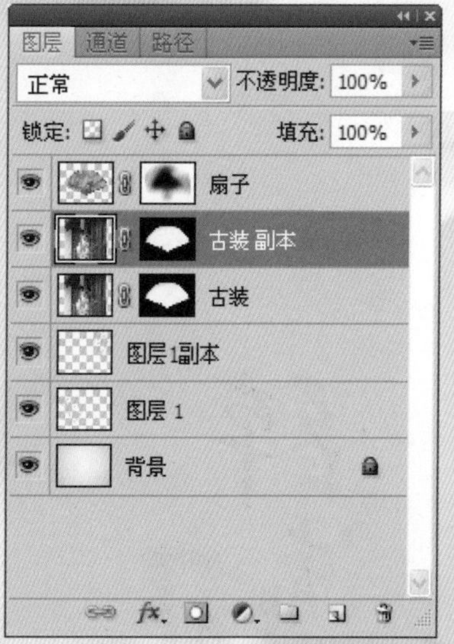

STEP 20 选择工具箱中的“橡皮擦工具”，在属性栏中选择柔角画笔，如下图所示。

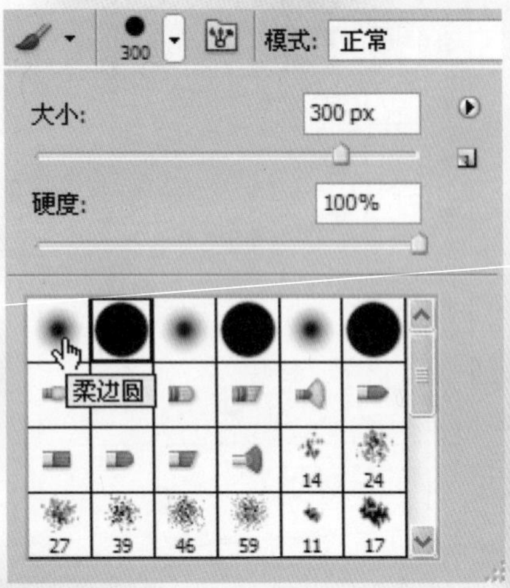

STEP 21 在人物的背景处涂抹，得到如下图所示的效果。

STEP 22 选择工具箱中的“文字工具”T，分别在图像上输入文字“醉”、“清”、“风”，字体为“方正黄草简体”，文字“醉”的大小为30，文字“清”的大小为20，文字“风”的大小为48，如下图所示。

STEP 23 选择工具箱中的“文字工具”T，在图像上输入拼音，字体为myriad，大小为6，首字母大小为8，按“Ctrl+Enter”组合键，完成文字的输入，如下图所示。

STEP 24 按“Ctrl+O”组合键，打开配套光盘中的“素材\第8章\29.psd”文件，如下图所示。

STEP 25 选择工具箱中的“移动工具”，将素材拖到新建的文件中，如下图所示。

STEP 26 按“Ctrl+O”组合键，打开配套光盘中的“素材\第8章\30.psd”文件，如下图所示。

STEP 27 选择工具箱中的“移动工具”，将素材拖到新建的文件中，本例最终效果如下图所示。

8.6 庭院深深

本例介绍在Photoshop中制作庭院深深为主题的婚纱照方法，照片的最终效果如下图所示。

实例源文件与素材

源文件 » 无

素材 » 素材\第8章\31.psd、素材\第8章\32.psd、素材\第8章\33.jpg

STEP 01 按“Ctrl+O”组合键，打开配套光盘中的“素材\第8章\31.psd”文件，如下图所示。

STEP 02 按“Ctrl+O”组合键，打开配套光盘中的“素材\第8章\32.psd”文件，如下图所示。

小提示

“素材\第8章\31.psd”文件为本例的背景文件。

STEP 03 选择工具箱中的“移动工具” ，将素材拖到“背景”文件中，如下图所示。

STEP 04 按“Ctrl+O”组合键，打开配套光盘中的“素材\第8章\33.jpg”文件，如下图所示。

STEP 05 选择工具箱中的“移动工具” ，将素材拖到“背景”文件中，在图层面板中将素材的图层顺序调整到门的下面，如下图所示。

STEP 06 按“Ctrl+O”组合键，打开相关素材文件，例如下图所示。

STEP 07 选择工具箱中的“磁性套索工具”，沿人物创建选区，如下图所示。

STEP 08 选择工具箱中的“移动工具”，将选区内的人物拖到“背景”文件中，如下图所示。

STEP 09 在图层面板中将人物的图层顺序调整到门的下面，如下图所示。

STEP 10 新建图层，设置前景色的RGB值为233、195、128，按“Alt+Delete”组合键填充前景色。

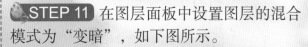

STEP 11 在图层面板中设置图层的混合模式为“变暗”，如下图所示。

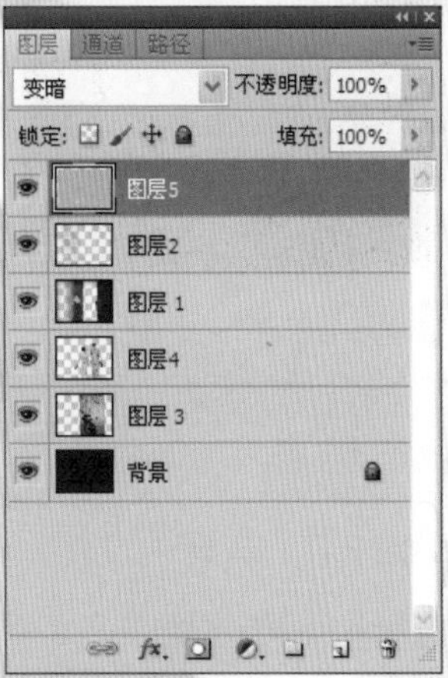

效果如下图所示。

STEP 12 选择工具箱中的“钢笔工具”，单击属性栏中的“路径”按钮，绘制如下图所示的路径。

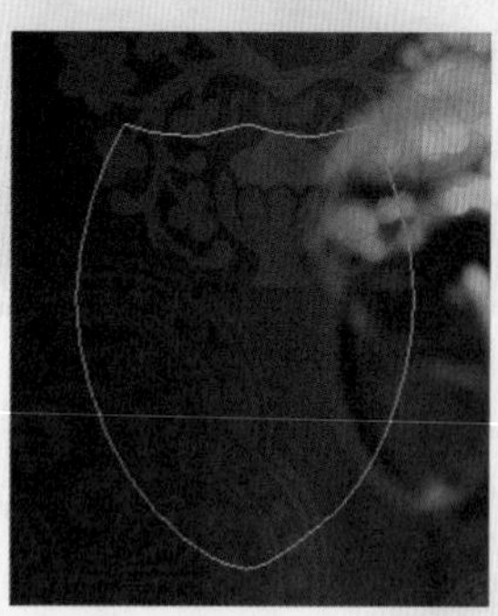

STEP 13 新建图层，设置前景色为白色，在图层5的下方新建图层，单击图层面板下方的“用前景色填充”按钮，填充前景色，如下图所示。

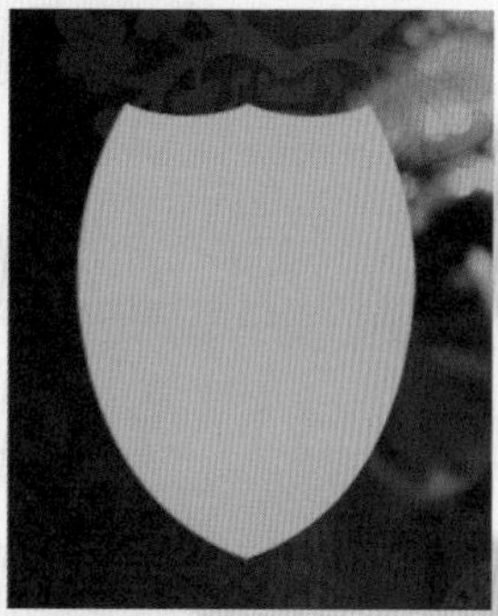

STEP 14 保持图层的选中状态，执行【图层】→【图层样式】→【描边】命令，打开“描边”对话框，设置描边的“大小”为10，颜色RGB的值为170、158、158，其他参数设置如下图所示。

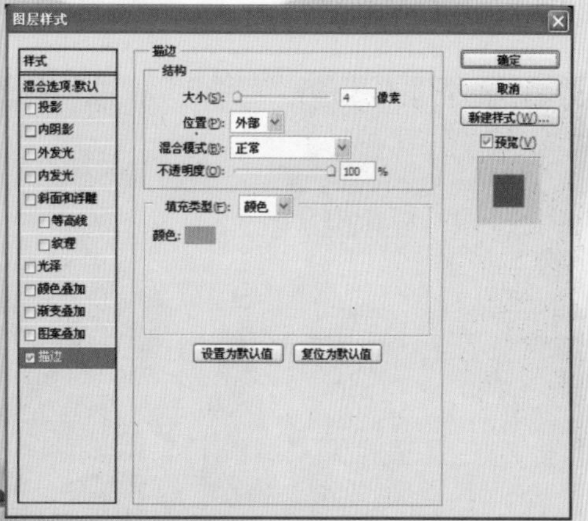

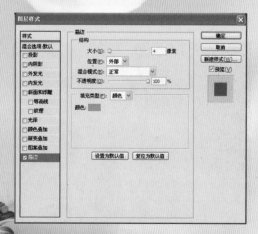

STEP 15 单击“确定”按钮，效果如下图所示。

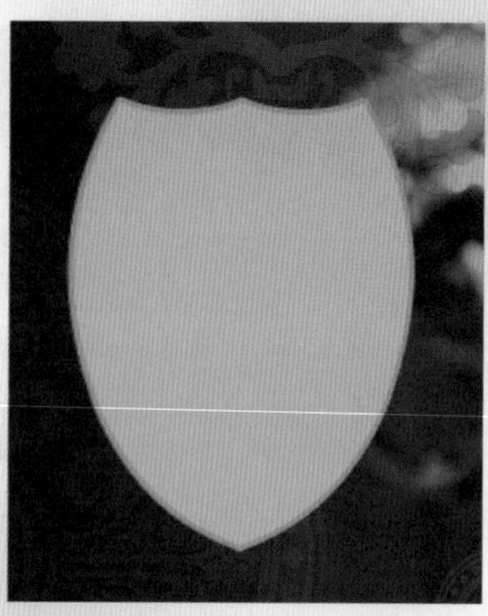

STEP 16 按“Ctrl+O”组合键，打开相关素材文件，例如下图所示。

STEP 17 选择工具箱中的“移动工具”，将素材拖到“背景”文件中，如下图所示。

STEP 18 调整图层顺序到图层5的下面，在此图层的图层名称上单击鼠标右键，在弹出的快捷菜单中选择“创建剪贴蒙版”命令，图层面板如下图所示。

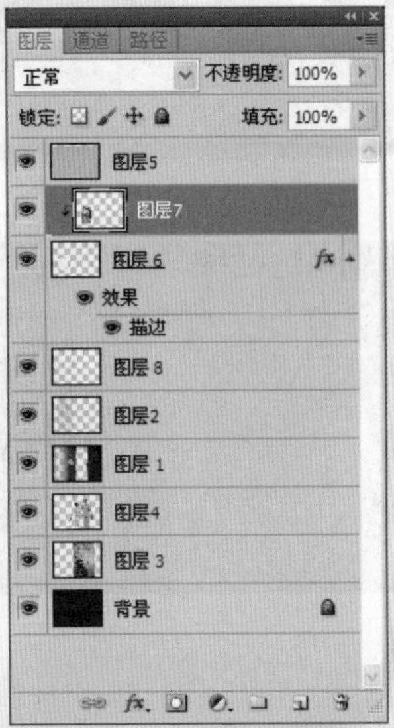

图像效果如下图所示。

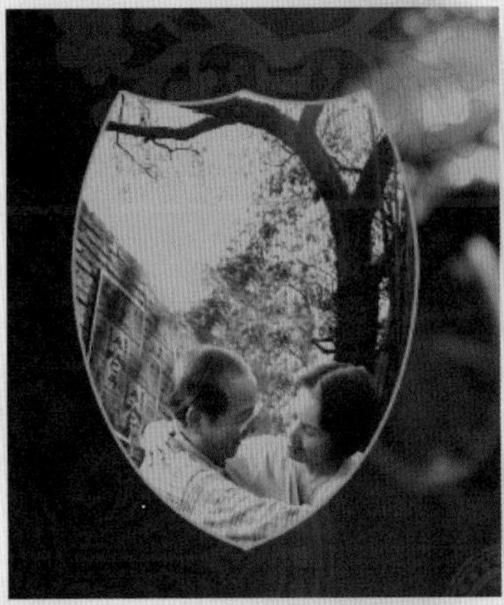

STEP 19 选择工具箱中的“钢笔工具”，单击属性栏中的“路径”按钮，绘制如下图所示的路径。

STEP 20 选择工具箱中的“画笔工具”，设置画笔大小为3。新建图层，设置前景色的RGB值为170、158、158，单击图层面板下方的“用画笔描边路径”按钮，效果如下图所示。

STEP 21 选择工具箱中的“文字工具”T，设置前景色为“白色”。在图像上输入文字“幸福”，字体为“草檀斋毛泽东”，大小为35，按“Ctrl+Enter”组合键，完成文字的输入，如下图所示。

STEP 22 选择工具箱中的“文字工具”T，设置前景色为“白色”。在图像上输入文字“时光”，字体为“方正琥珀简体”，大小为11，按“Ctrl+Enter”组合键，完成文字的输入，如下图所示。

STEP 23 选择工具箱中的"文字工具"T，设置前景色为"白色"。在图像上输入文字"Happy time"，字体为Monotype Corsiva，大小为11，按"Ctrl+Enter"组合键，完成文字的输入，如下图所示。

STEP 24 在图层面板中改变文字"时光"的"不透明度"为35%，改变文字"Happy time"的"不透明度"为54%，效果如下图所示。

本例最终效果如下图所示。

8.7 互动练习：相伴到天涯

实例源文件与素材

源文件 » 无
素材 » 素材\第8章\36.jpg

步骤提示：

STEP 01 在Photoshop中打开素材"素材\第8章\36.jpg"文件。

STEP 02 打开相关素材文件，使用图层蒙版制作人物渐隐效果。

STEP 03 打开相关素材文件，去除照片多余部分。

STEP 04 使用文字工具制作照片中的文字。

Chapter Nine

第9章

数码照片的保存与打印

■ 本章导读

当我们用数码照片处理软件处理好数码照片后，怎样将它们保存呢？本章将介绍将照片上传到自己的QQ空间里、打印照片、冲印照片等保存数码照片的方法。

9.1 数码照片的保存

数码照片有多种保存方式，可以刻录成数据光盘进行保存，可以上传到QQ空间保存，还可以上传到Internet上保存。

9.1.1 刻录成数据光盘进行保存

本例以Nero8为例介绍如何刻录光盘。刻录前要将一张空白的光盘放在刻录光驱中。

STEP 01 打开Nero StartSmart软件，如下图所示。

STEP 02 单击软件左边的数据刻录按钮，软件变为如下图所示。

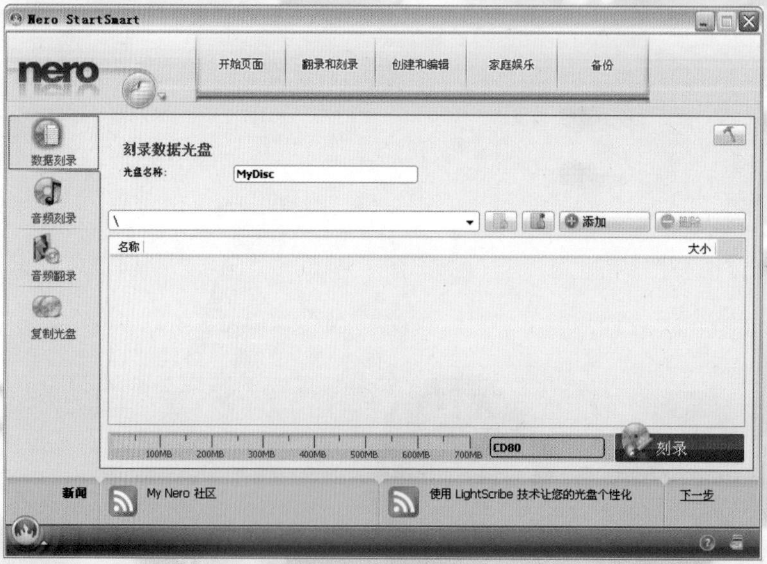

STEP 03 单击右边的“添加”按钮，弹出“打开”对话框。在对话框中选择要刻录的照片，如下图所示。

STEP 04 单击“打开”按钮，即可将照片添加到软件中，如下图所示。单击“取消”按钮，取消“打开”对话框。单击软件右下方的“刻录”按钮，即可刻录光盘。

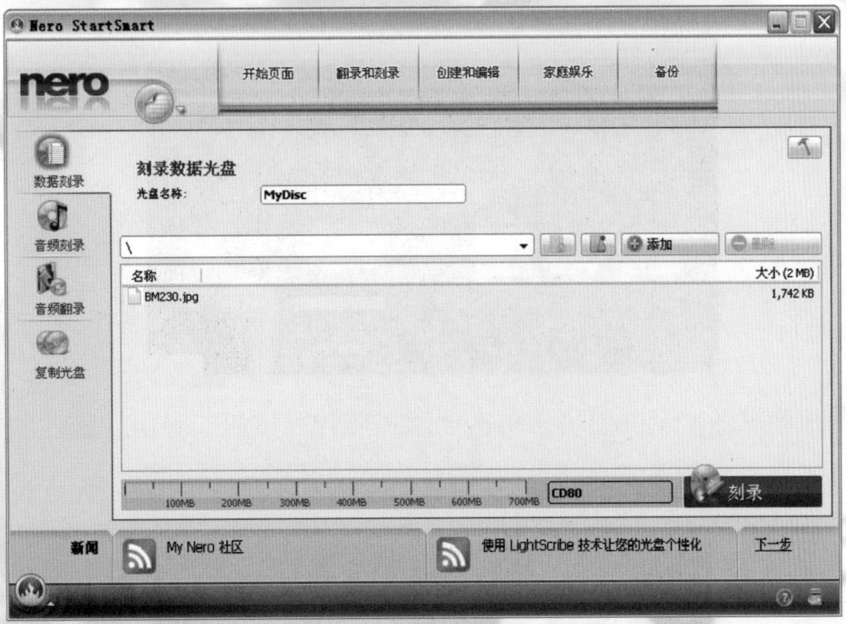

9.1.2 将照片上传到自己的QQ空间里

STEP 01 打开QQ，用鼠标右键单击自己的QQ头像，如下图所示。

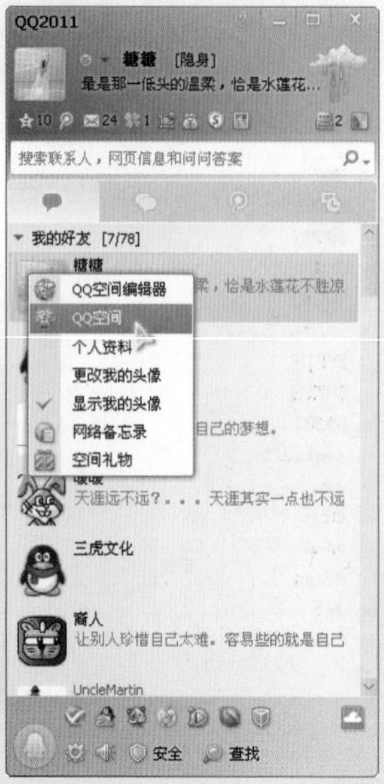

STEP 02 在弹出的快捷菜单中选择“QQ空间”，弹出QQ空间的网页，在网页的上方单击“相册”按钮，在打开的网页中单击“上传照片”按钮，如下图所示。

STEP 03 弹出如下图所示的面板，单击“添加照片”按钮，弹出“添加照片”对话框。

STEP 04 在对话框中选择要添加的照片，如下图所示。

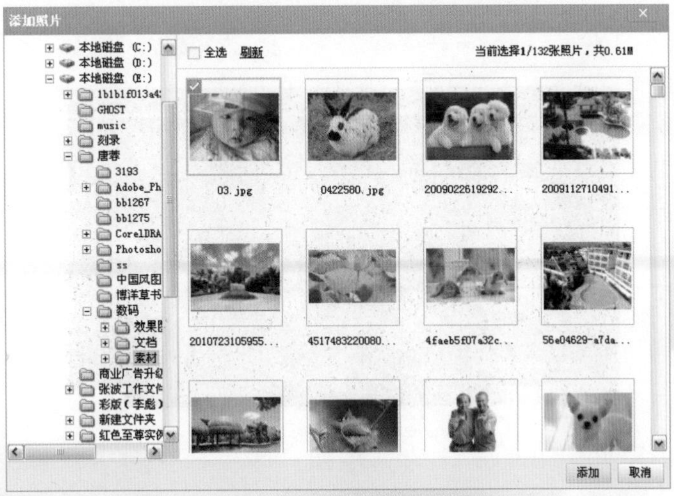

STEP 05 单击“添加”按钮，弹出如下图所示的面板，在面板的上方单击“开始上传”按钮。

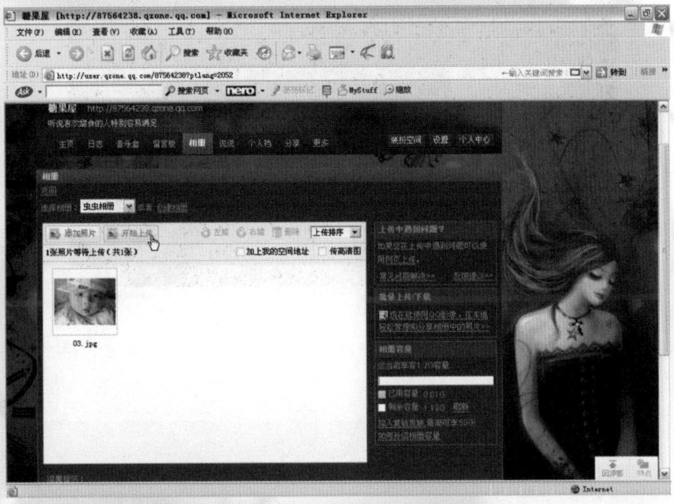

STEP 06 上传完成后，会弹出如下图所示的提示框。

STEP 07 单击“完成”按钮。打开如下图所示的页面，在页面中可以添加照片的信息。

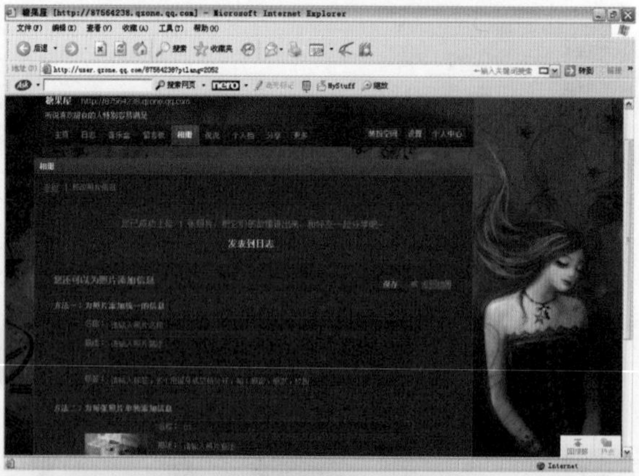

STEP 08 再次单击空间上方的“相册”按钮，即可在相册中查看到刚上传的照片。

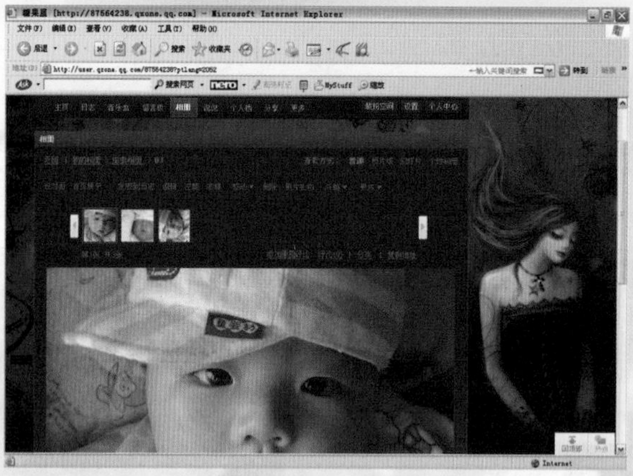

9.1.3 将照片上传到Internet上进行保存

很多大型网站都有电子相册的功能。本书以魔力盒网站为例创建相册。

STEP 01 首先打开魔力盒网站的主页“http://www.molihe.com”，如下图所示。

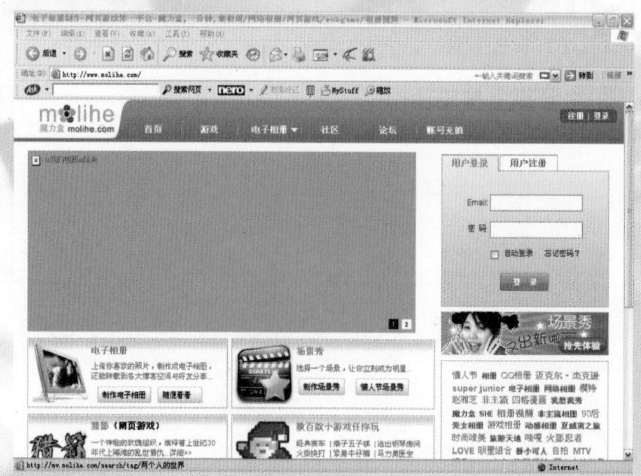

STEP 02 单击主页右上方的“用户注册”按钮，打开如下图所示的网页，依次填写申请表中的各选项。

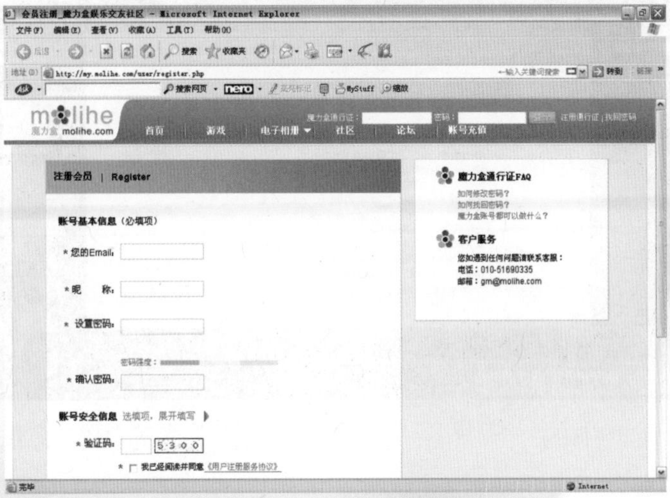

STEP 03 完成之后单击最下方的“确认注册”按钮，进入如下图所示的页面。

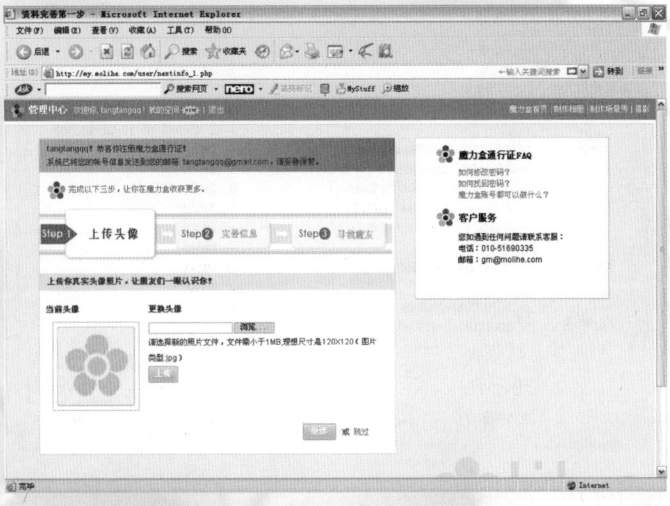

STEP 04 单击页面右上方的“制作相册”按钮，打开制作相册页面，如下图所示。

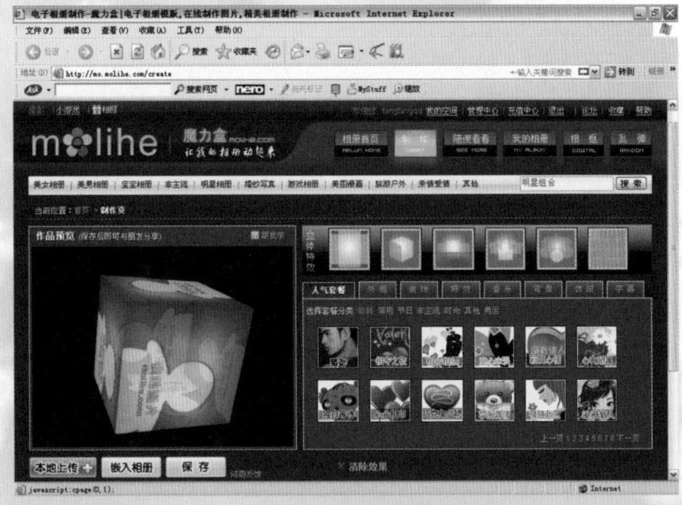

STEP 05 单击“本地上传”按钮，打开如下图所示的对话框。

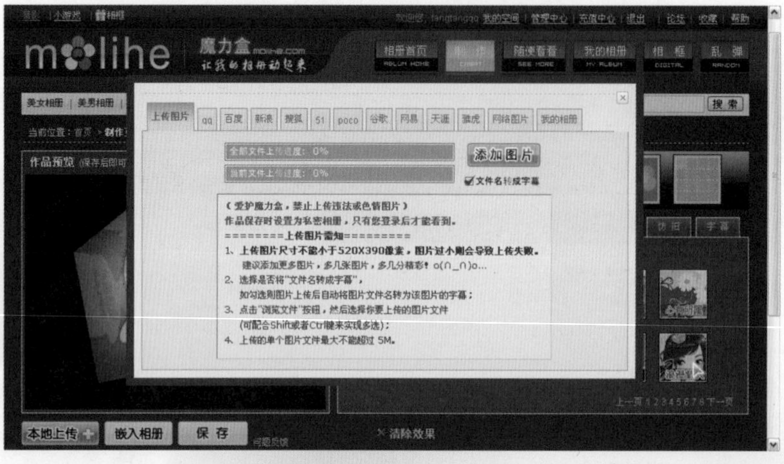

STEP 06 单击对话框中的“添加图片”按钮，打开“选择要上载的文件自mv.molihe.com”对话框，如下图所示。

STEP 07 在对话框中选择要上传的照片，单击“打开”按钮，可以看到照片上传到了网站上，如下图所示。

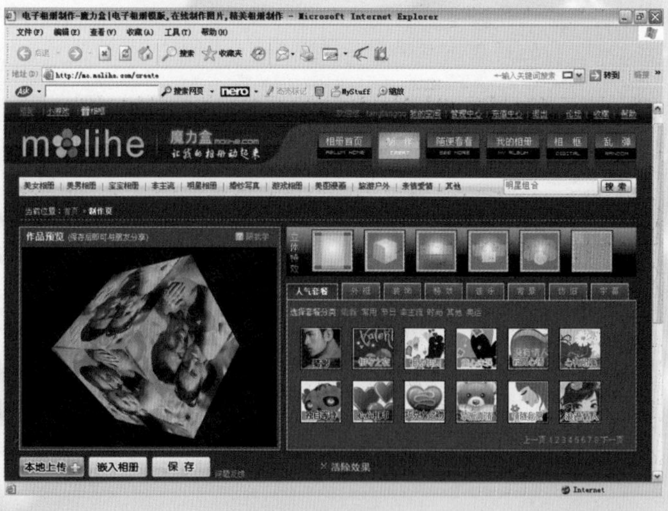

STEP 08 单击“保存”按钮，弹出如下图所示的对话框。在“名称”栏中输入名字，选择类别，输入标签。

STEP 09 单击“保存”按钮，弹出如下图所示的提示框。

STEP 10 保存后可以随时在网上查看上传的照片。打开魔力盒网站的主页“http://www.molihe.com”，注册后用户自动登录，如下图所示。

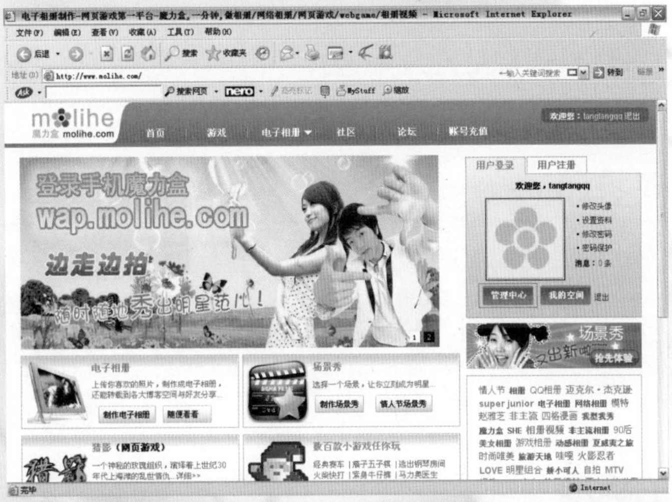

STEP 11 单击右方的“管理中心”按钮，打开如下图所示的页面。

STEP 12 单击左边的“电子相册”按钮，打开如下图所示的页面即可查看上传的照片。

9.2 数码照片的打印

使用数码打印，可以根据自己的喜好选择不同的打印质地，制作个性的照片，展现更多的灵感创意。

9.2.1 什么是数码打印

数码打印是指使用专用的打印机将照片文件打印出来。有多种数字打印技术的标准，其中最著名的是日本电子情报产业技术协会制定的EXIF标准和爱普生公司制定的PIM标准。这两种技术的原理都是在数码相机拍摄的照片文件中加入打印指令和拍摄资料，使打印机对数码照片的色彩掌握得更准确，从而获得更理想的打印效果。

9.2.2 数码打印的标准

如果使用家庭中常用的喷墨打印机将照片打印在照片打印纸上，以A4幅面为例，A4幅面的照片打印纸去除页边距后，实际的使用面积最大为19cm×27cm，300万像素标准刚好能够满足在A4照片打印纸上的成像要求，更高像素则显得过于奢侈。

9.2.3 设置照片打印尺寸

要打印多大的照片，可以在照片处理软件中先设置好。照片尺寸与分辨率和像素有关。分辨率表示每英寸有多少个像素。就一张尺寸固定的照片而言，像素越高照片越清晰，反之则越模糊。就一张像素固定的照片而言，超过照片原有的尺寸就会模糊。

在Photoshop中调整照片尺寸

在对照片进行处理时，经常会需要调整照片的尺寸，特别是要将照片冲印出来的时候，在下面的内容中，将对相关知识和操作进行介绍。

实例源文件与素材

源文件	»	源文件\第9章\01.psd
素材	»	素材\第9章\01.jpg

STEP 01 运行Photoshop CS5，打开本书配套光盘中的“素材\第9章\01.jpg”文件，如下图所示。

STEP 02 执行【图像】→【图像大小】命令，弹出“图像大小”对话框，如下图所示。

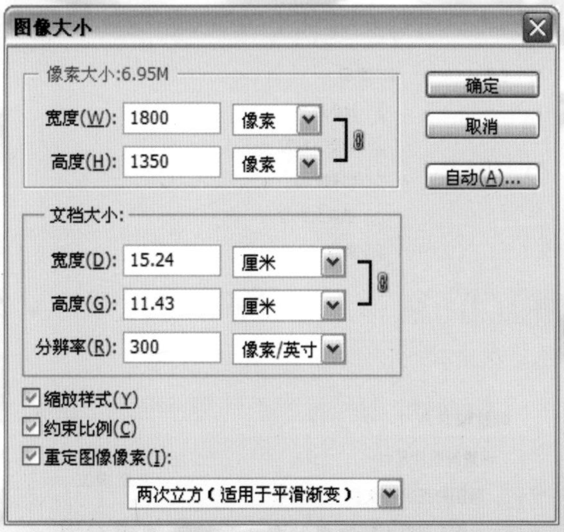

STEP 03 在“图像大小”对话框中，设置宽度为8厘米，如下图所示。

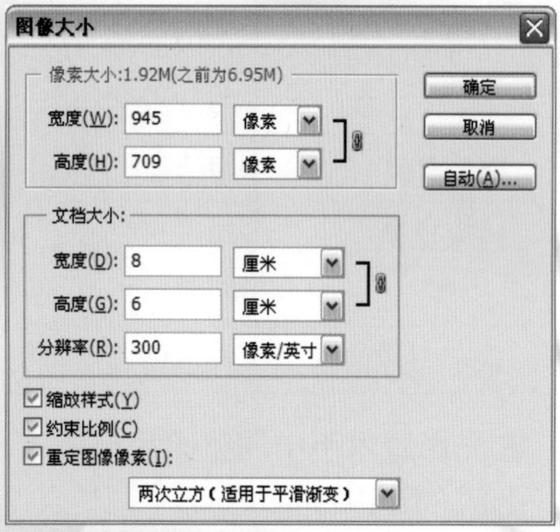

STEP 04 完成设置后单击“确定”按钮，将设置的图像大小尺寸应用到图像中，如下图所示。

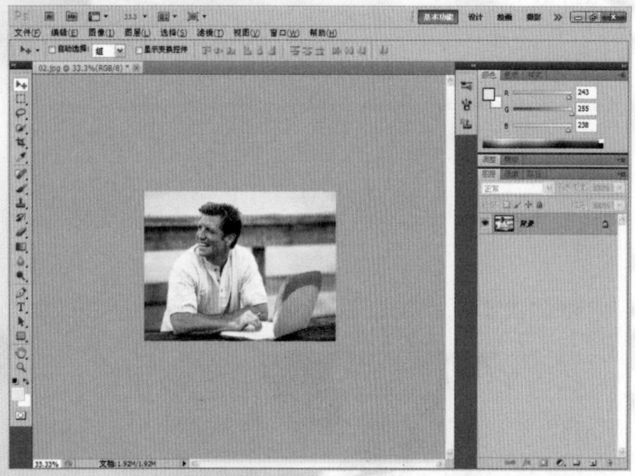

“图像大小”对话框用来调整图像尺寸大小，下面介绍一下“图像大小”对话框中的一些参数设置以及作用。

宽度	在该区域显示出当前图像的宽度尺寸，也可以通过设置调整图像的宽度和单位。
高度	在该区域显示出当前图像的高度尺寸，也可以通过设置调整图像的高度和单位。
分辨率	在该区域显示出当前图像的分辨率，也可以通过设置调整图像的分辨率和单位。
缩放样式	勾选该选项，可以设置图像尺寸的缩放效果。
约束比例	勾选该选项，可以固定图像的长宽比例，使图像在改变尺寸的同时，不改变其长宽比例。
重定图像像素	勾选该选项，可以重新设置图像的像素。

在光影魔术手中调整照片尺寸

上例介绍了在Photoshop中调整照片尺寸的方法。本例将介绍在光影魔术手中调整照片尺寸的方法。

实例源文件与素材

源文件 » 源文件\第9章\02.jpg

素材 » 素材\第9章\02.jpg

STEP 01 运行光影魔术手，打开本书配套光盘中的“素材\第9章\02.jpg”文件，如下图所示。

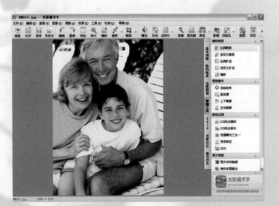

STEP 02 执行【便捷工具】→【缩放裁剪】→【缩放】命令，如下图所示。

STEP 03 弹出“调整图像尺寸”对话框，如下图所示。

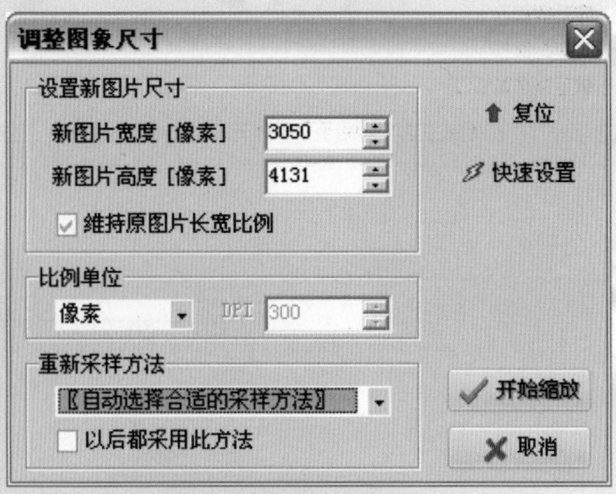

STEP 04 在对话框中的比例单位下拉列表中选择比例单位为毫米，如下图所示。

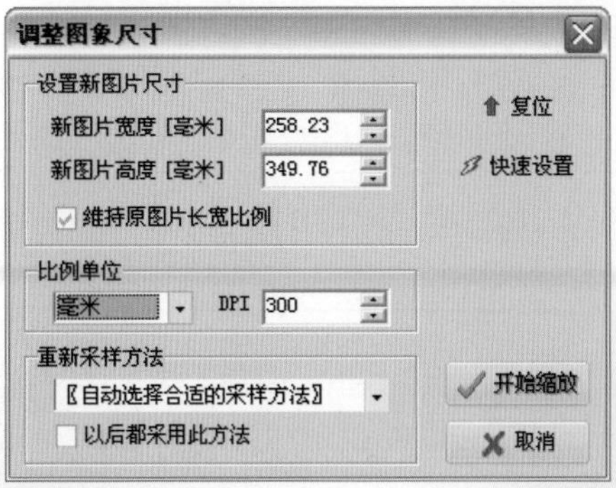

STEP 05 在对话框中设置图像宽度为20毫米，如下图所示。

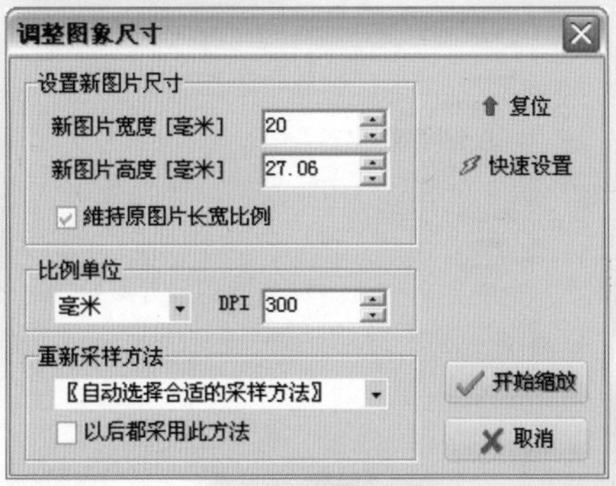

STEP 06 单击“开始缩放”按钮，将设置的图像大小尺寸应用到图像中，在软件的左下角可查看到缩放后的照片像素，如下图所示。

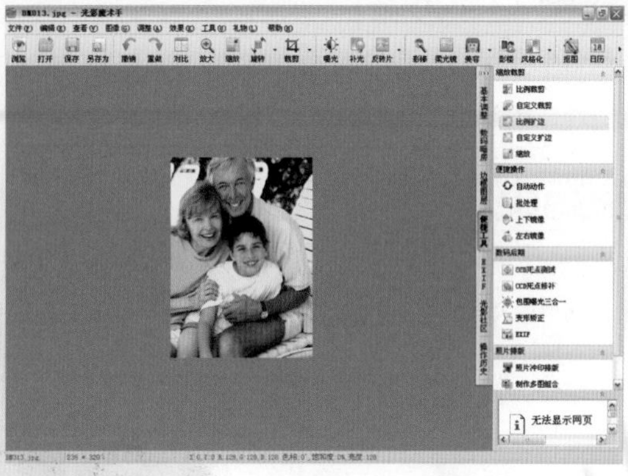

9.2.4 选择相纸

随着照片打印机在家庭中的普及，在家自己处理照片，自己亲手打印出心仪的作品，成为了现今流行的趋势。相纸对照片打印的质量起着至关重要的作用。

相纸是在普通纸的基础上涂上特殊的涂层，这样就能快速吸收颗粒极小的墨水，使之固化，长时间保持照片颜色鲜艳。下面介绍几种常用的相纸。

- **光泽照片纸：**最大特点就是打印出来的照片表面有一层光泽。此外，有传统照片的质感，还有良好的防潮效果，所以打印的照片看起来非常舒服。它适用于打印较高质量的照片，以及唱片封套、报告封面等，在选购相纸的时候，它是首选纸张。
- **光面纸：**与光泽照片纸相比，光面纸的细致程度要好，而且表面还有一层很强的光泽。但并不是说它就比光泽照片纸好，因为它没有光泽照片纸那么厚。相对来说，它的价格比较低，适合打印一些要求打印量高的艺术照片和有大量文字的材料。
- **光面照片纸：**表面由树脂层覆盖，非常光滑，呈现出带光泽的亮白色。用它打印的照片，能产生最大的颜色饱和度，颜色鲜艳，细节表现得比较生动，很具有吸引力，所以用来打印一些广告横幅、海报和产品目录之类的就非常适合。当然，打印照片、贺卡、圣诞卡，或者制作家庭和个人影集都非常不错。

❖**高分辨率纸（厚照片纸）：**这种相纸的最大特点是“厚”，所以价格就比其他照片纸高。这主要在于其涂层比普通喷墨打印纸厚，表面非常平整，打印效果也非常不错，接近传统照片质量。可以用来打印厚海报和一些工艺制图等。

9.2.5 打印照片

在Photoshop中完成照片图像的处理工作后，可以直接执行打印操作。下面来简单介绍一下使用打印机打印照片的主要步骤。

STEP 01 在打印照片前，应安装好相应的驱动程序。在Photoshop中打开需要打印的照片，执行【图像】→【模式】→【CMYK】命令，将照片图像转换为CMYK模式。再执行【文件】→【打印】命令，弹出“打印”对话框，如下图所示。

STEP 02 单击“打印”按钮，弹出“打印”对话框，在其中选择打印照片的打印机并设置参数，如下图所示。

STEP 03 单击“首选项”按钮，弹出“打印首选项”对话框，在对话框中设置纸张大小和方向，如下图所示。

STEP 04 确定好纸张大小及方向后，单击“确定”按钮回到第2步中的“打印”对话框，单击“打印”按钮即可开始打印图像了。如果有特殊的需要，还可以进行更精细的设置。

9.3 如何冲印照片

本节将介绍冲印照片的相关知识，如冲印的照片的尺寸、照片裁剪、留白等。

9.3.1 冲印的照片的尺寸

常见的照片冲洗尺寸有：3.5×5、4×6、5×7、6×8等，但对于照片的尺寸，国内外说法是不同的，国内的叫法是5吋、6吋、7吋……数值取的是照片较长的那一边；国际的叫法是3R、4R、5R……数值取的是照片较短的那一边。尺寸中的“吋”指的是“英寸”，1英寸=2.54厘米，如5英寸则为12.7厘米。

另外，现在大部分数码相机的拍摄影像长宽比例都是4:3，往往与各尺寸标准照片的长宽比例不符，这样在冲洗过程中往往需要对画面进行少量剪裁或对照片进行留白处理。为了能做到全景冲洗，现在有一种长宽比例为4:3规格的照片。表示方法是取照片的短边数值，在前面加字母 D 来表示。如4D照片尺寸就是6×4.5英寸。在光影魔术手的照片尺寸参照表中，可以查看到冲印的照片的尺寸。

运行光影魔术手，执行【便捷工具】→【照片排版】→【数码冲印尺寸对照表】命令，如右图所示。

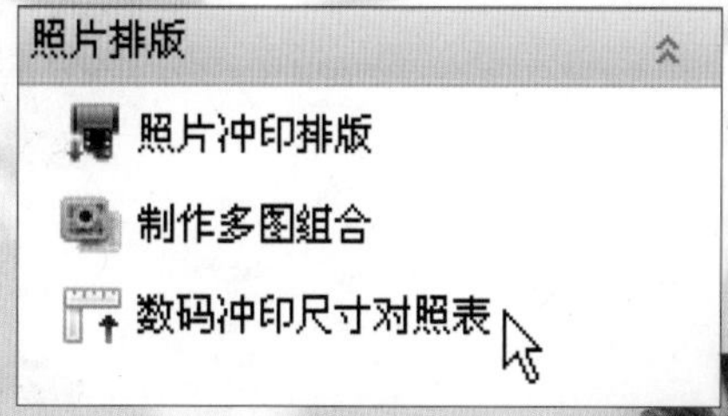

可打开照片尺寸参照表，如下图所示。拖动参照表的滚动条，可以查看更多的尺寸。

照片尺寸参照表

照片尺寸	长 * 宽(英寸)	图片尺寸要求(像素)	照片实际尺寸(CM)
1寸/1R			3.5 * 2.5
身份证大头照			3.3 * 2.2
2寸/2R			5.3 * 3.5
护照照片			4.8 * 3.3
5寸/3R	5 * 3.5	1500 * 1050	12.70 * 8.89
6寸/4R	6 * 4	1800 * 1200	15.24 * 10.16
7寸/5R	7 * 5	2100 * 1500	17.78 * 12.70
8寸/6R	8 * 6	2400 * 1800	20.32 * 15.24
10寸/8R	10 * 8	3000 * 2400	25.40 * 20.32
12寸	10 * 12	3600 * 3000	25.40 * 30.48
14寸	12 * 14	4200 * 3600	30.48 * 35.56
16寸	12 * 16	4800 * 3600	30.48 * 40.64
18寸	14 * 18		35.56 * 45.72

确定

9.3.2 在网上冲印照片

冲印照片可以到传统的店面，随着互联网的发展，现在在网上也可以冲印照片。本节以淘宝网为例介绍如何在网上冲印照片。

STEP 01 首先打开淘宝网的主页“http://www.taobao.com”，在搜索文本框中输入关键词“冲印照片”，如下图所示。

STEP 02 单击“搜索”按钮即可找到冲印照片的店铺，此页面中有价格、所在地等关键信息，如下图所示。

STEP 03 向下拖动滚动条查看店家，在网页的下方还可单击要查看的页数进行翻页，以查找更多的店家，如下图所示。

STEP 04 单击左边的图片，可以打开店铺所在的页面，如下图所示。在此页面中可以看到店家所出售的物品的一些基本信息。

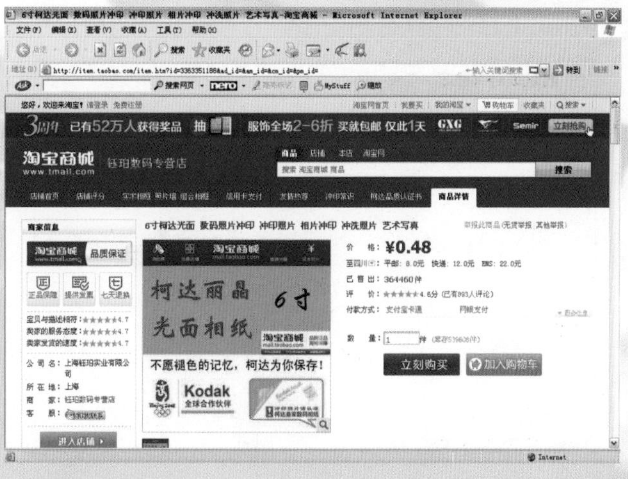

STEP 05 单击页面下方的“评价详情”按钮，可以看到其他在此店冲印过照片的顾客对它的评价，如下图所示。

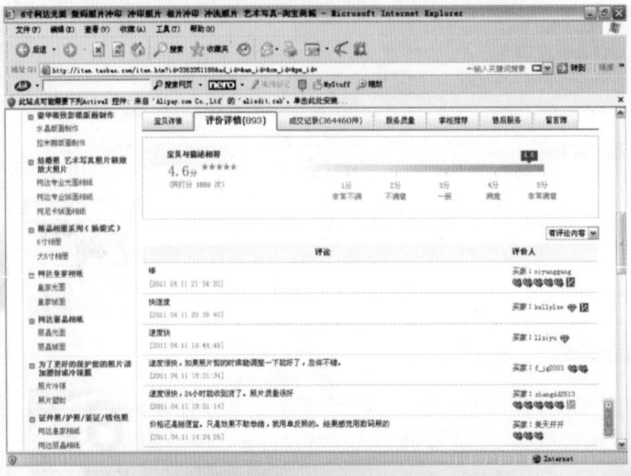

STEP 06 也可通过阿里旺旺与店主聊天，询问具体的情况。单击页面左方的阿里旺旺图标后面的“和我联系”按钮，如下图所示。

STEP 07 会弹出如下图所示的登录对话框，如果还未在淘宝网注册，需要注册后再登录。

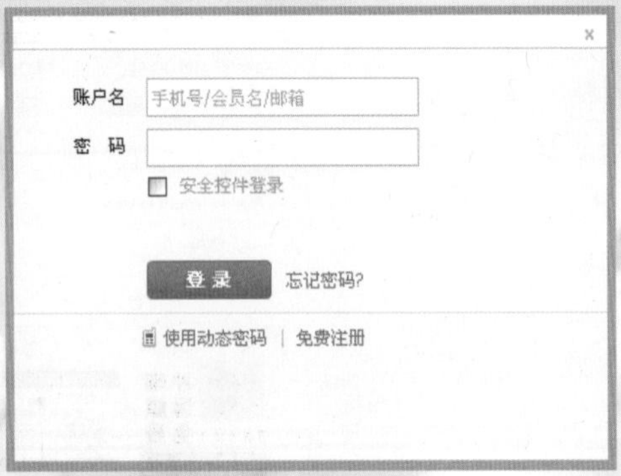

STEP 08 登录后会弹出如下图所示的对话框，这样就可以和店家交流了。

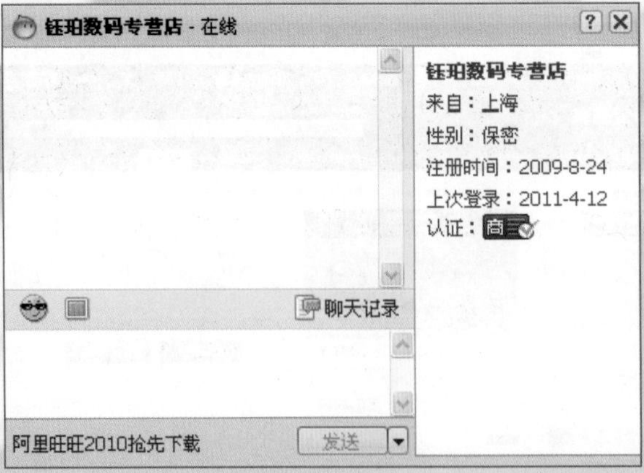

STEP 09 淘宝网付款可选择网上银行付款，需要到银行开通网上银行。当决定购买后，单击页面中的“立刻购买”按钮，如下图所示。

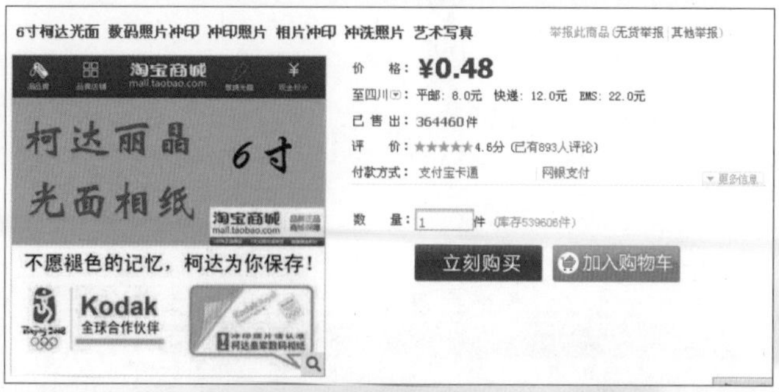

STEP 10 弹出交易页面，如下图所示。按提示填写交易信息，再一步步完成操作。

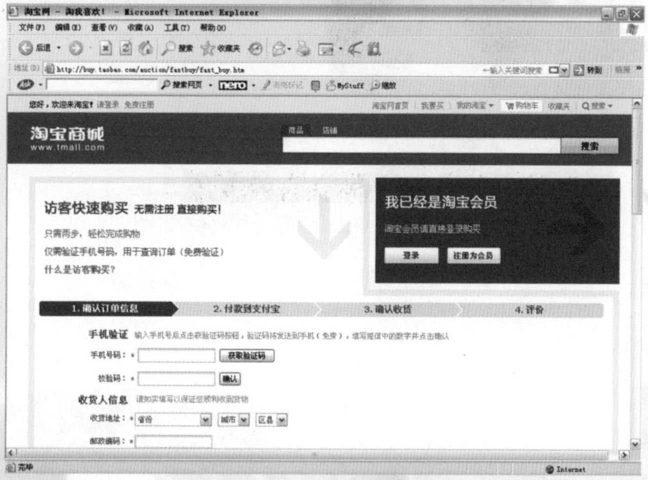

9.3.3 在光影魔术手中裁剪8英寸（6R）的照片

通常数码相机上的图片比例和冲洗照片的比例不相同，使用光影魔术手可以轻松地解决这个问题。本节以裁剪8英寸（6R）的照片为例，介绍在光影魔术手中裁剪照片的方法。

本例将介绍使用光影魔术手限定比例裁剪照片的方法，照片处理前后的对比效果如下图所示。

实例源文件与素材

源文件 » 无

素材 » 无

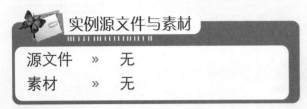

STEP 01 运行光影魔术手。按“Ctrl+O”组合键，打开相关素材文件，例如下图所示。

STEP 02 执行【便捷工具】→【缩放裁剪】→【缩放】命令，如下图所示。

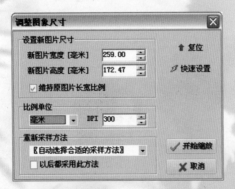

STEP 03 弹出“调整图像尺寸”对话框，在比例单位的下拉列表中选择比例单位为毫米，查看图片尺寸，如下图所示。

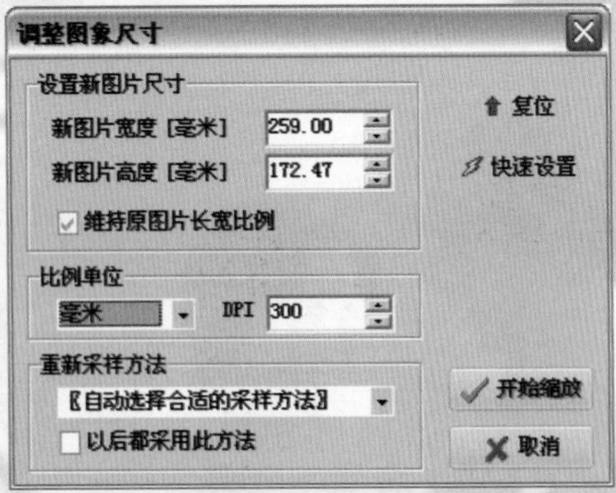

小提示

就一张像素固定的照片而言，超过照片原有的尺寸就会模糊。因为需要先查看原有照片的尺寸。原有的尺寸是大于8英寸的，所以我们可以将照片裁剪为8英寸。

STEP 04 单击“取消”按钮，执行【便捷工具】→【缩放裁剪】→【比例裁剪】→【按4:3比例裁剪】命令，如下图所示。

STEP 05 照片变为如下图所示的效果。

STEP 06 再次执行【便捷工具】→【缩放裁剪】→【缩放】命令，如下图所示。

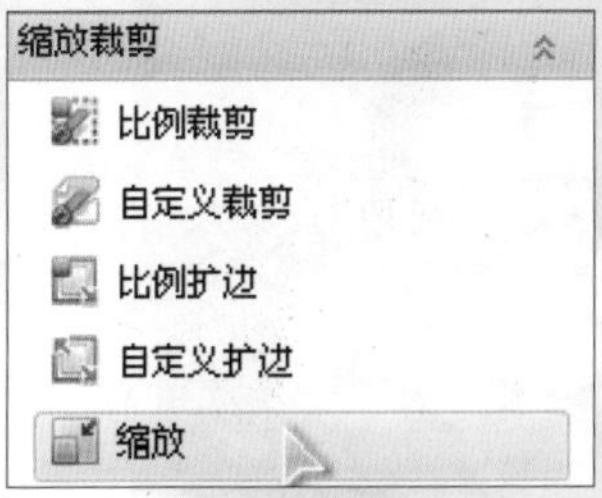

STEP 07 弹出“调整图像尺寸”对话框，在比例单位的下拉列表中选择比例单位为毫米，设置图片宽度为203.2毫米，高度自动变为152.4毫米，如下图所示。

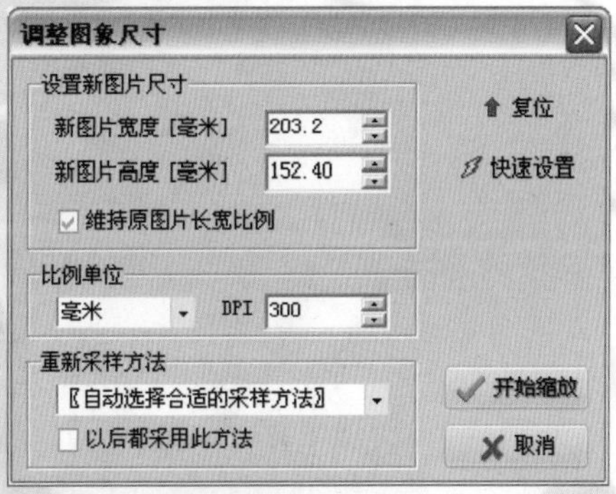

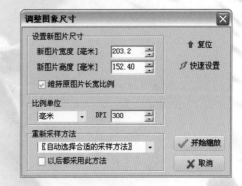

STEP 08 单击“开始缩放”按钮，照片变为8英寸（6R）的尺寸，如下图所示。

小提示

执行【便捷工具】→【缩放裁剪】→【自定义裁剪】命令，打开“裁剪”对话框，在此对话框中可以对照片进行自由裁剪、限定比例裁剪、旋转裁剪等操作。

9.3.4 照片留白

有时冲印照片时会照片留白，那么为什么要留白冲印呢？因为大部分拍摄出来的数码照片的尺寸大小并不适合标准的5英寸、6英寸等照片的尺寸，所以当图像比例小于照片冲洗比例时，就需要进行一些调整，来保证照片冲洗的美观。下面以实例的形式介绍在Photoshop中为照片留白的方法。

本例将介绍使用Photoshop为5英寸（3R）照片留白的方法，照片处理前后的对比效果如下图所示。

实例源文件与素材

源文件 » 无

素材 » 无

STEP 01 运行Photoshop。按“Ctrl+O”组合键，打开相关素材文件，例如右图所示。

STEP 02 执行【图像】→【图像大小】命令，打开“图像大小”对话框，如下图所示。在对话框中可查看照片的尺寸，以便确定是否能冲印出想要的照片大小。

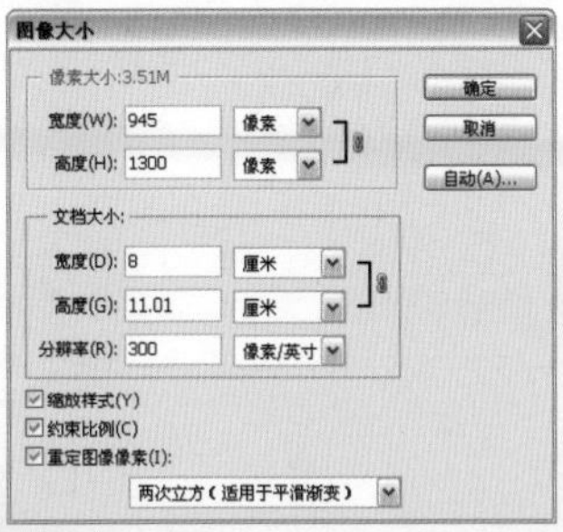

STEP 03 按“Ctrl+N”组合键，打开“新建”对话框，在对话框中设置照片为5英寸（3R）的尺寸，设置分辨率为300，宽度为8.89厘米，高度为12.7厘米，如下图所示。

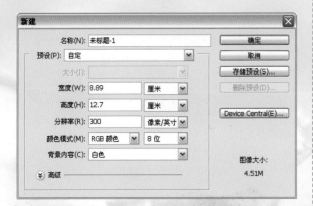

STEP 04 单击“确定”按钮，生成一个新的文件，如下图所示。

STEP 05 选择移动工具，将照片拖动到新建的文件中，如下图所示。

STEP 06 双击图层面板中的背景图层，弹出“新建图层”对话框，如下图所示，单击“确定”按钮。

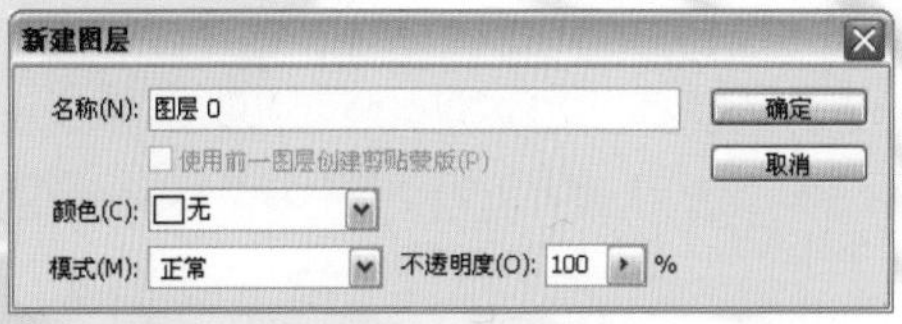

STEP 07 按住“Shift”键，同时选中图层1和图层0，如下图所示。

STEP 08 单击属性栏中的垂直居中对齐按钮和水平居中对齐按钮，如下图所示。

STEP 09 照片和白色背景居中对齐，本例最终效果如下图所示。

小提示

背景层被锁定，不能选中，所以要双击将它转换为普通图层。

9.4 互动练习：在光影魔术手中裁剪6英寸（4R）的照片

实例源文件与素材

源文件 » 源文件\第8章\05.jpg
素材 » 素材\第8章\05.jpg

步骤提示：

STEP 01 在“调整图像尺寸”对话框中查看原图大小。
STEP 02 按3 : 2的比例裁剪照片。
STEP 03 在“调整新图片尺寸”对话框中设置照片为6英寸（4R）的尺寸。

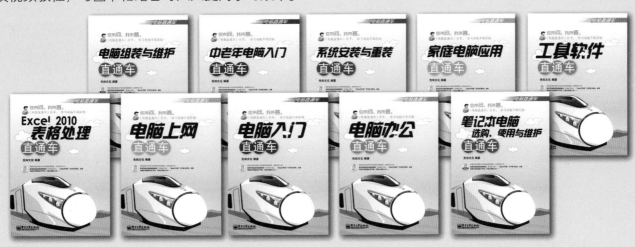

反侵权盗版声明

举报电话：(010)88254396；（010）88258888

传　　真：(010)88254397

E - mail：dbqq@phei.com.cn

通信地址：北京市万寿路173信箱

电子工业出版社总编办公室

邮　　编：100036